金聖鍾 추리문학전집. 22

라인 X
(下)

라인 X
(下)

차 례

크리스트 …………………………………17
외신기자 …………………………………82
흉터를 찾아라 …………………………121
對決 ………………………………………165
수퍼 파워의 대결 ………………………238
이름없는 자의 최후……………………260

크리스트

　1983년 12월 15일, 니코시아 해변 휴양지.
　바닷가에서 5km쯤 떨어져 있는 조그마한 바위섬까지 헤엄쳐 갔다 돌아온 사내는 잠시 헐떡이며 서서 그가 다녀온 바위섬을 바라보았다.
　그는 아지랑이처럼 가물가물 보이는 그 섬이 꼭 해골형상을 닮았다고 생각했다. 떡 벌어진 어깨를 흔들어 물방울을 털어버린 그는 해변가에 있는 벤치로 다가갔다.
　사내는 자신의 타올이 놓여 있는 벤치에 걸터앉았다. 날카로운 눈으로 주위를 쓱 휘둘러보고 나서 옆에 놓여 있는 선글라스를 집어들었다. 그것은 타원형처럼 보이지만 자세히 살펴보면 육각형으로, 정교하게 만들어진 이탈리아제였다. 사내는 수십 척의 요트들이 푸른 파도를 가르며 달리고 있는 먼 바다 쪽을 바라 보았다.
　잠시 바다를 바라보던 사내는 벤치에 드러 누웠다. 햇빛에 번뜩이는 선글라스의 광채는 니코시아 해변의 열기를 대신 전해 주는 듯했다. 그의 앞가슴엔 곱슬거리는 갈색털이 잘 가꾸어진 숲을 이루고 있었다. 그곳을 노란색 타올로 덮고 두 팔로 팔베개를 하였다. 그러나 작열하는 태양빛이 선글라스 속으로 파고들어와 그는 고개를 옆으로 돌렸다. 그는 스스로 정한 일과표대로 하루하루의 시간을 정확하게 메꾸어나가고 있었다. 이곳에는 잘 갖추어진 휴양시설이 즐비하게 들어서 있음에도 불구하고 오랜 기간을 할 일 없이 보낸다는 것은 그에게 몹시 고통스러운 일이었다. 그는 수영과 달리기등 규칙적인 운동을 계속했으나 생활에 긴장이 빠져버린 현재 상태에서 늘어나는 체중을 막을 도리가 없었다.

그때 기다란 머릿결을 한 여자가 그의 시야에 들어왔다.

"전화 받으세요!"

"없다고 하지 않구……."

"하지만 매우 중요한가 봐요. 꼭 바꿔달라 부탁하길래요."

그는 방금 전까지 누렸던 자유스러움을 아쉬워하며 모래 저편을 향해 느긋이 걸어갔다. 그의 수영복 오른쪽 엉덩이 아래에 마치 거머리가 달라붙은 것처럼 생긴 흉터가 약간 비쳐졌다.

모래가 끝나고 잔디가 곱게 깔린 언덕 위에 뾰족한 지붕의 방갈로 형식의 별장들이 늘어서 있었다. 그 중 한 별장에 들어선 그는 침실로 들어가 문을 걸어 잠궜다. 거실에도 전화기가 있었지만 그는 항상 도청의 위험이 없는 침실전화를 사용하였다. 여덟 자리의 비밀 번호를 눌러야 쓸 수 있는 그 전화기는 거실의 전화기와 연결은 되어 있으나 그것을 사용할땐 거실 전화기는 자동적으로 사용불능이 되어 버리게 만든 것이었다. 오직 한 사람을 제외하고는 전화할 사람이 없다고 생각하며 그는 수화기를 들었다.

지난 6개월 동안 그는 외부와의 모든 연락을 끊고 이곳에 살면서 수영과 낚시, 그리고 린다와의 사랑에만 열중해 왔다.
　중요한 일을 맡으면 그는 오직 그것에만 집착하고 몰두해 왔다. 그것이 그가 지금까지 생명을 연장해 올 수 있었던 유일한 수단이었던 것이다.
　특수 교도소에서의 일은 그에게 최고의 인내심을 발휘케 하였다. 성공이냐 실패냐의 단 한번의 기회를 붙잡기 위해 1달 동안 현지에서 잠복하며 그 일에 몰두하다가 그는 반마일이 더 되는 거리에서 단 한방으로 놈의 머리를 꿰뚫어 버렸다. 그리고는 경비원들이 잠시 우왕좌왕하는 사이 맨홀 뚜껑을 열고 하수도로 잠적해 버렸다. 그 곳 특수 교도소는 흉악범들과 정치범등 가장 위험한 인물들만 수용해 놓은 곳이었다. 그래서 당국은 가장 유능한 특수부대를 부근에 주둔시켜 만일의 사태에 대비하고 있었다.
　야코프로부터 목표인물의 자료를 전해받은 그는 수많은 자료를 찾아보고 연구하며 작전계획을 세워나갔다. 도시와 멀리 떨어진 한적한 지역으로, 배후에 험준한 산악이 둘러 쳐져있고 앞쪽으로 강물이 흐르는 천혜의 조건을 갖춘 곳이었기 때문에 교도소에 침투한다는 것은 절대 불가능한 일이었다.
　특수교도소의 건너편에 조그만 마을이 있었다. 이 곳은 가끔씩 교도소를 찾는 방문객들을 위한 숙박업소가 있었는데 그는 그곳에 방을 얻었다. 그 방에서 창문을 열면 교도소가 빤히 내려다 보였고 망루에는 총을 든 경비병들이 눈에 들어왔다. 그러나 교도소의 내부는 전혀 감을 잡을 수가 없었다. 그는 마치 관광객처럼 가장하고 그곳 주변을 탐색해 나갔다. 넓은 목초지가 펼쳐진 목장의 저쪽 위에 높은 탑처럼 솟아있는 커다란 사일로가 그의 눈에 들어왔다. 그

꼭대기에서 교도소의 뒷마당이 내려다 보일 것이다. 그곳에서 교도소까지는 약 반마일, 목장의 출입구 부근에서 마을을 거쳐 강으로 뻗어있는 하수도, 그는 이곳을 유일한 저격지점과 탈출구로 선택하였던 것이다. 대머리 정치인을 날려버린 그는 신속히 목장입구의 하수도로 잠입하는데 성공했다.

십여분이 흘렀을 즈음 그는 천정의 얇은 틈새를 누운 채로 기어 들어갔다. 그 틈은 몇 년 전 하수도 보수공사를 할 때 생겨난 것이었다. 파이프와 전선이 복잡하게 연결된 곳에 부식이나 여러 가지 안전사고 방지를 위해 밑에다 철판을 대어 만들어 놓은 것이었다.

그는 누운 채로 손가락 하나 까닥하지 않고 약간의 음료수와 비상식품을 먹으며 며칠간을 그곳에서 보냈다.

드디어 8일째 되는 밤 그는 오른 손목에 소음 권총을 매어 달고 틈 입구를 발로 소리없이 열기 시작했다.

그는 사람 하나 겨우 들락거릴 수 있는 조그마한 철문을 열고 조심스레 빠져나간 뒤 다시 철문을 닫아 자물쇠를 채워 놓고는 강변의 수풀 위로 잠시 머리를 내밀고 숨을 가다듬었다. 칠흑같은 밤이었지만 최대한 조심하며 그는 앞으로 나아갔다. 5분쯤 나아갔을 때 달빛을 받아 교교로운 강물에 거무스름한 바위 하나가 튀어 나온 것이 보였다. 그는 그 바위 앞까지 나아간 다음 심호흡을 한 번 하고 물속으로 잠수했다. 잠시 후 그는 그 바위 밑에 감추어 둔 잠수장비를 착용하고는 물 속 깊은 곳을 통해 강 하구로 내려갔다. 도처에 그를 찾는 수많은 눈동자가 독사의 그것처럼 번뜩거렸지만 그들이 쳐다보는 강물은 아무 일도 없었던 듯 소리없이 흘러가기만 하였다.

그리곤 6개월이 흘렀다.

격심한 긴장감으로 인해 건강이 쇠잔해지고 있다는 것을 잘 알고 있는 그는 일을 끝내고는 지구상의 모든 것으로부터 떠나 이곳에서 달콤한 생활을 보내고 있었다.

스위스 은행에는 그가 일을 마칠 때마다 천문학적 숫자의 거금이 정확히 입금되고 있었고, 이런 도피생활을 위해 그는 그 돈으로 스위스 산간과 아바나 해변, 마카오의 중국인 거리 등에 많은 돈을 들여 거점을 확보해 놓고 있었다.

그가 있는 곳을 알고 전화해 올 인물은 야코프 대령 밖엔 없었다.

그는 이미 10년 이상 그와 거래해 오면서 다섯 건 이상의 주문에 응해 왔다. 그 중 단 한 건을 제외하고는 뒤처리까지 아주 깨끗하게 마무리해 주었기 때문에 그는 그로부터 대단한 신임을 얻고 있었다. 하지만 그것은 어디까지나 거래에 불과했다.

각자의 이익을 위해서 일할 뿐이지 그들 사이에 의리 같은 것은 존재하지 않았다.

그는 언제라도 야코프를 따돌리거나 파멸시킬 수도 있었다.

그러나 아직까지 야코프는 그의 귀한 고객으로서 신변의 안전과 풍요한 생활을 누릴 수 있는 돈줄 역할을 충분히 해오고 있었다. 그는 수화기를 거머쥐었다.

"크리스트……."

이것은 야코만이 아는 그의 이름이다.

"친구, 잘 있었나? 즐거운 시간을 방해할 생각은 없었네."

수화기로부터 카랑카랑한 목소리의 유창한 독일어가 흘러나왔다. 그는 그 특유의 목소리를 곧바로 알아냈다. 야코프였다.

"어디에 있는 겁니까?"

"지금 곧바로 만나줘야겠어. 방금 도착했거든. 공항이야."

그는 수화기를 든 채 잠시 생각했다.

그가 사전 연락도 없이 이곳까지 온 것은 매우 중요한 일이 있기 때문임이 분명했다. 야코프는 직접 일선에서 뛰는 인물이 아니다. 그는 야코프가 소련 KGB의 고위층과 연결된 인물이라는 것을 어렴풋이나마 짐작하고 있었다. 시리아에서의 살인 청부에서도 그는 이처럼 그의 앞에 직접 나타나지는 않았었다.

직접적인 전화통화도 극히 제한되어 몇 차례에 불과했다.

다만 10년 전 그가 리비아의 훈련소에 입소할 때 그는 그를 선발한 사나이의 얼굴을 얼핏 본 적이 있을 뿐이었다. 그는 후리후리한 키에, 움푹 파인 강파른 볼이 인상적인 검은 머리의 사나이였다. 그 삼십대 후반의 소련인에게서 그는 첫 눈에 전세계를 주무르는 KGB의 냉혹함을 느꼈었다. 그와 같은 프로의 세계에서는 그들에게 일거리와 돈을 주는 조직에 대한 신뢰감이 가장 첫번째로 손꼽히는 조건이었다.

야코프와 같이 일을 하기 시작한 이후로 그는 잡다한 조직들과는 일체의 거래를 끊고 있었다. 세계는 급변하고 있었고 미국과 소련의 대결은 냉전을 향해 치닫고 있었다. 그에게 일을 부탁해 오는 중동 석유부국의 정치 앞잡이들이나 테러조직들은 신뢰할 수도 없을 뿐만 아니라 오히려 그의 신변만 노출시켜 위험만 초래할 뿐이었기 때문이었다. 그는 야코프의 일을 처음 맡았을 때를 생각했다. 사람을 압도하는 듯한 카랑카랑한 목소리가 되살아나는 듯했다.

그는 완전무결하게 일을 진행시키는 사람이었다. 언제나 한 치의 오차도 허용하지 않았고 계획에 따라 시계처럼 움직이며 정확히 처리해 줄 것을 요구했다. 야코프는 항상 그 혼자서 목표에 접근하기를 요구했다. 그 대신 그의 근처에서 얼씬거리거나 감시하려 들지 않았기 때문에 그가 생각했던 KGB로서는 좀 의외의 인물이었다.

"해안에 요트 정박소가 있습니다. 3시 정각에 12번 계류장에서 만나지요."

"알았네. 거기라면 괜찮겠군."

야코프 대령의 감정없는 모습이 전류를 타고 그대로 전해지는 듯 했다. 그와 동시에 전신을 타고 흘러내리는 초고압 전류에 몸을 데인듯 그는 온 몸을 부르르 떨며 쥐고 있던 수화기를 부스러질 듯 거머쥐었다.

잠시후 그는 수화기를 내려놓고 심호흡을 했다. 야코프의 목소리를 듣는 순간부터 그의 풀어졌던 몸 마디마디에 긴장이 전율처럼 퍼지고 있었다.

강한 사람들끼리만 느낄 수 있는 프로페셔널의 세계에서 그 또한 최고가 되지 않으면 기다리는 것은 죽음뿐이라는 걸 절실히 느끼고 있었다. 지금 무언가 엄청난 일이 진행되고 있고 그 일은 벌써 그와 깊이 관계되어 있음에 틀림없다.

야코프대령은 분명 묵직한 일거리를 맡아 거기에 대한 모든 계산을 끝내놓고 찾아오는 것이다.

야코프 대령이 왜 직접 얼굴이 노출되는 위험을 무릅쓰고 이곳까지 나를 찾아왔을까. 짧은 순간 그의 머리회전이 비상하게 돌아갔다. 그는 홈 바의 찬장을 열고 보드카를 꺼내 잔에 가득 부었다. 단숨에 목구멍을 타고 흘러내려간 보드카의 열기가 그의 긴장을 더욱 부채질하듯 가슴속의 맥박이 심하게 요동쳤다. 린다가 곁으로 다가와 그의 어깨를 잡고 그녀의 체중을 밀어왔다.

"무슨 전화예요?"
"아무것도 아니야."
"목소리가 되게 딱딱하던데요."
"그래, 그 친구는 다정한 옛친구한테도 항상 그렇게 말하지. 그 친구딴엔 예의를 차릴려고 그런 모양인데 그럴 때 말투가 항상 그렇거든."
그는 빈 술잔을 내려놓고 한 손으로 그녀의 허리를 끌어당겼다. 그의 입술이 그녀의 목덜미를 더듬는 순간 비릿한 바다 내음과 함께 짭짤한 소금기가 입 안에 퍼졌다.
"샤워를 해야겠어."
"물을 받아놓을께요."
그녀가 욕실로 들어가고 이내 수도꼭지에서 물 쏟아지는 소리가 들려왔다.
그는 홈 바에 기대어 서서 오후의 계획을 정리했다. 아무리 야코프라 할지라도 습관처럼 되어버린 경계를 풀 수는 없었다. 한순간의 방심이 적에게 그를 역습할 기회를 줄 수도 있다. 킬러의 세계는 모든 사물과 환경에 물음표를 던짐으로써 시작되는 것이다. 사람은 말할 나위없는 것이다. 의심은 가장 안전한 자기 보증수표인 셈이다. 여태껏 수많은 인물들이 가장 자연스럽고 신뢰할 수 있는 것에 의해 죽음을 당한 것을 보면 강하고 뛰어난 적일수록 상대방의 헛점을 깊이 파고드는 것이다. 파리에서 그는 정확히 목표를 제거하고 현장에서 탈출하다가 하마터면 영원히 이 세상을 하직할 뻔했었다. 그때는 계획 자체에 무리가 있었고 행동반경이 그 때문에 좁혀져 있었다. 다행히 지나가던 자동차가 추격하는 경찰차를 들이받는 바람에 그의 필사적인 탈출은 간신히 성공할 수 있었다.

앞으로 2시간 반, 그는 시계를 들여다보며 오늘의 대면에 대해 골똘히 생각했다.

"뭐하세요. 빨리 들어오지 않구요."

린다의 높은 소프라노가 욕실에서 울려나왔다.

"알았어."

그는 바닷물에 젖은 수영복을 발끝으로 밀어내리고 욕실로 들어갔다. 커다란 욕조 속에 온몸을 푹 담근 린다의 긴 두 다리가 천정을 향해 흔들리고 있었다. 꼭 수중발레하는 듯 경쾌한 두 발놀림이 일정한 리듬을 타고 있었다.

갑자기 린다의 얼굴이 물속에서 나타나더니 그에게 윙크했다. 샤워 꼭지를 틀어 시원한 찬물을 뒤집어쓰며 그는 온몸 구석구석까지 열심히 비누칠을 했다. 바다 냄새가 조금이라도 남아 있을까 걱정이라도 되는 듯 그는 정성껏 온몸을 닦아냈다. 타월이 지나간 자국이 벌겋게 되었다.

그는 욕조 안으로 들어가 린다의 몸을 감싸 안았다. 비눗물의 촉감으로 밀착된 두 사람의 몸이 미끈거리며 부딪는 순간 그들의 몸은 점차 뜨거워져 갔다. 린다가 까르르 웃음을 터트리며 그를 뒤로 밀치고 위에서 큰 히프로 그의 하체를 내리 눌렀다. 그리고 손으로 부풀어오른 그의 성기를 말아 쥔채 흔들어대다가 자신의 꽃잎을 열고 가만히 빨아들였다. 가득찬 욕조의 물이 율동에 따라 넘쳐나고 파도가 되어 해변을 두드리기 시작했다.

요트하버에는 많은 배들이 돛을 내린 채 묶여 있었다. 그러나 뜨거운 지중해의 열기를 식히려는 듯 수많은 요트가 큰 돛을 부풀린 채 먼 바다에까지 가득 떠 있었다. 돛의 무늬도 제각각이었다. 형형색색의 화려함이 배들의 움직임과 함께 너울거려 묘한 율동감을 안겨주었다. 바람은 강하게 불진 않아 한낮의 여유로움을 즐기기에는 안성맞춤이었다. 부드럽게 물살을 헤치며 나아가는 배들은 간혹 부딪치기라도 할 것처럼 마주 돌진하다가 피해가기도 하고, S자형의 부드러운 곡선을 그리기도 하며 한껏 바다를 우롱했다.

크리스트는 요트하버가 내려다보이는 휴게소의 2층 레스토랑에서 밖을 내다보고 있었다. 왼쪽 저편에 12번 계류장의 부교가 길게 뻗어있는 것이 눈에 들어왔다. 그는 위스키를 한 모금 마시고 컵에 들어있는 얼음을 집어 입 속으로 넣었다.

3시 10분 전.

푸른색 피아트 한 대가 12번 계류장 앞 주차장에 멎는 것이 보였다.

훤칠한 키에 붉은색 T셔츠를 입은 청바지 차림의 사나이가 운전석에서 나왔다.

그는 바닷가에 산책이라도 나온 듯 주위의 사람들을 흥미롭게 쳐다보며 하나하나에 관심을 갖고 어슬렁거렸다. 이곳엔 관광객들이 항상 끊이지 않기 때문에 상대방에게 시선을 쏟다가도 곧 또다른 흥미거리를 찾아 눈을 돌리곤 하는 사람들이 대부분이었다. 그가 어느 요트에 앉아 있는 사람과 말을 주고받는 것이 보였다. 요트 위에 있는 사람이 고개를 가로젖는 모습이 보였다.

주위에서 그를 주목하는 사람은 아무도 없는 듯했다.

크리스트는 곧바로 계산을 끝내고 뒷문으로 나가서 오른쪽으로 걸어갔다. 1번 계류장에서 그는 예약해둔 요트에 올랐다. 부두가 휘어져 있었기 때문에 그쪽은 12번 계류장쪽에서 잘 보이지 않았다. 그가 후진하여 방향을 잡자 펄럭이던 앞쪽의 집 세일과 뒤쪽의 메인 세일이 바람을 받아 부풀어 올랐다.
 요트는 속력이 붙자 살처럼 빠르게 앞바다를 향해 미끄러져 나갔다.
 로프를 힘껏 당기자 선체가 옆으로 기울어지면서 스피드가 빨라지기 시작했다.
 그는 키를 쥔 오른손을 서서히 움직여 많은 요트들 사이로 그의 요트를 몰고 나아갔다. 그렇게 5분 정도 달리자 그의 요트는 이미 바다 한가운데로 나와 있었고 요트하버는 저만치 밀려나 있었다. 그는 키를 크게 움직여 요트를 180도 방향으로 회전시켰다. 세일이 바람에 펄럭이다가 갑자기 뒷바람을 받으며 넓게 펼쳐졌다.
 그는 몸을 돌려 반대편 뱃전에 앉은 뒤 로프를 조절했다. 크게 요동치던 요트가 순풍을 받은 돛단배처럼 두 개의 돛을 크게 벌리고 요트하버를 향해 미끄러져 들어갔다.
 야코프는 12번 계류장 끝에 서서 마치 뱃놀이를 하러온 사람처럼 바다쪽을 바라보고 있었다.
 크리스트는 요트를 12번 계류장에 갖다댔다. 야코프가 담담한 눈으로 그를 바라보며 한차례 엷은 미소를 띄웠다.
 "배에 타십시오."
 "오늘은 뱃놀이를 시켜주려는 모양이군."
 야코프가 반대쪽 뱃전에 올라앉자 그는 요트를 그대로 출발시켰다.
 배가 한쪽으로 기울자 야코프는 한 손을 바닷물 속에 담갔다.
 10분 가량 그들은 아무 말없이 파도가 뱃전에 부딪치는 물소리를 들으며 배를 달리게 했다. 야코프는 10년 전이나 다름없이 강파른 모습 그대로였다. 선글라스 아래 감추어진 눈밑 주름이 험한 세파를 겪어낸 중년 사나이의 연륜을 말해주는 것 같았다.
 크리스트는 푸른 하늘로 향해 얼굴을 들었다.
 저쪽에서 한 떼의 갈매기들이 가까이 날아오고 있었다.
 제각기 선회하며 목적없이 노니는 그들의 모습이 무척이나 한가롭게 보였다. 야코프가 가져온 선물이 어떤 일인지는 모르지만 이번 일만 처리하고는 린다와 아무도 모르는 먼곳으로 떠나야겠다는 생각이 그의 마음을 조금은 차분하게 해주었다.
 먼 바다로 나선 요트는 그제야 속도를 줄이고 팽팽하던 돛의 긴장을 풀게 했다.
 "오랜만이군요, 야코프 대령."
 "정말 그렇군. 그동안도 자네의 소식은 계속 듣고 있었지. 린다와 아주 정답게 살고 있는 모양이던데. 그녀는 정말 미인이지. 몸매도 뛰어나고 자네 마음에 꼭 들다니 정말 다행이야."
 "무슨 말입니까. 그럼 린다가……?"
 "그래, 그 앤 내가 자네를 생각해서 보낸 거지."
 갑자기 크리스트의 눈이 날카롭게 번뜩였다. 햇빛을 받아 검게 그을린 얼굴의 어느 부분에선가 못마땅한 듯한 표정이 점점 얼굴 전체에 번지고 있었다.
 "어이, 이 사람. 그렇게 흥분할건 없어. 그녀는 아무것도 모르고 있으니까. 그녀는 불쌍한 여자야. 그리고 우리 요원도 아니야. 지금 그녀를 돌봐줄 수 있는 사람은 자네밖에 없어. 자네도 들어서 알고 있을 거야. 폴란드 출신의 우리 요원이 미국에서 사고로 죽은 것 말이야. 그 사고로 그녀는 갑자기 고아가 되어버린 거지. 그것도 넓은 미국땅에서 말이야. 그녀에겐 보호자가 필요했지. 어쨌든 자네의 마음에 들었다니까 서로 좋은 일 아닌가?"

린다는 그때 로마행 에어프랑스기 안에서 바로 그의 옆자리에 앉아 있었다.
창밖을 내다보고 있던 그녀는 연신 감탄을 자아내고 있었다.
그는 그녀를 따라 창밖으로 시선을 가져갔다.
"저게 무슨 산이에요?"
그녀가 먼저 말을 걸어왔다.
"저 뾰족한 산 말이죠? 저것은 알프스의 마터호른입니다."
크리스트는 그때 특수교도소의 종신형 수감자를 감쪽같이 해치우고 난 후 곧바로 여행을 시작하고 있었다. 그 일에 매달린 다섯 달 동안의 모든 피로가 몰려와 충분한 휴식이 필요했다.
큰 일을 해치우고 나서 한곳에 머물러 있는다는 것은 무척이나 위험한 일이었다. 계속 유랑하며 그 사건에 대한 상황을 정확하게 읽고 있어야 하는 것이다. 피로도 그에 따라 풀어야 하기 때문에 강한 자기절제와 건강이 무엇보다도 필요한 요건이 된다는 것을 그는 잘 알고 있었다.
크리스트는 피로감과 함께 맡겨진 일을 완벽히 끝냈다는 즐거움이 밀려왔다. 끝없이 펼쳐져 있는 운해 가운데서 한 무더기의 구름이 솟구쳐오르는 속에 뾰족한 마터호른의 봉우리와 몬테로자의 길게 뻗은 봉우리가 손에 잡힐 듯이 보였다.
크리스트는 요모조모 캐묻는 호기심 가득한 그녀의 순수함에 이끌렸다. 그들은 금새 친숙해졌다. 로마의 고급 호텔에 들어서자 그녀는 처음 보는 로마식 건물의 우아함에 계속 감탄을 자아냈다.
그녀는 그가 이끄는 대로 마치 어린 소녀처럼 즐거워하며 따라

다녔다. 그들은 서로 외로운 처지였기에 누가 먼저랄 것도 없이 호텔로 들어갔다. 이탈리아 브랜디 한병을 비운뒤 그들은 누가 먼저랄 것도 없이 한몸이 되어 뒤엉켰다.

침대에서 사랑의 행위가 끝난 뒤 그녀는 자신의 신상을 이야기하였다.

"학교에 다니고 있었어요. 아버지는 전자회사의 간부였는데 갑자기 교통사고로 돌아가셨고 어머니는 얼굴도 몰라요. 아버지와 어머니는 폴란드 출신이었는데 전쟁 후에 죽을 고비를 몇번이나 넘기면서 부모를 따라 겨우 미국으로 이민을 오게 되었대요. 미국에 와서도 폴란드 사람들은 집단으로 모여 살게 되었는데 그곳에서 두 분은 알게 되었고 결혼해서 저를 낳았대요. 그리고 2년 후에 어머니는 아버지를 버리고 젊은 해군과 함께 떠나버렸대요. 얼마 전까지는 아버지하고 단 둘이서 아파트에서 살았는데…….

그 후에 변호사가 나에게 유산이 있다고 하더군요. 그래서 대학을 그만두고 변호사에게 한 2년 동안 세계여행을 한 뒤에 유산에 따른 절차를 밟겠다고 했어요. 아저씨가 좋아요. 아빠처럼 마음이 편해지네요. 좋은 분인 것 같아서 마음이 놓여요. 저는 혼자 있었어요. 어려서부터 아버지하고 가정부하고만 살아왔기 때문에 아버지가 출장가실 때는 언제나 혼자였죠. 아저씨하고 계속 여행이나 했으면 좋겠어요."

그 후 린다는 그와 함께 여기 저기를 여행하다가 이곳의 생활에 익숙해진 것이다.

거칠게 살아오며 사람을 파리처럼 아무런 감정없이 처리해 버리는 그에게 있어서 린다는 지금까지 자신이 지켜왔던 질서를 깨뜨려버리는 존재였지만 한편으로는 크나큰 위안이었고 삶의 보람이었다.

　때로는 그녀와 함께 아프리카의 어딘가로 가서 자식을 낳으며 평범하게 살고 싶은 생각도 들었다.

"대령, 그녀에게 절대 손대지 마시오. 만약 그녀를 일에 끌어들인다면 당신은 매우 귀찮은 적을 두게 될 것이오."
"크리스트, 진정해. 자네가 원하면 결혼이라도 하게. 난 자네의 장래를 항상 축복해 주고 싶으니까. 나는 다만 그녀와 자네가 우연히 만날 수 있도록 비행기 좌석을 바꾸어준 것 뿐이야. 오히려 일이 잘되면 내게 감사해야 할 걸."
　한마디의 경고로도 야코프 대령은 그 진의를 충분히 알아들었을 것이라고 생각했다. 지금까지 생사의 갈림길에서 살아온 사람에게 가장 중요한 것은 상대방이 어느 편이냐는 것이고 야코프 대령은 그것을 누구보다도 잘 알고 있는 사람이었다.
　그들 곁으로 쾌속정이 쏜살같이 지나갔다. 파도가 그들의 배 위까지 튀어 올랐다.
"그런데 용건은 뭡니까? 왜 갑자기 이곳까지 오셨지요?"
"부드러운 음악 한곡 들으면 저절로 이해될 걸세."
　야코프는 안주머니에서 일제 쏘니 소형 녹음기를 꺼내어 가만히 버튼을 눌렀다.
　차이코프스키의 백조의 호수가 잔잔히 흐르다가 갑자기 끊기면서 굵고 거친 사나이의 음성이 들렸다.
"5월 3일부터 5월 7일까지 교황이 한국 서울을 방문하네. 크리스트, 당신에게 그를 처치할 것을 부탁하는 바이네. 작전명칭은 K-3. 모든 계획은 당신 혼자서 세우고 지원은 최우선으로 해주겠네. 당신의 성공을 위해 건배하겠네."

야코프가 스톱 버튼을 누르자 녹음기에서 파란 연기가 피어오르며 순식간에 테이프가 녹아버렸다.

야코프는 그것을 바다에 던져버렸다.

크리스트는 처음 야코프의 전화를 받고 이상하게도 자신이 몹시 불안했던 이유를 이제야 알았다. 이 일은 가장 해볼만한 일이면서도 불속으로 뛰어드는 불나방처럼 가장 완벽한 자살행위나 다름없었다.

"누굽니까, 그 사람……?"

"글쎄, 나보다는 훨씬 높은 곳에 있는 사람이라 할까."

"이 일을 나에게 맡기는 이유는 뭡니까?"

바다 저편의 망망대해를 바라보던 야코프 대령의 눈썹이 한순간 꿈틀거렸다. 그리곤 언제 그랬느냐는 듯이 다시 평온한 모습이 되어 그를 향해 얼굴을 돌렸다.

미소띤 얼굴이 강인한 매력을 풍겼다.

"자네는 이 일을 맡을 자격이 있는 몇 안되는 프로이고 성공가능성도 무척 높다고 보네. 특히 내가 자네를 높이 평가하고 있지. 나만큼 자네의 능력을 잘 알고 있는 사람은 드무니까."

"확률은?"

"……반."

그는 또다시 망망대해를 바라보며 오후의 햇살을 한껏 받고 싶다는 듯 지그시 눈을 감았다. 그 모습은 흡사 먹이를 잔뜩 포식하고 난 악어가 휴식하는 것처럼 보였다.

한동안 침묵이 흘렀다. 시원한 바닷바람이 크리스트의 혼탁한 정신을 다시 맑게 해주었다.

"내가 이일을 맡지 않겠다면 ?"
"나를 시험하지 말게나. 자네는 분명 맡을 것이니까."
그는 조용히 말했다.
"알겠소. 제기랄······."
"물론 이번 작전이 얼마나 어려운 것인가는 잘알고 있네. 교황이 가는 곳에는 엄청난 경비망이 펼쳐진다는 것은 이미 잘 알려진 일이니까. 그리고 그 땅딸막한 동양인들 속에서 백인들은 금방 주목을 끌게 된단 말이야. 하지만 그곳에도 약점은 있을 거야. 그 약점을 잘 이용하면 오히려 일이 쉬워질 수도 있으니까 명심하게. 지원이 필요하면 나의 직통라인을 이용하게. 24시간 대기하고 있을 테니까."

크리스트는 푸시업 3백 번을 마치고 일어섰다. 어깨 근육이 터질 듯이 부풀어 올랐다. 흘러내린 땀을 수건으로 닦아내고 다시 체중계 위에 올라섰다. 83킬로 5백 그램, 아직도 8킬로그램 정도는 더 빼야 했다. 6개월 동안의 풍요로움 속에서 그의 몸은 느슨하게 풀려버렸고 영양의 과잉섭취로 그의 뱃가죽은 두꺼워져 있었다. 굵게 골을 이루며 꿈틀대던 복근이 민둥산처럼 평퍼짐해졌다.

그에게 정작 필요한 것은 정신력이었다. 순간적으로 폭발하는 정신력은 위험에 처하게 되었을 때 언제나 사지를 벗어나게 해주는 원동력이 된다. 그때 그때의 상황에서 처신해야 하는 임기응변력은 곧 그 사람의 능력인 것이다. 그리고 그러한 정신력은 강인한 체력에서 생성되는 것이다.

체력과 정신력의 불가분의 관계, 그 속에서 활동하는 것이 바로 그의 직업인 것이다.

"이래서는 아무것도 할 수가 없어."

그는 극히 제한된 음식물만을 섭취하기로 하고 산악구보를 시작했다. 타는 듯한 갈증을 참아내느라 무진 애를 쓰며 최소한의 식수를 섭취했다. 1천 미터가 넘는 정상까지 오르는데 그는 몇 번씩이나 기진해서 두 발을 뻗고 쉬어야 했다.

5일 동안에 체중이 2킬로그램이나 내려갔다. 30일 간의 고행기간이 끝날 때까지 그의 몸은 전처럼 75킬로그램을 유지하고 있어야 한다.

뜨거운 지중해의 열기가 산을 오르는 그의 몸을 솜처럼 풀어지게 했고 가죽 등산화 속의 발바닥은 짓물러 터지기 시작했다. 베이스 캠프에 남아 있던 린다가 여러 가지 요리를 해두고 그를 기다렸지만 그는 그 왕성하던 식욕을 억제하고 빵 한 조각과 과일 한 개로 식사를 대신했다. 뱃속이 비명을 질러대며 꼬르륵거렸지만 거대한 목표를 눈앞에 둔 그는 일정에 맞추어 일을 착실히 진행시켰다.

시간은 하루하루가 쏜살같이 지나갔다. 니코시아 해변에는 수많은 사람들이 서성댔지만 일에 매달려 있는 사람은 아무도 없는 듯 한가로와 보였다.

크리스트만이 새벽같이 일어나 20킬로그램이 넘는 배낭을 메고 산을 올랐다. 린다는 매니저 역할을 훌륭히 해주었다. 그녀는 크리스트의 입을 통해 그가 산업 스파이라는 얘기를 들었지만 더이상 알려고 하지 않았다.

20여일이 지났다. 체중계에 올라서니 78킬로그램이었다. 이 정도면 남은 며칠동안 충분히 체중을 뺄 자신이 있었다. 그는 위스키를 병째로 몇 모금 마시고 금방 잠에 곯아떨어졌다.

마지막 30일째 그의 체중은 76킬로그램을 조금 넘고 있었다.

이른 아침에 잠에서 깨어난 그는 간단한 등반도구를 들고 산 중턱을 돌아 숲을 헤치며 걸어갔다.

그가 예정했던 마지막 코스는 그 산의 북쪽에 있는 깎아지른 듯한 벼랑이었다. 수만 년을 그대로 서서 갖은 풍우에 시달린 듯 검붉은 바위면이 그대로 드러나 있는 그 암벽의 높이는 50미터 가량이었다. 고무창으로 된 특수 암벽화로 바꾸어 신고 그는 하켄 2개와 슬링 몇 개만을 들고 암벽의 생김새를 관찰했다.

암벽은 불규칙하게 깊은 골을 이루는 곳과 수직을 이루는 면이 서로 맞물려 있었다. 그는 왼쪽 바위면의 한쪽에서 오르기 알맞은 크랙을 발견했다. 손가락과 어깨를 단련시키기에는 크랙을 오르는 것만큼 좋은 방법이 없었다.

약 3미터 위쪽부터 시작된 크랙에 도달하기 위해 그는 몇 번이나 다시 시도를 해야 했다. 홀드가 없는 펑퍼짐한 사면에 붙어서서 손과 발만으로 크랙에 접근하기는 매우 어려웠다. 얼마 안가 손가락 껍질이 다 닳아버린 듯했고, 무릎이 아려왔다. 두 발을 끌어올리기 위해 손톱 끝으로 바위를 붙들고 있는 그의 손가락이 미세하게 흔들리고 있음을 느꼈다.

반 시간 이상을 소모해서야 겨우 그의 왼쪽 손가락 한 개가 크랙의 하단에 박혔다. 손가락이 끊어질 듯이 아려왔으나 그는 그것으로 몸을 끌어올리고 오른쪽 손가락을 다시 크랙에 쑤셔넣었다. 마치 크랙을 두 손가락으로 쫙 벌려서 쪼개버리려는 듯 손가락에 힘을 주어 몸을 끌어올렸다. 그의 발은 이제 아무 쓸모가 없었다. 수직 암벽에서 크랙에 걸 수 없는 발은 그저 대롱거리기만 할 뿐 양손의 손가락만으로 그는 악착같이 10미터 가량의 수직 크랙을 타고 올라갔다.
 그 위쪽에서 크랙은 오른쪽으로 완만하게 구부러져 있었다.
 그는 두 손으로 크랙을 잡고 두 발로 바위면을 버틴 채 호흡을 가다듬었다.

 그는 포르투칼 정부가 모집하는 외인부대에서 온갖 범죄를 저지르다가 마지막 피신처로 앙골라 외인부대를 찾은 다국적 인물들과 어울리게 되었다.
 그는 아버지와 어머니의 이름도 몰랐다.
 1946년 동독의 라이프찌히 근교에서 독일 여성과 소련 군인 사이에 사생아로 태어나 곧바로 고아원 신세를 지게 된 그는 자라나면서 차차 싸움과 소매치기, 절도 등 각종 범죄의 길을 향해서 걷게 되었다. 그러다가 그는 자신을 몹시 학대하는 조직의 우두머리를 나이프로 찔러 죽이고 경찰에 쫓기는 몸이 되었다. 그곳에 더 이상 발붙일 곳이 없어진 그는 체코 국경을 넘어 오스트리아를 경유해서 프랑스의 파리에 정착하게 되었다.
 유달리 판단력이 뛰어나고 몸이 날쌘 그는 국경에서 초병의 눈을 쉽게 피했고 산야를 누비며 굶기를 밥먹듯 했다. 오스트리아는 망명 소년을 크게 환영했고 푸짐한 식사와 잠자리를 마련해 주었다.
 그러나 계속된 정보기관의 심문에 견디다 못한 그는 어느날 밤 숙소의 지붕을 타고 넘어 프랑스로 탈출하는데 성공했다.
 프랑스에서 그는 어느 외국인이나 다 그렇듯이 증명서나 보증이 필요없는 공사판의 노동자로 일해야 했다. 허리가 부러질 때까지 일해야 겨우 그날 그날의 숙식을 해결할 수가 있었다. 그는 공사판을 1년 동안 전전하며 그의 천부적인 재치와 뚝심으로 그 세계에서 새로운 주먹의 강자로 떠오르기 시작했다.

마침내 공사판을 벗어난 그는 도박과 여자에 탐닉하면서 파리의 뒷골목을 누비는 우범자들의 소굴로 들어서게 되었고 그 세계의 라이벌들을 하나씩 꺾어나갔다. 그의 말을 듣지 않는 세력과의 칼부림 끝에 그들의 두목을 살해했다. 그러나 그의 그러한 범죄는 파리 경시청의 끈질긴 수사로 막을 내리게 되었다. 지명수배자의 명단에 오르게 되자 그는 또다시 도피의 길을 걷지 않을 수가 없었다.

24세의 젊은 나이에 외인부대의 하사가 된 그는 그곳에서 비로소 군대라는 곳에 흥미를 갖게 되었다.

철저한 통제 아래 참아내기 힘든 훈련을 6개월 동안 받으면서 그는 무절제하고 방탕했던 생활로 풀어진 몸을 다시 다듬을 수가 있었다.

30킬로그램이 넘는 모래 배낭을 메고 하루에 수십 킬로미터를 달리는 훈련에서도 그는 남들보다 항상 앞서서 달려나갔다. 그가 흥미를 갖고 집중적으로 습득한 것이 유격훈련과 격투술이었는데 이 훈련을 받은 훈련생들 중 훈련 도중 쓰러지지 않는 사람이 없을 정도로 외인부대의 훈련은 혹독하기 이를 데 없었다.

크리스트는 격투기와 총검술, 항공 낙하 훈련을 비롯한 산악 유격 훈련에서 탁월한 실력을 인정받았다. 적진에 침투하여 밀림을 이용한 위장전술, 요인의 납치와 저격 또는 칼을 사용한 살해 훈련에서 그는 아무런 거리낌없이 실제로 그 지방 원주민의 머리를 잘라와서 사람들을 놀라게 하기도 하였다.

특히 그의 숨겨진 사격솜씨가 점차로 발휘되자 그의 가치는 순식간에 모든 이들을 제치고 독주를 하게 되었다.

외인부대에 들어간지 2년의 훈련과정이 마쳐지자 훈련소장의 추천을 받고는 주위 병사들이 그렇게도 소망하는 외인결사대 소속으로 들어가게 되었다. 보통 5년의 전과정을 뛰어난 성적으로 마치는 병사에 한해 외인 결사대의 소속 자격이 주어지고 얼마후 각종 5단계의 시험을 거쳐 정예대원으로 뽑히는 것이고 보면 그 영광은 하늘의 별을 딴 것 마냥 큰 일이었다.

크리스트는 그때의 일을 가장 자랑스럽게 여겼다.

'이 정도는 아무것도 아니야' 그는 속으로 이렇게 부르짖으며 두 팔로 몸을 끌어올리고 오른손을 앞으로 전진시켰다. 크랙이 다시 수직으로 뻗어 올라가고 있었다.

그의 손가락이 바위틈에 교대로 박혀들고 그의 몸은 바위의 단면에서 대롱거리고 있었다.

손가락이 들어가지 않는 곳에서는 하켄의 날을 두드려 넣어가며 그는 3시간만에 그 암벽의 정상에 올라섰다. 시원한 바람이 끈적거리는 땀을 씻어주었다.

며칠 동안의 산행으로 얻은 피로뿐만 아니라 몇 개월 동안 그의 몸속 구석구속에 찌꺼기처럼 남아 있던 모든 낡고 더러운 오물이 순간적으로 그의 몸에서 분출해 버린 듯 그의 몸은 날아갈 듯이 가벼워졌다.

드디어 30일간의 훈련으로 만족할 만큼의 정신과 육체의 무장이 완료된 것이다.

해안의 별장으로 돌아온 크리스트와 린다는 굶주린 사람처럼 사랑에 탐닉했다.

"사랑해요. 사랑해요, 달링!"

절정에 다다른 린다는 외마디 소리를 질러대다가 늦추지 않고 계속하는 크리스트의 공격에 완전히 무너져 버린 듯이 축 늘어져 버렸다.

"나도 사랑해, 린다!"

그는 진실로 그녀를 이 세상 그 어느 누구보다도 사랑한다고 생각했다. 마침내 그의 움직임은 순간적으로 불타오르는 정염과 함께 멈추었다.

어둠 속에서 그의 팔을 베고 웅크리듯 누워 있는 린다의 얼굴을 들여다보며 그가 물었다.

"야코프를 전부터 알고 있었지?"

그녀가 상체를 벌떡 일으켰다. 그리고 한동안 생각에 잠긴듯 하다가 고개를 들고 가라앉은 목소리로 대답했다.

"알고 있었어요."

"야코프는 내게 자신의 존재를 아무에게도 말하지 말라 하셨어요. 전에 아빠하고 만나는 것을 알고 있었기에 한번은 아빠에게 그가 누구냐고 물었었죠. 아빠는 그저 자신이 연구하는 것이 국가 기밀이라는 것이었고, 그는 자기의 상관이라는 것이었어요. 내가 아는 것은 그 뿐이예요. 당신이 그를 알고 있을 줄은 몰랐어요."

"얼마나 자주 연락 되었지."

린다는 크리스트의 얼굴이 굳어지는 것을 보며 야코프라는 인물이 매우 중요한 사람임을 느꼈다.

"당신을 만나고는 두번쯤 연락왔었어요. 아빠가 안계시기 때문에 신경 써 주신다는 생각 뿐이었어요. 그는 내 옆에 당신이 있다는 것을 알고 그저 잘 지내느냐는 정도였어요. 연락은 당신과 만나기 훨씬 전부터였기에 난 당신이 이 일로 이렇듯 화낼 줄은 몰랐어요."

그는 긴장되었던 온몸이 조금씩 부드러워지는 것을 느끼며 얼굴 근육을 실룩였다.

"그 분은 아빠가 계실 때 가끔씩 들른 적이 있었어요. 그리고 아빠가 사고로 돌아가셨을 때 곧바로 사고를 수습해 주시고 변호사도 소개해 주셨어요. 텅빈 집에서 혼자 지내기보다는 여행을 떠나는 것이 좋을 것이라고 그분이 주선해 주었죠. 난 파리를 구경하고 그때 비행기 안에서 당신을 알게 된 거예요. 그분은 당신이 매우 훌륭한 분이고 당신을 따라가도 괜찮다고 했어요."

크리스트는 천정을 응시하며 잠시 생각에 빠져들었다.

그녀의 말이 사실이라면 별 걱정할 일은 아니었다.

다만 자신의 행적이 그에게 노출되어 있었다는 것이 무척이나 그를 당혹케 하였다.

어쩌면 지난 6개월 동안 자신의 목숨을 그에게 내맡기고 있었던 것과 다름이 없었다. 그가 자신을 살해하고자 했다면 아주 좋은 기회였을 것이다.

"아버지와 야코프는 무슨 일을 함께 했나?"

"아버지는 전자회사의 엘리트 엔지니어였어요. 아빠는 그 회사에서 새로 개발하는 인공지능 컴퓨터 프로젝트를 담당하고 있다고 말씀하셨어요. 저는 아빠를 항상 자랑스럽게 생각했고 그런 아빠를 사랑했어요. 그분은 아빠의 상관이자 사업상의 파트너였다고 들은 기억이 나요. 그래서 전 그 회사가 개발한 신제품을 그분이 미리 주문해서 세계 각처에 판매하는 것일 거라고 생각했죠. 하지만 그분은 1년에 한 번 내지 2년에 한 번 정도 밖에는 집에 들르지 않았어요."

그는 다시 깊은 생각에 잠겼다. 이번에 맡은 교황은 그가 지금까지 상대해온 인물하고는 너무나 달랐다. 그만큼 위험부담이 엄청나게 높았다. 수십 겹으로 둘러싼 경호요원들은 물론이고 교황이 세계 각국을 순방할 때마다 이용하는 방탄유리 차량인 포프스모빌은 코끼리를 쓰러트리는 구경 20미리 대형라이플로도 끄떡하지 않는다. 바주카포나 소련제 B-40 로켓포라면 어떻게 해볼 수 있을 것이다. 그러나 그것을 한국에 가져갈 방법이 없었다.

그는 수많은 방법 중에서 선택아닌 선택을 해야했다. 제일 자신 있는 한가지 방법이 그나마 그의 목숨을 보장해 줄지도 모른다는 막연한 생각뿐이었다.

바로 원거리 사격이었다. 지난번에도 감쪽같이 헤치웠고보면 그 방법으로 마음이 쏠렸다. 포프스모빌의 방탄유리 높이만 해도 2.5m이고 보면 그가 사격할수 있는 기회는 집회연설때의 단상이 제일일 것이었다.

그러나 집회장의 단상 높이가 높기 때문에 결국 건물의 고층에서 쏘아야 할 것이다. 또한 집회장에 가까운 건물이라야 몇 백미터는 떨어져 있을테니 이번의 일거리도 그의 특기를 십분 발휘해야 할 도박인 것이다.

그는 1천 미터 이상 떨어진 곳에서 명중시킬 수 있는 우수한 성능의 라이플을 하나하나 생각해 보았다. 저번에 사용했던 총도 훌륭한 것이었지만 이번의 작전에 사용할 무기는 전세계에 하나밖에 없는 최고의 총이어야만 했다.

지난 60년대 초 이스라엘 수상이 탄 벤츠 600 방탄 리무진을 저격해서 수상을 쓰러트린 총은 체코의 사냥꾼들이 사용하던 단발 CRK-30이었다. 그것은 시속 100킬로미터가 넘는 속도로 달리는 방탄차를 1천 미터 거리의 숲속에서 방탄유리가 아닌 삼각 환기창을 꿰뚫고 들어가 운전사를 제1탄에 명중시켰었다. 차는 달리던 그대로 벼랑의 한쪽 벽을 들이받고 전복되었다. 뒤따라오던 경비원들이 달려와 수상을 부축해 밖으로 옮기는 순간 제2탄이 수상의 하얗게 센 머리를 정통으로 날려버렸었다.

그것은 그들 프로들 사이에서는 교과서적인 사건이었고 이후 그 라이플은 드골 대통령을 비롯한 각국 원수와 요인들의 머리를 겨누는 제1의 무기로 명성을 날리게 되었다.

그는 라이플을 비롯한 모든 준비를 단기간에 혼자의 힘으로 마쳐야 했다. 그는 잠들어 있는 린다의 모습을 지켜보면서 그가 꿈꾸어 왔던 그녀와의 행복한 미래를 다시 생각해 보았다. 이 세상의 그 누구도 할 수 없는 이번 일을 마지막 사업으로 성공시키고 나서, 내가 꿈꾸어왔던 아프리카의 오지로 가자, 거기서 린다와 함께 농장을 개척하며 자녀를 낳아 기르는 평범한 사람으로 돌아가는 거다. 그는 자신에게도 이렇듯 인간적인 감상이 남아 있음을 생각하고는 쓴 웃음을 지었다.

"이번 한번으로 이 세계의 손을 깨끗이 씻는 거야."

하고 그는 자신에게 중얼거렸다.

곤히 잠들어 있는 사랑스러운 그녀의 얼굴은 전혀 그에 대한 의심을 가지고 있지 않는 천진한 얼굴이었다. 아무도 그녀를 죽일 수는 없다. 그 어떤 것도 자신의 사랑과는 바꿀 수 없다는 것을 그는 깨달았다. 여행하는 동안 그녀를 가장 안전한 곳에 숨겨두어야겠다고 크리스트는 생각했다. 어디가 좋을까? 마카오의 중국인 할머니?

1984년 4월 20일. 홍콩. 파라다이스 호텔.

크리스트는 18층의 방에 꼼짝 않고 앉아 있었다. 그때 전화벨이 울렸다.

"네……."

그는 조용히 말했다.

"나야. 지금 도착했네."

감정이 전혀 담겨있지 않은 음성. 바로 야코프였다.

조금 후 방문에서 조용한 노크소리가 났다. 정확히 두번씩 두번, 세번씩 두번 두들겨지는 소리를 들었다. 크리스트는 소음권총을 내려놓고 문을 열었다. 하얀 신사복 차림의 사나이가 고개를 불쑥 들이밀었다.

"오랜만일세."

"시간이 짧아서 준비하는데 애 먹었습니다. 계획에 변동은 없겠지요?"

"교황은 계획대로 5월 3일 알래스카를 거쳐 서울에 도착하네. 이것이 그의 한국에서의 일정표야."

크리스트는 야코프가 건네주는 손바닥 반만한 종이쪽지를 받아들었다. 물기에 젖을까봐 비밀코팅된 고급용지였다.

5월 3일
오후 2시 20분 김포공항 도착.
3시 30분 절두산 참배.
5시 10분 청와대 예방
6시 카톨릭대학 학생과 면담.
7시 카톨릭대학에서 주교단 면담

5월 4일
10시 40분 광주 무등경기장 도착
오후 4시 15분 소록도 병원 방문
8시 교황청 대사관에서 외교관 접견

5월 5일
10시 대구 시민운동장에서 서품식
오후 4시 15분 부산 수영비행장에서 근로자들과의 만남.
7시 45분 서강대학교에서 성직자 면담.
8시 40분 서강대학교에서 문화인 면담.

5월 6일
8시 15분 명동성당 참배
9시 여의도 광장에서 시성식
오후 3시 30분 교황청 대사관에서 종교지도자 면담
5시 카톨릭 의대에서 사목회 개회식
7시 45분 장충체육관에서 젊은이들과의 만남.

5월 7일
9시 김포공항 출발

야코프는 그가 내미는 위스키를 한 잔 마시면서 얘기를 계속했다.

"이 일정대로라면 자네가 일을 할 수 있는 기회는 5월 4일 광주 무등경기장과 5월 5일 대구 시민운동장 그리고 부산 수영비행장,

5월 6일 여의도, 이렇게 네 번 밖에는 없네. 그 네 번의 대중집회라는 것도 엄청난 경호대와 수십만의 신도들에 의해 벽이 둘러쳐지기 때문에 가까이 접근한다는 것은 불가능하지. 결국은 자네의 사격솜씨를 보여줄 수 밖에는 없단 말이야."

야코프는 입가에 가져간 잔 속의 그림자를 유심히 들여다 보았다.

잔 속의 위스키가 경미한 파동원을 그리며 그의 얼굴 그림자를 흔들고 있었다.

"부탁드린 라이플은 어떻게 됐습니까?"

"지시한 대로 우리 병기창에서 특별제작했네. 바로 이것인데, 주인만 잘 만나면 최고의 살인무기지."

그는 야코프가 케이스에서 조심스레 꺼내 놓는 검은 빛의 무기를 눈을 빛내며 들여다보았다.

"이것은 우리 연방이 자랑하는 항공우주과학의 산물이네. 이 무기는 우주선에 사용되는 티타늄 합금으로 만든 최초의 라이플인데 강철의 절반 정도의 무게밖에는 안되지. 강철보다 몇배나 더 열에도 훨씬 강하고 말이야. 아마 자네가 원하던 그대로 되었을 거야. 한번 살펴보게."

그는 각 부분이 분리된 채로 케이스에 들어 있는 라이플의 총열을 집어들었다. 창문으로 들어오는 밝은 빛을 향해 번쩍이는 총구의 안쪽을 들여다보았다. 80센티미터의 총열 한 쪽 끝은 몸체에 연결하도록 나선형 홈이 파여져 있었고 가늠쇠 쪽에도 소음기를 연결하도록 나선형홈이 파여져 있었다.

총열의 구멍은 8조 우선으로 나선형으로 끝까지 파여져 있어서 일반 소총보다 탄환의 회전속도가 몇배나 빨라지게 되어 있었다.

그는 노리쇠가 들어 있는 몸통을 집어들었다. 놀라울 정도로 아주 작고 가벼운 금속으로 만들어져 조립식 개머리판과 함께 그가 원하던 요소는 모두 갖추고 있었다. 그는 몸통과 총열을 연결하고 개머리판을 어깨에 가만히 당겨 사격자세를 취해 보았다. 그리고 부드럽게 방아쇠를 당겼다. 그것은 아주 미세한 힘에도 부드럽게 소리를 내며 공이를 때렸다. 그는 만면에 미소를 짓고 총을 내려놓았다.

"훌륭한데요."
"마음에 든다니 다행이야."
"실험 성적은 어떻습니까?"
"이 표를 보게. 이것이 실험 결과인데 1천 미터 도달 시간이 0.3초, 최대 사거리가 4천5백 미터야. 유효 사거리는 1천 5백 미터. 거리와 풍향에 따른 오차표가 함께 들어 있으니 잘 읽어보게."

그 총은 실탄을 1발씩 장전하도록 된 수동식 단발형에 고성능 망원렌즈를 부착하여 목표를 조준하도록 되어 있었다. 그것은 어떻게보면 마치 장난감처럼 보일 뿐 라이플이라는 생각은 들지 않았다.

"그렇지만 또 한 가지 알아두어야 할 것이 있네. 그분은 이번 일을 꼭 성공시키기 위해 만약 자네가 실수할 경우를 대비해서 또다른 사나이를 그곳으로 보냈어."

잠시 무거운 침묵이 흘렀다. 창가의 벽면에 걸린 시계소리만이 정적의 흐름에도 무심히 지날 뿐 모든 것이 정지해 있는 듯이 보였다.

크리스트는 다시 한번 세계의 소용돌이 한 중앙에 위치해 있는 자신을 발견했다. 하나뿐인 생명, 이번의 임무는 가능성보다는 불가능성에 자신 또한 더많은 비중이 쏠리는 것을 느끼고 일순 흠칫 했다.
 그러나 이제는 뒤돌아 설 수도 없는 일이었다. 더군다나 그는 이번 일로 모든 것을 청산하고 그녀와 함께 가장 평범하고 평화롭게 살기를 바라고 있었다. 그런데 제2의 공작원이 다른 쪽에서 교황을 노린다니 무슨 날벼락 같은 작태인가?
 크리스트의 얼굴이 분노로 일그러졌다.
 "크리스트! 난 자네를 믿고 있네. 자네는 한번도 일을 거부하거나 실수한 적이 없었어. 나는 자네의 솜씨와 신념을 절대적으로 믿고 있네. 그러나 또다른 사나이를 보낸 것은 그분의 강력한 요구였네. 그분의 의지는 그처럼 확고해서 무슨 수를 써서라도 한국에서 교황과 그의 제국이 말살되어야 한다는 거야. 그 사나이에 관한 정보는 나에게도 전혀 알려주지 않았네. 말하자면 그 사나이와 우리는 서로 전혀 모르는 상태에서 각기 다른 방향으로부터 교황에게 접근하는 거지. 그러나 난 그들이 이 작전을 성공시킬 것이라고는 생각지 않네. 그 일을 성공시킬수 있는 인물은 단 한사람 크리스트 자네밖엔 없다고 나는 확신하네."
 "그러나 어쨌든 두 개의 조직이 한 사람을 목표로 해서 움직인다는 것은 말이 안되는 것입니다. 한쪽이 실패할 경우 다른 쪽에서도 기회는 없어지는 것이니까요."
 "나도 처음엔 절대 불가능하다고 반대했지만 그분의 명령이 너무나 강경해서······."
 "이제는 어쩔 수 없는 일이니 그 사나이에 대한 정보라도 빨리 알려주십시오. 일이 몹시 조급해지는군요."
 "고맙네. 참, 한 가지 알아낸 것은 그 요원이 한국인이라는 거야. 물론 한국계 소련인일 테지만. 그는 한국인 틈에 섞여서 모나지 않게 행동할 수 있을 것으로 생각되거든. 그러나 그들은 자네를 모르고 있어. 서로 알지도 못하고 알 필요도 없을 거야. 그것이 의장이 원하는 것이거든."

크리스트는 아주 귀엽고 맵싸하게 보이는 총을 만지며 그 부드러운 감촉에 눈을 스르르 감았다. 총도 자기의 운명을 알고나 있는지 무척이나 차가운 감촉을 전해 주었다.

그는 잠시 눈을 감고 생각을 정리해 보았다. 교황을 살해한다는 것은 곧 전 세계의 급격한 변화를 초래하게 된다. 그 변화는 세계대전일 수도 있고, 서로의 우방과 적군이 바뀌어질 수도 있다. 이 엄청난 변화가 어떤 자나 조직에 의해 지금 일어나려고 한다. 그들도 변화에 대한 여러가지 가능성을 타진해 보고 준비하는 정도일 것이다. 또한 이 일은 두 팀에 의해 각각 독자적으로 수행이 된다. 가능성이 높아질수도 있지만 반대일 수도 있다.

아뭏든 이미 진행되고 있으며 멈춘다는 것은 앞으로 나아가는 것보다 더 힘들게 되버렸다. 단지 그가 원하는 것은 상대보다 먼저 그 기회를 갖는 일이고 또 성공하는 일이었다.

"자네가 원한다면 협조자를 한 명 소개시켜 주지. 탈출할 때 도움이 될 거네. 그 친구는 폭탄제조에 있어서는 누구도 따를 수 없는 일인자야. 손에 잡히는 모든 것이 폭탄이 되버리지."

"흥미있는데요."

크리스트의 씩 웃는 모습을 보며 야코프는 모든 것이 잘 되갈 것이라는 생각이 들었다.

"서류는 스웨덴의 TT통신사 기자로 만들었네. 물론 국적도 스웨덴이고 그 친구를 TV카메라맨으로 데리고 다니게. 무기를 반입하는 방법을 다 준비해 두었네."
 "한국쪽 협조자는 없나요?"
 야코프가 담배에 불을 붙이는 시간 동안에 잠시 어색한 침묵이 흘렀다. 야코프는 두세 모금을 빨고난 후에야 입을 열었다.
 "미스 김이라는 한국인 여자가 있어. 국제회의때 동시통역을 맡았던 여자인데 미국에서 공부한 여자야. 저널리스트가 되고 싶어하지. 하지만 그녀는 돈이라면 무엇이든지 할 그런 여자니까. 자네가 잘만 이용하면 될 거네."
 다음날 아침 그는 홍콩 시내를 돌아다니면서 몇 가지 의약품과 붕대와 석고를 사들였다. 그리고는 낮잠속에 빠져들었다. 충분한 수면은 정확한 판단력과 차분한 행동을 하게 해준다. 밖은 벌써 어두워지고 있었다. 저녁식사를 마치고 그는 부두에 면한 해변도로를 산책했다.
 그가 호텔 방향으로 차도를 건느기 위해 몇 발짝 옮기는 순간 검은색 벤츠 한대가 쏜살같이 달려오다가 요란한 소리를 내며 급정거했다. 동시에 그의 몸이 튕겨나가며 길바닥에 나뒹굴었다. 벤츠는 눈 깜짝할 사이에 다시 속력을 내어 어둠 저편으로 사라져 버렸다. 주위에 있던 몇사람의 행인이 뛰어오고 곧이어 경찰이 달려왔다.
 크리스트는 오른쪽 다리를 부둥켜안고 쓰러져 있었다. 구급차가 달려와 그를 싣고 경광등을 번쩍이며 병원으로 달려갔다. 몇명의 신문기자가 홍콩에서는 근래에 보기 드문 뺑소니사고를 취재하려고 카메라 플래시를 터트렸다.
 "당신 이름은요?"
 "리스토 스베들리."

"어느 나라 사람입니까?"

"스웨덴의 TT통신사 기잡니다. 나는 지금 한국을 방문하는 교황 일행을 취재하러 가는 중에 이런 변을 당했습니다. 홍콩은 나에게 있어 무척이나 관심이 있는가 봅니다."

크리스트의 농담섞인 조롱에 조그맣고 곱상하게 생긴 기자 하나가 그 말뜻을 알아들은 듯 얼른 사과의 말을 했다.

"아, 죄송합니다. 이런 일은 흔치 않는 일인데……, 통신사 기자시라……, 사고 경위를 좀 말씀해 주시겠습니까?"

크리스트는 잠시 허공을 응시하며 생각에 잠긴듯 미간을 찡그렸다.

"너무 얼떨결에 당한 일이라서…… 검은색 세단이었어요. 아, 맞아요. 벤츠가 틀림없을 겁니다. 일순간 차체의 벤츠마크를 본 것 같아요."

"불행중 다행입니다. 생명을 잃을 뻔 했으니까요. 의사선생님, 이분의 상처는 어느 정도입니까?"

"중상입니다. 오른쪽 다리가 전혀 감각이 없군요. 확실한 것은 X레이를 찍어봐야 알겠지만 뼈가 부러진 것 같습니다."

그는 TT통신사 프레스카드를 내밀고 자신이 한국의 교황방문을 취재하러 가는 기자라고 거듭 설명했다. 몹시 바쁘기 때문에 병원에 누워 있을 수가 없다고 했다. 그가 기를 쓰고 일어나려 하다가 힘없이 한쪽으로 쓰러지자, 의사들이 달려와서 그를 X선실로 데리고 갔다. 촬영을 마친 그의 다리에는 석고붕대가 발끝까지 감겨져 있었다.

다음날 아침, 침대에 누워서 크리스트는 간호원이 가져다주는 홍콩 포스트지의 사회면에 난 자신의 사진을 들여다보았다.

「교황 방한을 취재하러 가던 TT통신사 기자 뺑소니차에 치여 중상을 당하다.」

그는 담당의사에게 자신이 매우 중요한 취재를 해야 하니 오전중으로 퇴원시켜달라고 떼를 썼다. 카톨릭 신자인 그 의사는 그에게 뼈가 상했을지도 모르니까 한국에 도착하는 대로 치료부터 받으라고 간곡히 일렀다. 주위에 많은 시선들이 있었지만 한 순간 그들의 눈이 마주친 것을 발견한 사람은 아무도 없었다.
 그는 휠체어에 몸을 싣고 호텔로 돌아왔다. 간호원이 돌아가자 휠체어에서 벌떡 일어선 그는 가위로 발을 감싸고 있는 석고를 잘라내기 시작했다. 그는 케이스에 들어 있는 티타늄 총열을 그의 오른쪽 다리 안쪽에 대고 반창고로 감았다. 바깥쪽에도 비슷한 크기의 철재막대를 대고 역시 반창고로 다리에 감은 다음 석고붕대를 발등에서부터 감아올리기 시작했다. 혼자 하기에는 매우 힘이 들고 어려웠지만 그는 정성들여 한 시간여 동안 그의 다리를 단단한 석고 덩어리로 만들었다.
 1단계 계획은 성공한 셈이었다. 그러나 지금부터 수많은 위험 앞에 놓여있는 자신이 목숨을 부지하며 일을 마치려면 사소한것 하나하나에도 신중과 치밀한 계획성이 있어야 함을 피부로 느끼고 있었다.

 1984년 4월 25일.
 삼엄한 경비망이 펼쳐진 김포공항에 CPX 035편이 커다란 날개를 오무리고 활주로에 안착했다.
 일등석에 앉아 있던 리스토 스베들리가 휠체어에 옮겨앉자 1

등실 담당 여승무원이 그의 휠체어를 밀고 출입구 앞으로 갔다. 그 뒤를 금발머리의 껑충하게 키가 큰 칼젠버그가 어깨에 스웨덴 TT통신 마크가 선명한 비디오 카메라를 메고, 역시 TT통신 마크가 선명한 트렁크 두 개를 들고 따라갔다.

출구가 열리자 여승무원은 휠체어를 밀고 VIP 출구를 통해서 입국 심사대로 향했다. 금발은 그 뒤를 따라갔다.

금발은 두 개의 페스포드를 내밀고 입국 심사원에게 얘기했다.

"친구가 교황의 방한을 취재하러 오는 도중에 홍콩에서 큰 교통사고를 당해서 저렇게 중상이오. 좀 도와주시오."

그 심사원은 전화를 들고 요원 한 명을 호출했다.

"예, 그렇지않아도 방금 기내의 손님 중 크게 다치신 분이 있어 앰블런스가 오고 있는 중이라는 연락을 받았습니다."

"여기 계신 손님이 많이 다치셨으니까 빠르고 편안하게 나가실수 있도록 안내해 드리게."

심사원은 호출한 요원이 다가오자 아주 조용하고도 빠르게 말했다.

그는 금발과 함께 휠체어를 밀고 통제구역을 우회해서 VIP 통로를 빠져나왔다.

세관원 한 명이 손을 들어 그 요원에게 정지신호를 했다.

"TT통신기자이신데 중상을 입어서 후송중이랍니다."

그 세관원은 고개를 숙여 크리스트를 쳐다보았다. 크리스트는 자연스럽게 얼굴을 찡그리고 휠체어에 앉아 있었다. 비행기를 타고 오는 도중의 고통스러움과 현재의 아픔을 몸짓으로 나타내고 있었다.

그래도 세관직의 베테랑인 그 세관원은 검사를 하려고 두 사람에게 양해를 구했다.

자신의 직무에 항상 성실하게 임해 온 그였기에 이런 경우에도 쉬이 보낼수는 없었다. 그가 보건데 앞에 휠체어에 타고 있는 기자가 홍콩에서 오기 바로 전에 사고를 당했다고는 하지만 이렇듯 몇시간씩 비행기를 타고 올 정도이면 몇 분도 안걸리는 세관검사는 충분히 받을 수 있을 것이라고 생각했던 것이다.

그때 크리스트 옆에 있던 칼젠버그가 그에게 손짓을 했다. 세관원은 그의 손이 가리키는 방향으로 고개를 돌렸다. 얼마 안 떨어진 출입구에 앰블런스 한대가 경광등을 번쩍이며 요란하게 멈추고 곧이어 사람들이 뛰어나오고 있었다.

세관원은 그 상황을 짐작하곤 한발 물러서며 정중히 고개를 숙여 보였다. 칼젠버그는 얼른 인사하며 서둘러 휠체어를 끌고 나왔다. 하마터면 걸릴 뻔 한걸 앰블런스가 위기를 넘겨준 것이었다. 그들의 등에는 식은 땀이 흐르고 있었다. 물론 앰블런스는 크리스트를 위한 배려였지만 확실히 한국은 다른 나라에 비해 자신의 직무에 성실한 사람들이 많다는 것과 보안체계가 잘 잡혀 있음을 느꼈다.

그들은 앰블런스를 타고 경광등을 번쩍이며 김포가도를 질주했다.

앞좌석의 동양 여인이 뒤를 돌아보며 말했다.

"저는 김안나라고 해요. 한국에 오신 것을 환영합니다."

"아, 고맙습니다. 저는 TT통신 기자 리스토 스베들리라 하고 이쪽은 칼젠버그라 합니다. 미스 김은 그들에게 눈인사를 보냈다.

"어느 병원으로 모셔다 드릴까요"

크리스트는 잠시 생각에 잠긴 척하다가 낮은 억양으로 말했다.

"호텔로 먼저 가주셨으면 좋겠군요. 지금 상태로는 편안히 쉴 공간이 필요하니까요."

"그럼 그렇게 해드리죠. 먼저 예약하신 호텔에 모셔다 드리겠어요. 모든 외신기자들은 S호텔에 숙소를 정하게 되어 있어요. 그곳 1층 홀이 프레스 센터로 운영되고 있어서 뉴스를 전송하기도 좋으니까요. 아직 교황이 오려면 9일 남았으니까 그동안에 몸조리 잘하시면 많이 좋아지겠죠."

앰블런스는 경광등을 끄고 S호텔 앞에 멈추었다.

호텔 벨맨들이 뛰어나와 그들의 트렁크를 들고 방으로 안내했다. 그들은 1727호와 1728호에 각각 들어갔다. 1728호실로 휠체어를 밀고 온 미스 김은 동양 여성으로는 보기 드물게 키가 훤칠하게 컸다. 길고 검은 머리를 뒤로 자연스럽게 흘려내려트린 미녀였다. 그녀는 크리스트를 부축하여 침대에 앉혔다. 환자 노릇을 하는 그의 팔꿈치에 그녀의 풍만한 가슴이 와 닿았다.

"그분은 잘 계시나요?"

크리스트는 그녀가 지금 야코프에 대해 묻고 있다는 걸 알았다. 그는 순간적으로 야코프가 그녀를 만날 때 어떤 신분으로 위장하였는지를 추측해 보았다. 그러나 단지 언론쪽이나 정부관리 쪽일거라는 것 밖에는 더 생각할 수가 없었다.

"물론 아직도 정열적이시죠. 밑의 직원들이 피곤할 정도로. 그런데 그분과는 어떻게 알게 되었나요."

"예, 미국에서 처음 알게 되어 통역을 맡았었고 일본 도쿄에서도 몇 번 뵌 적이 있어요. 이번에는 좋은 친구분들이 오신다고 하시면서 최대의 편의를 제공해 달라고 부탁하시더군요. 그래서 교황 방한 취재에 불편함이 없으시도록 미리 접수를 해놓았어요. 저는 이 프레스 센터의 정식 통역관이니까요."

"이제보니 우리는 꼭 필요한 분을 만나게 되었군요. 그럼 앞으로 많은 부탁을 드리겠습니다."

"저에게 잘만 보이면 돼요."

김 안나는 싱긋 웃었다. 크리스트는 그녀의 웃는 모습이 꼭 린다를 닮았다고 생각했다.

"한국은 매우 아름다운 나라군요. 서울의 도심도 아주 깨끗하고 사람들도 친절한 것 같습니다."

"그래요, 아시아에서는 도쿄 다음이지요. 남과 북으로 갈라져서 서로 노려보지만 않는다면 세계 제일의 아름다운 나라가 될 거예요."

"남북한 사이가 그렇게 나쁜가요?"

"그럼요. 이 분단은 소련과 미국 그리고 일본이 만들어 놓은 것인데 독일과는 좀 다른 상황이지요. 3년 동안 동족끼리 피비린내 나는 전쟁을 해야 했으니까요. 지금도 전쟁을 하고 있는 중이라고 할 수 있어요. 서로 총을 겨누고 있다는 것이 그 심각성을 증명해 주죠."

"남북한이 적대 관계에 있다는 것은 많이 들어서 알고 있었는데, 여기 온 김에 그것을 직접 목격하고 취재해 가야겠군요."

"그렇게 하세요. 원하신다면 DMZ까지 안내해 드릴 수도 있어요. 그런데 부상은 아주 심한가요? 소식을 듣기로는 뺑소니 차량에 치여 골절상으로 중태였다던데."

"아, 처음에는 골절로 X-레이 판독이 나왔는데, 다시 조사해 보니 약간 금이 가서 괜찮대요. 저는 지금이라도 뛰어다니며 교황 취재를 위한 준비를 하고 싶습니다."

"그래도 조심하세요. 무리할 필요는 없어요. 아직 교황이 도착하시려면 9일이나 남았으니까요."

그녀는 자신도 모르게 그에게 끌리는 묘한 매력을 느꼈다. 처음만난 사람이고 몇마디 대화도 나누지 않았지만 그의 말투마다 깃들어 있는 뜨거운 열정과 분출구를 찾는 화산의 마그마처럼 곧이라도 폭발할 것 같은 남성력, 그리고 부드러운 매너 등을 엿보았다.

어쩌면 그를 좋아할지도 모른다는 예감이 들었다.

"내일은 깁스한 석고를 떼내고 천천히 걸음 연습을 해봐야겠어요."

"어머나, 벌써요! 병원에서 진찰부터 받아보고 나서 하세요."

"저는 지금이라도 뛰어다닐수 있을 것 같은데요. 큰 취재를 앞에 두고 가만히 앉아 있는다는 것은 좀이 쑤셔서······."

"하여튼 오늘은 푹 쉬세요. 내일 다시 찾아오겠어요. 필요한 것이 있으시면 메모를 해 두세요. 그럼 쉬세요."

"고마웠어요. 잘 가시오."

그녀는 문을 닫고 나오면서 강인한 인상을 풍기는 남성적인 그 기자가 마음에 들었다. 키가 큰 금발은 어딘지 나약해 보이고 여자 꽁무니나 따라다니는 놈팽이처럼 보였다.

그녀는 서울에서 중학교를 다니다가 부모를 따라 미국으로 이

민을 갔었다. 캘리포니아 오렌지 카운티에 살면서 고교와 대학을 졸업하고 지방신문사에서 잠시 기자생활을 했다. 고등학교 시절, 독일계 청년과 사랑에 빠진 그녀는 그 청년이 그녀를 임신시키고 도망가 버리자 그를 찾아 뉴욕으로 갔다. 그러나 가져간 돈이 다 떨어져 생활이 막연해진 그녀는 일본인이 경영하는 식당에 기거하며 일했다. 그곳에 있는 동안 그녀는 말로만 듣던 일본인의 성격과 문화를 직접 보게 되었다.

일본인 사장은 한번도 화를 내는 적이 없었다. 식당에서만큼은 항상 웃는 낯빛으로 직접 손님들을 대했다. 허리가 구십도로 꺾이는 인사법과 친절함은 주위에 수많은 음식점들이 있음에도 단골 손님들을 만들어 나가는 수단이었다. 일본인의 투철한 장사법, 그것은 사소한 것 하나라도 장사에 도움이 되는 것이면 자신의 습관으로 만들 줄 아는 프로의식이 문화적으로 배어있기 때문일 것이다. 그녀는 그것을 마음속 깊이 새기며 배워나갔다.

간혹 손님들의 행패에도 자신이 성공하기 위한 하나의 연습이라 생각하며 화를 억누르며 그 위기를 지혜롭게 극복하였다.

어느 날 두명의 유럽인이 찾아와 그녀가 담당하는 테이블에 앉았다.

"무엇으로 드시겠어요?"

"샤부샤부로 2인분."

그녀는 주방장이 내놓은 음식을 테이블로 옮겨놓고 음식을 굽기 시작했다. 먹기 좋도록 자르고 뒤집는 그녀의 손길을 물끄러미 바라보던 키 큰 손님이 그녀의 솜씨에 감동되었다는 표정으로 말을 걸었다.

"정말 훌륭해. 마치 어머니가 아이들을 위해서 요리를 하는 것 같군. 안 그런가, 샘?"
 "그래요. 더구나 아주 미인인데요."
 그녀는 얼굴을 붉히고 말했다.
 "고맙습니다. 하지만 맛이 있을지 걱정이에요."
 "아가씨의 정성에 감동되어 맛은 절로 나겠어요."
 그들은 그녀가 익혀준 음식을 일본술을 곁들여 마시며 맛있게 먹었다. 키가 큰 손님이 그녀에게 두둑한 팁을 내놓으며 일이 끝나고 만날 수 없겠느냐고 했다.
 "좀 늦게 끝나지만 상관 없으시면 찾아뵙도록 하겠습니다."
 "좋아요. 국제호텔 903호로 찾아와요. 늦어도 기다릴 테니까."
 사실 그녀는 요리 솜씨가 형편없었다. 그러나 처음 듣는 칭찬과 그 손님의 예의 바르고 깨끗한 매너에 이끌려 식당 일을 끝내고 그가 묵고 있는 호텔로 찾아갔다.
 "나는 브라운이라고 해요. 필란드에서 조그마한 회사를 경영하고 있지요. 그덕분에 미국을 자주 왕래하고 있어요."
 그는 그녀에게 명함을 내주었다. 브라운 앤드 필립 컴퍼니의 사장이었다.
 "저는 김안나라고 해요. 캘리포니아에서 살고있고 고등학교 학생이에요. 친구만나러 이곳에 왔다가 잠깐 아르바이트를 하고 있죠."
 "친구는 만났어요?"
 "이젠 친구찾는 것은 포기했어요. 아직 만나지 못했어요."
 "저런, 그럼 캘리포니아에는 언제 돌아갈 생각이오?"
 "당장에라도 여비만 있으면 갈 작정이에요."

그녀 자신도 모르게 눈물이 흘렀다. 얼른 얼굴의 눈물을 훔치며 원래의 목소리로 되돌아갔다.
"집으로 전화해서 도움을 받지 않구."
"저도 다 컸으니까 이제는 부모님 신세를 지고 싶지 않아요."
"훌륭한 생각이군. 아가씨가 맘에 들었어요. 세계 여러 곳을 다니고 있지만, 아가씨처럼 동양적인 매력이 있고 아름다운 여자는 처음이오."
"너무 칭찬하지 마세요."
"아니 진심이오. 아가씨가 승낙한다면 내가 비행기 요금을 주겠소. 그러니까 내일이라도 캘리포니아로 돌아가요. 전혀 부담 갖지 말고. 대학에 들어가서 열심히 공부해 훌륭한 사람이 되도록 해요."
"말씀은 고맙지만 아무런 이유도 없이 도움을 받기는 싫습니다."
그 신사는 검지 손가락을 이마에 대며 눈을 감았다.
아마도 생각의 깊은 터울 속으로 빠져들 때면 무의식적으로 나오는 행위인가 보았다.
"그럼, 이렇게 합시다. 나는 뉴욕에서 1주일간 더 머무를 계획이오. 그리고 할 일도 많고. 아가씨가 1주일 동안 내 비서를 해주면 하루 50달러씩 급료를 지불하겠소."
그녀는 입이 크게 벌어졌다. 일주일에 350달러면 일본 식당에서 두 달 이상 꼬박 모아야 숙식비를 제하고 겨우 만질 수 있는 금액이다. 물론 캘로포니아의 어머니와 동생들에게도 뉴욕의 최신형 모자를 한 개씩 선물할 수 있을 것이다.
"좋아요."

그녀는 선뜻 응답했다. 어쩌면 인생이라는 것은 한편 한편의 단막극이고 각자는 그 주인공으로서 살아가는 것이 아닐까. 좀더 멋있고 알찬 생을 살려면 가끔씩 찾아오는 이런 기회를 망설임없이 선택할 수도 있어야 한다고 생각했다.

브라운은 그녀와 위스키를 한 잔씩 들고 그녀에게 그의 침대에서 잘 것을 권했다. 그리고 자신은 긴 소파에 누워 눈을 감았다.

그녀는 욕실로 들어가 식당에서 밴 끈적끈적한 기름기와 땀을 깨끗이 씻어냈다. 뉴욕에서 지낸 지난 한 달 동안 그녀는 몸이 많이 수척해졌다. 임신한 아기를 억지로 낙태시키고 제대로 영양섭취를 하지도 못한 채 불안한 나날을 보낸 탓이었다. 그래도 얼굴 한 켠에는 이제 어엿한 숙녀티가 흘렀다. 눈가에 가득히 우수에 젖어있는 모습에서 짧은 세월동안에 많은 경험과 고난을 이겨낸 여유로움을 엿보이고 있었다.

"저……."

그녀는 이제부터 그의 개인비서이고 보면 뭐라 불러야 할지 선뜻 생각나지 않았다.

그녀는 타월로 몸을 가리고 침대에 걸터앉으며 그를 쳐다보았다.

그는 눈을 뜨고 휜빛으로 눈부시게 빛나는 그녀의 몸을 황홀한 듯 바라보았다. 좀 마른 편이었지만 부끄러운듯 약간 몸을 꼰 채 응시하는 그녀의 모습에 그는 불끈 욕망이 치솟아 오름을 느꼈다.

"혼자 자기는 싫어요."

"이래도 되는지 모르겠소, 안나. 당신을 그냥 지켜보는 것만으로도 만족하는데 말이오."

그는 옷을 벗고 침대의 시트 속으로 들어와 그녀의 몸을 가만히 포옹했다. 검은 털에 덮여있는 그의 가슴에 그녀는 가만히 얼굴을 묻었다. 아버지의 가슴처럼 넓고 포근함이 느껴졌다. 그는 그녀의 포옹을 풀지 않은채 한 손으로 그녀의 등을 따라 내려가며 부드럽게 어루만졌다. 둥근 엉덩이의 구석구석에 그의 손길이 미치자 얼어 붙었던 그녀의 감각이 되살아 나지 시작했다. 팔과 다리로 그의 허리를 꼭 끌어 안은채 그녀는 그를 받아 들였다.

그녀가 지금까지 상대해 왔던 10대들의 난폭하고 무절제한 성행위와는 사뭇 다른 40대 초반의 능숙한 손놀림에 그녀는 서서히 절정을 향해 달려갔다.

다음날 아침 늦게 잠에서 깨어난 그녀는 그가 남기고 간 쪽지를 보았다.

"짐을 호텔로 옮기시오. 오후 5시에 돌아오겠소, 브라운."

쪽지와 함께 약간의 지폐가 놓여 있었다.

그날부터 그녀는 브라운과 1주일 동안을 그 호텔에서 머물렀다. 브라운은 그녀에게 새 옷과 신발까지 마련해 주었다. 그리고 그 일이 있은 후 1년에 한 번 정도 그는 LA로 날아와서 그녀와의 해후를 즐겼다.

그녀가 한국에 온 지 벌써 6년째가 되간다. 한국은 그녀가 살아가기엔 너무도 좋은 여건과 환경을 가지고 있었다. 그녀는 미국에서의 학력과 미모와 영어 실력으로 한국에서 동시통역사로 일하고 있었다. 한국은 재빠른 경제성장으로 선진국대열에 들어서서 거의 매일 세계 각국의 대표들이 모이는 크고 작은 국제회의와 전시회 및 공연등을 개최하고 있었고 따라서 그녀의 활동영역도 계속 확대되고 있었다.
 그때 그녀는 모처럼 오랫만에 그의 전화를 받고 반가움에 어쩔 줄을 몰랐다.

 안나가 돌아가고 난 뒤 크리스트는 복도를 한번 휘둘러본 뒤 방문을 굳게 닫았다. 그리고 조심스럽게 문을 잠근 뒤 창가의 커텐에 몸을 기대고는 밖을 내다보았다. 거리는 의외로 한산하게 보였다.
 오고가는 행인들의 발걸음에도 여유가 깃들어 보였다. 그는 가위를 꺼내 깁스한 다리를 풀어내렸다. 멀쩡한 다리에 쇠막대 두 개가 양쪽에서 살을 파고드는 바람에 그의 다리는 진짜 환자처럼 퍼렇게 변색이 되어 있었고, 그는 고통에 이를 악물어야 했었다. 티타늄 파이프에 묻은 석고가루를 씻어낸 그는 카메라 가방에서 꺼낸 다른 부품들과 함께 헌 옷가지로 둘둘 말아서 침대 밑에 쑤셔넣었다. 그는 다리의 고통을 잊기 위해 연고를 다리에 골고루 바른 뒤에 붕대로 부드럽게 감아올렸다.
 그는 침대에 누워 눈을 감았다. 한국에 무사히 입국한 사실에 크게 안도감을 느끼자 긴장이 한꺼번에 풀리는 듯했다.
 그는 침대에 누워 예쁜 장식을 한 형광등의 불빛을 바라보았다. 링처럼 생긴 형광등 두 개가 위 아래로 연결되어 있었고 그 주위를 삼각형과 사각형의 유리도형들이 감싸고 있었다. 흘러나오는 불빛들이 그에 따라 굴절되고 반사되어 묘한 음영의 조화를 이루어 비추고 있었다.
 그는 한국에 무사히 입국했다는 사실보다도 앞으로의 몇일간에 일어날 일에 대해 가슴 깊숙한 곳으로부터 전해오는 긴장감이 팽팽해지는 것을 느꼈다. 한국의 보안당국뿐만 아니라 각국의 정보망까지도 아직 그들이 외신기자로 위장하고 있음을 눈치채지 못한 것 같았다. 그러나 이미 K-3작전에는 그와 야코프 그리고 칼젠버그, 김안나를 비롯한 몇 명이 더 관계하고 있는지 알 수가 없었다. 관계자가 많을 수록 기밀은 어딘가에서 누설되게 마련인 것이다.

크리스트는 칼젠버그를 매우 위험한 인물로 생각하고 있었다. 녀석은 돈만 주면 그의 상사는 물론 조국까지도 배신할 그런 형편없는 녀석이라고 그는 생각했다. 야코프 대령이 홍콩에서 그에게 부상을 입히게 한 것도 칼젠버그를 시켜서 한 것이었다. 녀석은 하마터면 그를 정말 죽여버릴 뻔 했다. 그만큼 그의 솜씨는 형편없었다. 미리 마음의 준비가 되어 있던 그는 칼젠버그가 모는 차의 앞 범퍼가 그의 무릎을 스치는 순간 반사적으로 몸을 날렸다. 그렇지 않았다면 그는 이미 산 송장이나 다름없었을 것이다.

1983년 4월 26일.

방에서 룸 서비스가 가져온 간단한 식사를 마친 크리스트는 보이가 가져온 신문과 프레스 센터에서 배포한 자료를 검토했다.

교황은 예정대로 5월 2일 로마를 출발하기로 되어 있었다. 아직 1주일 남았다. 그는 그동안 서울의 지리를 익혀둘 필요가 있었다. 유람차 온 건 아니니까 꼭 필요한 곳만 익히면 될 것이었다.

여의도 광장에서의 시성식 때를 비롯한 서너 곳의 중요지점은 그에게나 지구 모든 사람들에게도 역사적인 사실이 될 테니까 말이다.

킬러들의 세계에서는 암살을 위한 단 하나의 장소만이 존재한다고 믿어왔다. 그리고 그 장소를 찾기위해 부단한 노력을 했다. 실패와 성공의 여건은 그 장소를 찾는 데서 결정되는 것이다.
　9시가 조금 넘어 안나가 찾아왔다.
　"기분은 어떠세요. 스베들리씨."
　"아, 어서 오세요."
　그녀의 가슴에는 프레스 센터 통역관이라는 명찰이 붙어 있었다.
　"다리는 좀 어떠세요? 어머 깁스를 풀었군요. 그래도 괜찮으세요?"
　안나는 그의 다리를 호기심 가득한 눈빛으로 들여다 보았다.
　"별 것도 아닌데 의사들이 호들갑을 떨었나 봅니다. 덕택에 다 나은 것 같아요. 아직 약간 아프기는 하지만 걸을 수는 있소."
　크리스트는 엷은 미소를 띠우며 그녀를 쳐다보았다.
　"다행이군요. 아무튼 쾌유되신 것을 축하해요. 저도 환자보다는 건강하고 핸섬한 남자가 좋으니까요.
　"나를 환자 취급하진 마십시오. 다리 외에는 아주 건강하고 힘이 넘치니까요."
　"하지만 어제까지는 꼭 중환자 같았어요."
　"어제까지는 그랬던 것 같습니다. 그런데 깁스를 풀고 치료를 좀 했더니 우선 기분부터 상쾌해지더군요."
　"다행이에요. 본격적인 취재를 하려면 아직 1주일 정도 남아 있으니까 오늘은 푹 쉬세요. 다리가 좀 나아지면 언제든 말씀하시고요."
　"하하하하, 이렇듯 멀쩡한 다리를 보고도 이 좋은 날에 방안에만 묶어두려 하십니까."

크리스트는 다친 다리를 움직여 보였다. 위 아래로 부드럽게 흔들리는 다리를 바라보며 안나가 말했다.
"오늘은 두 분을 모시고 서울 시내구경을 시켜드리겠어요. 두 분 다 서울은 처음이시죠?"
"그렇습니다. 시내 구경을 하려면 렌트카를 한 대 빌려야 되겠군요."
"그럴 필요 없어요. 제가 가져왔으니까요."
"아, 그래요."
"준비하시고 로비로 내려오세요. 기다리고 있겠어요."
잠시 후 로비로 내려온 크리스트와 칼젠버그는 안나의 안내를 받아 지하 주차장으로 내려갔다. 그곳엔 그녀의 흰색 포니가 갓 뽑혀나온 것처럼 화사하게 서 있었다.
선글라스를 낀 크리스트는 앞좌석에 앉고 칼젠버그는 뒷좌석에 앉았다. 차 안은 무척이나 단조로웠다. 고급 모직시트와 애꾸눈 호랑이 인형이 앞문 천정 위에 매달려 있는 것이 전부였다.
안나는 차를 몰아 언덕을 부드럽게 내려가 도심쪽으로 향했다. 서울 시가지도를 펴놓고 크리스트는 도심의 거리에 눈길을 주며 위치를 확인했다.
"여기가 퇴계로예요, 저것이 신세계 백화점이고, 이제부터 천주교 성당이 있는 명동으로 들어가겠어요."
안나는 간략간략하게 주요건물의 특징과 역사적 배경등을 설명해 주었다. 준비된 듯 자연스럽게 흘러나오는 안나의 목소리를 들으며 그는 땅딸막한 한국인들이 재빠른 몸놀림으로 부지런히 보도를 걷고 있는 모습을 바라보았다.

인파의 물결은 어느 곳이나 보도를 꽉 메우고 있었고, 군데군데 고층건물들을 건축하는 모습들이 눈에 들어왔다. 한눈에도 한국인들은 부지런한 민족이라는 것을 알 수 있었다. 세계 어느 곳을 가 보아도 보도에 이처럼 인파가 많은 것을 본 적이 없었다. 하나같이 쇼윈도를 기웃거리며 어슬렁거리는 것이 유럽의 행인들이었다. 그러나 한국 행인들은 마치 적진을 향해 돌진하듯 바쁘게 움직이고 있었다. 천주교 성당 앞에는 교황을 환영한다는 아치가 커다랗게 세워져 있었다.

"교황께서는 이곳에 머무르기로 되어 있어요."

크리스트는 철옹성 같은 성당을 올려다 보았다. 그 안에 활짝 웃는 미소로 자신을 내려다보는 교황의 모습이 보이는 것 같았다. 예전부터 그를 잘 알고 있는 듯한 표정에 크리스트는 흠칫했다.

안나는 그런 그를 보며 몸이 완전히 회복되지 않아서일 거라 생각했다.

"이 성당은 한국 천주교 대교구이고 여기에 김수환 추기경님이 계세요. 그리고 평소에는 항상 반정부 데모군중들과 노동조합 운동원들이 집회장소로 이용하고 있죠."

"추기경이 반정부 활동을 지원하고 있는 모양이군요."

"겉으로는 그렇게 보일지 모르지만 실상 그 분은 정치에 개입하지 않아요. 단지 명동성당은 군중 스스로의 힘에 의해 도덕과 윤리와 양심의 무대로 만들어졌어요. 약한 자들의 마지막 히든카드인 셈이죠. 다음에는 정부종합청사와 시청, 대통령이 있는 청와대를 보여드릴께요."

그들의 차는 좌회전하여 서울시청 청사의 낡고 우중충한 회색

건물을 돌아 쭉 뻗은 넓은 대로를 달려 정부종합청사 앞을 지나고 곧 국립중앙박물관을 거쳐 청와대 앞을 돌았다.

"한국에 오셨으니 옛 왕궁을 둘러보셔야죠."

안나는 고궁의 주차장에 차를 주차시키고 그들을 고궁으로 안내했다. 칼젠버그는 연신 카메라의 셔터를 눌러대며 흥겨워하고 있었다.

차는 마포대교를 건너 교황의 시성식이 거행될 현장으로 향했다.

크리스트는 긴장된 표정으로 도도히 흐르는 한강과 주변의 빌딩을 살펴보다가 확트인 넓은 광장앞에서 서서히 긴장되는 자신을 느꼈다. 바로 교황과 자신의 운명의 장소인 것이다.

여의도 광장은 교황의 시성식을 행할 단상을 만들고 있는 사람들로 분주해 보였다. 높직하게 쌓아놓은 철재구조물에 벽면을 합판으로 둘러대고 있는 근로자들의 모습이 눈에 들어왔다.

"저는 바로 저 아파트에 살고 있어요. 잠시 들어가서 쉬었다 가기로 해요."

그녀는 차를 돌려 M아파트로 들어섰다. 아파트로 들어서면서 경비원에게 윙크하는 안나를 따라 그들은 1219호실로 올라갔다. 아파트 현관문을 열자 훈훈한 공기와 함께 향수 냄새가 물씬 묻어 나왔다.

별로 가구가 많지 않은 단조로운 아파트였는데 베란다의 커튼을 젖히자 오른쪽으로 여의도 광장이 한눈에 들어왔다.

교황이 앉을 좌석이 있는 오메가형 구조물의 중심부가 손에 잡힐 듯 했다. 직선 거리로 약 800미터. 크리스트는 그곳을 뚫어질 듯 쏘아보다가 안나의 말소리에 뒤로 돌아섰다.

"음료수 드세요."

"고맙소. 이곳에서 교황을 취재하면 제격이겠는데."

"그래요. 이 아파트가 교황의 시성식이 열리는 곳에서 가장 가까운 곳이에요. 이 아파트를 빌리느라고 돈을 곱절이나 지불해야 했으니까요. 마음에 드세요?"

"네, 마음에 들어요."

"사실 그날은 교황의 제단 가까이에서 훌륭하게 취재한다는 것은 불가능해요."

"맞아요. 취재기자들의 자리는 무대앞에 마련된다고 하지만 그곳에 발이 묶인 이상은 다각도의 촬영은 불가능하죠. 이곳에서는 교황과 군중과의 연관성을 앵글에 담기에는 최적의 곳이군요. 오버랩하면 그 어마어마한 인파속에 서있는 교황의 모습이 진한 감동을 줄 것입니다."

안나는 고개를 끄덕이며 주방에 들어갔다가 잠시 후 커피를 내왔다.

아직도 창밖의 여의도 광장에 눈을 고정시키고 명상에 잠긴 크리스트를 보며 빙긋 웃음이 흘렀다.

"그러고 있으니까 꼭 밖에 못나가게 하는 엄마와 밖에 나가고 싶어 떼쓰는 아들의 보이지 않는 싸움 같네요."

"하하핫."

크리스트는 한껏 웃으며 몸을 돌려 안나의 맞은 편에 앉았다.

"안나씨의 표현이 아주 적절하군요."

칼젠버그는 거실에 꾸며있는 장식물들을 구경하며 그 속에 푹 빠져있는 듯 보였다.

크리스트는 커피도 드는 둥 마는 둥 훌쩍 마셔버리고 다시 관찰자로 돌아갔다.

"신문사의 예상으로는 1백만 명이 넘는 신도들이 전국 방방곡곡에서 이 시성식에 참가하기로 되어 있대요. 신도들뿐만 아니라 그 장관을 구경하려는 일반 시민까지 합하면 이 여의도로 들어오는 교량 네 개는 완전히 인파로 덮여서 꼼짝할 수가 없을 거예요."

"이곳에 들어오는 교량이 네 개 뿐인가요?"

"그래요. 이 지도를 보세요. 이곳은 말하자면 한강 한가운데 있는 섬이지요. 이곳으로 통하는 길은 시내쪽에서 마포브리지와 원효브리지 그리고 남쪽 영등포에서 서울브리지와 여의브리지, 이렇게 네 개 밖에 없어요. 이 교량들도 그날은 밀려드는 인파 때문에 차량은 통행금지가 되고 도보로만 일방통행으로 들어올 수 있도록 계획이 세워져 있어요. 몇 년 전 빌리 그래이험 목사가 왔을 때도 1백만 명의 기독교 신도들이 집회를 가졌는데 그때도 그랬었거든요. 아무튼 이번 교황의 방한은 한국으로서는 역사적인 날이니까요."

크리스트는 일순간 절망감을 느꼈다. 이곳에는 탈출구가 없다. 들어오는 곳만 있고 나가는 곳이 없는 것이다. 그의 눈에 머리를 싸안고 쓰러지는 교황의 모습이 그려졌다. 측근의 신부들이 교황을 몸으로 덮고 인의 방벽을 둘러친다. 수백 명의 교황청 경비대가 권총을 빼들어 단상을 점령하고, 수천 명의 한국측 경호대가 총을 빼들고 제단 주변에서 신도들의 접근을 봉쇄한다. 신도들이 엎드려 절규하며 다투어 앞으로 몰려들려 하나 접근하지 못한다. 뒤쪽의 신도들이 M아파트를 향해 손짓하고 고함을 친다. 외곽 경비를 맡은 한국 특수부대 요원들이 재빠르게 M아파트를 에워싼다. 그 때 광장 한쪽에 주차해 있던 차량 두 대가 연속적인 폭음을 내며 폭발한다. 근처에 있던 사람들이 쓰러진다. 교황이 쓰러진 시성식 단상으로 향하던 많은 군중들이 방향을 바꾸어 썰물처럼 네 개의 교량으로 향한다. 사람이 짓밟히고 교통순경이 호각을 불어댄다. 여러 대의 앰블런스가 여의도로 진입하려 하나 인파에 밀려 정지해 있다. 제단 뒤에서 헬리콥터가 날아오르고 잇달아 무장 헬리콥터가 여의도 주변에 나타나 경계태세로 돌입한다. 네 개의 다리를 군인과 경찰이 차단하려 하나 아비규환의 인파에 밀려 계속 허둥댈 뿐이다.

잠시 생각에 잠겼던 크리스트는 안나의 시선을 느끼고 빙그레 미소를 지었다.

"대도시의 한가운데로 이처럼 큰 강이 흐르고 또 그 가운데 커다란 섬이 있는 곳은 세계에서 이곳밖에 없겠군요. 그리고 마치 뉴욕의 맨하탄 같이 잘 가꾸어진 도시도 건설되어 있으니까요."

"우리도 한국의 맨하탄이라고 부르기도 해요. 이곳에 사는 주민들도 한국의 중산층 이상으로 구성되어 있구요."

"아주 아늑하고 좋은 곳이군요."

"그래요. 저에게는 부족함이 없는 곳이죠. 밖이 넓게 트여서 밤하늘에 별자리도 구경하구요. 그러나……."

"그러나 뭐죠?"

"어느땐 좀 외롭기도 해요."

"혼자 살고 있나요?"

"그래요."

다시 밖으로 나와 시내 여러 곳을 구경하다 따로 볼일이 있다면서 칼젠버그가 먼저 호텔로 돌아가자 크리스트와 안나는 저녁식사를 함께 하고 맥주를 마셨다.

그날 밤 안나와 함께 아파트로 돌아온 크리스트는 그녀와 함께 위스키 한 병을 거의 비웠다. 술은 그보다 안나가 더 잘 마셨다. 20대 후반의 그녀는 한국인으로서는 큰 키에 잘 어울리는 간편한 핫팬티로 갈아입고 목둘레가 넓게 파여진 상의로 갈아입었다. 풍만한 가슴이 술잔을 들 때마다 들여다보였고 얇은 옷을 꿰뚫어버릴 듯이 오똑 도드라진 유두가 시야를 어지럽혔다. 술잔을 비우고 난 안나는 부상한 다리를 보자며 그의 바지를 벗기고 그의 다리에 난 퍼런 멍을 보고는 비명을 질렀다.
"어머나, 아직도 멍이 퍼렇게 들어 있군요. 몰랐어요."
"괜찮습니다. 아프지는 않으니까."
"약을 발라야겠어요."
안나는 연고를 찾아와 그의 다리에 정성들여 약을 발랐다. 그녀의 부드러운 손길이 그의 발목에서부터 사타구니까지 몇 차례를 오고가자 그는 호흡이 빨라지며 굵은 신음을 토해냈다.
"아프세요 ?"
"아, 아니오. 너무 기분이 좋아서……."
"당신은 내가 생각했던 대로 훌륭한 체격을 가졌군요. 마치 육체미 선수 같아요."
그녀는 그의 다리에 뭉쳐 있는 근육 덩어리를 안마하듯 쓰다듬으며 말했다.
"계속 운동을 해온 탓이죠."
"너무 훌륭해요. 어머, 이 가슴 좀 봐."
그녀는 그의 러닝셔츠 위로 툭 불거져나온 그의 가슴팍을 손으로 문질렀다. 크리스트는 참기 어렵다는 듯이 그녀의 머리를 두 손으로 감싸고 그의 하복부로 밀착시켰다. 그녀의 손이 불쑥 솟아오른 그의 팬티를 밀어냈다.
 "대단해요. 스베들리, 난 당신을 처음 본 순간 당신의 섹스가 훌륭할 것이라고 생각했어요."
 "안나, 당신은 매우 아름답고, 몸매도 뛰어나게 섹시해 보여요."
 뻗쳐오른 그의 우람한 남성을 두 손으로 감싸쥐고 그녀는 자신의 입술을 가져갔다. 크리스트는 감동에 몸을 떨며 신음을 토해냈다. 그의 가장 예민한 부분을 혀끝으로 자극하던 그녀는 걸치고 있던 T셔츠와 핫 팬티를 벗어던지고 그의 몸위로 자신의 하복부를 밀착시켰다.
 안나의 그곳은 흠뻑 이슬을 머금은 꽃처럼 흥건히 젖어 있었다. 그녀의 꽃잎이 벌어지며 그의 거대한 돌기를 집어삼키고 그녀의 몸이 상하로 움직임에 따라 커다란 젖가슴이 크게 흔들렸다.
 안나는 마치 며칠 동안 굶은 사람이 정신없이 음식을 먹어대듯이 그의 몸 위에서 신음을 토해내며 행위에 열중했다.
 "스베들리, 당신은 정말 대단해요. 아아, 너무 지쳤어요. 당신이 환잔데 이상하게 내가 먼저 힘이 빠지는 군요."
 "이쪽으로 누워, 안나."
 그는 안나와 바꾸어 이번에는 위에서 돌격을 감행했다. 얼마 지나지 않아 안나는 까무러치듯 비명을 지르며 온몸을 떨더니 솜처럼 늘어져 버렸다.

 4월 27일 아침 안나가 프레스 센터로 출근하고 비어 있는 방에 주인처럼 들어 앉아서 크리스트는 목표를 향해 하나씩 하나씩 준비를 하고 있었다. 베란다 창문으로는 시성식 제단을 향해서 똑바로 총을 조준할 수가 없었기 때문에 그는 광장으로 면한 오른쪽 벽

쪽으로 돌아서서 벽면을 살펴나갔다. 베란다 난간이 활처럼 밖으로 휘어져 있고 그 휘어진 공간에 알미늄 창틀로 유리가 끼워져 있었다. 그는 연장으로 알미늄 새시를 뜯어냈다. 벽과 유리창을 연결한 알미늄 새시를 뜯어내니 폭 5cm 정도의 공간이 세로 20cm 정도의 길이로 나타났다. 그는 그 구멍으로 광장을 내려다보았다. 12층에서 바로 내려다보이는 광장 저쪽에 교황의 상징인 대형 십자가와 둥그런 오메가형 성전이 바라다보였다. 그는 커튼을 닫은 뒤, 침대 밑으로 손을 뻗었다. 어젯밤에 그의 호텔방에서 몰래 들여온 공구함을 꺼내 열고 실탄을 집어들었다. 펜치로 탄환을 탄피에서 분리한 그는 탄환의 뾰족한 끝을 5미리 정도 쇠톱으로 잘라냈다. 누런 놋쇠의 탄환 속에서 회색의 납이 드러났다.

　다섯 개의 탄환을 똑같이 잘라낸 그는 알콜램프에 탄환을 구웠다. 온도가 올라가자 그는 탄환 속에 들어있던 납을 쏟아버렸다. 다섯 개의 탄환에서 납을 뽑아낸 그는 조그만 철제막대의 뚜껑을 열고 은회색의 수은을 그 탄환의 빈 구멍에다 반 정도씩 부어넣었다.

　지름 5미리 정도의 납으로 된 막대를 꺼낸 그는 그것을 1cm씩 잘라서 탄환의 구멍에 대고 조심스럽게 망치로 두드려 넣었다. 그리고 납의 첨단 부분을 갈아내어 원래의 뾰족한 탄환 모양으로 만들었다. 그것을 빙글빙글 돌리면서 눈으로 가늠하여 샌드 페이퍼로 모양을 다듬었다. 그는 완성된 5개의 탄환을 손에들고 그것이 목표에 명중하는 모습을 그려보았다.

　이제 그가 총을 발사하면 탄피로부터 분리된 탄환은 총열 속의 나선형 궤도를 따라 엄청난 회전력을 얻게 된다. 그 회전력의 속도가 곧 그 총의 명중률이 되는 것이다. 회전이 느리면 그만큼 탄환은 궤도를 벌려가다가 목표에 도달할 때는 수십 센티미터의 편차를 보일 것이다.

크리스트는 탄환이 회전할 때 발생할지 모르는 오차를 줄이기 위해 다시 납으로 된 첨단부를 정밀하게 다듬어 나갔다.

크리스트는 완성된 탄환을 다시 각각의 탄약이 가득 들어있는 탄피에 밀어 넣었다. 작업이 완료되자 그는 글라스에 위스키를 부어 한모금 마시고 나서 새로 만든 실탄과 종전의 실탄을 각각 양손에 하나씩 들고 무게를 가늠해 보았다. 약간의 차이를 느낄 수 있을 정도였다. 그러나 이 실탄은 가히 폭탄과도 같은 위력을 지닌 극히 위험한 물건으로 변신한 것이다. 총에서 발사된 탄환이 전방으로 날아가면 탄환 속의 수은은 그 자신의 무게와 액체와 같은 물질의 특수성 때문에 탄환의 뒷부분에 몰려있게 된다. 그러나 탄환이 목표물에 명중하는 순간 탄환의 속도가 정지함과 동시에 수은은 날아가던 가속도에 의해 그 무거운 무게에 붙은 탄력으로 뾰족한 납덩어리를 밀어내고 분사되어 사방으로 흩어지면서 목표물을 파열시킨다. 그래서 일반 정규전에서는 절대로 사용할 수 없도록 되어 있으나 일부 살인청부업자들은 이 수은탄을 사용함으로써 탄착점이 목표물의 급소를 벗어나서 가벼운 부상을 입혔을 경우에라도 수은의 2차적 충격이 그 목표물을 말살시킬 수 있도록 비밀리에 사용하고 있는 것이다.

1984년 4월 29일.

크리스트는 안나의 차 트렁크에 백을 밀어넣고 그녀와 함께 남쪽으로 차를 달렸다. 안나는 능숙하게 고속도로를 운전하며 곳곳에 설치된 검문소를 무사히 통과하여 삽교천 근처 주차장에 차를 주차시켰다.

그는 트렁크에서 낚시 가방을 꺼내 어깨에 걸치고 그녀는 청바지 차림으로 그를 따라 멀리 떨어진 낚싯터로 향했다. 얕으막한 야산을 끼고 드넓게 펼쳐져 있는 삽교호에는 드문드문 낚시꾼들의 모습이 한가롭게 보였다. 야산을 돌아나와 넓은 들판이 잇대어 펼쳐진 곳에서 그들은 배낭을 내려놓고 낚시 도구를 꺼내 들었다.

"아니, 무슨 낚시를 한다고 이러세요. 이제보니 교황 취재에는 하나도 관심이 없군요."

안나는 몹시 기분이 좋은지 연신 입방아를 찧고 있었다.

"그건 칼젠버그가 준비하고 있어요. 나는 교황이 도착한 후의 그의 성명 발표문과 기자회견에만 참가하면 되니까요. 이렇게 경치좋고 날씨도 좋은 곳에서 낚시를 즐기는 것도 하나의 멋이 아니겠소. 까짓 붕어 새끼를 잡는 것은 아무것도 아니오. 이런 자연을 만끽하고 싶은 거지."

"당신은 마치 로맨티스트처럼 말하는 군요. 좋아요, 그럼 오랜만에 낚시다운 낚시를 해볼까요."

크리스트는 그녀의 싱긋 웃는 모습이 햇빛과 맞물려 일순 요정처럼 느껴졌다. 린다는 지금 무얼 하고 있을까 생각하며 그는 안나가 그녀였으면 좋겠다고 생각했다. 이 일만 없었다면 린다를 위해 예쁜 옷을 사주고 금목걸이며 많은 것을 해주었을 것이다. 배고플 때 먹고 싶은 것들이 떠오르듯 그녀가 없는 이곳에서 크리스트는 그녀에게 해주고 싶은 것들이 많았다.

그들은 미끼를 꿴 낚싯대를 물속에 드리우고 물가에 자리를 잡고 앉았다. 가져온 위스키병을 열어 한모금씩 나누어 마시고 난 그들은 다정하게 어깨를 서로 기대고 물 속에서 나타날 반응을 지켜보았다.

　갑자기 찌가 움직였다. 크리스트가 잽싸게 낚싯대를 움켜쥐자 낚싯줄이 팽팽하게 당겨지면서 낚싯대가 활처럼 휘었다. 그가 능숙한 손놀림으로 끌어당기자 금새 발아래 물속에서 은빛 물고기가 몸부림을 치며 솟아올랐다.

　"잠깐요. 내가 고기를 건질께요."

　그녀는 어망으로 된 채를 들고 달려내려가 물고기를 들어올렸다. 손바닥만한 큼직한 붕어였다. 그녀는 소녀처럼 즐거워하며 물고기를 들고 크리스트에게로 달려와 그의 볼에 키스했다.

　"아주 큰 붕어예요. 낚시질을 잘하시네요. 전 당신이 낚시한다기에 괜한 억지를 부리는 줄 알았죠. 정말이에요."

　"잘 보시오. 오늘 재수좋으면 당신의 자동차 트렁크에 다 못 실을 정도로 잡아줄 테니까."

　"아유, 그렇게나 많이요 ?"

　그녀는 소녀처럼 웃으며 이번에는 자신이 큰 놈을 낚아 올리겠다고 낚싯대를 움켜쥐고 물속을 노려보았다.

　"저기 보이는 산모퉁이까지 가서 한국의 산과 들판을 구경하고 싶군. 잠깐 거기까지 다녀올 테니 당신은 여기 있어요."

　"저 혼자는 싫은데요."

　"잠깐 구경만 하고 돌아올께요."

　안나는 그의 싱긋 웃는 모습을 보며 어길 수 없는 묘한 매력을 느꼈다. 잘생긴 편은 아니지만 어딘가 믿음직하고 성실할 것 같은 인상이 그녀의 마음을 사로잡았다.

　"빨리 와야 해요. 혼자 있으면 너무 심심하단 말이에요."

　그녀는 한국을 처음 찾은 외국인들의 호기심을 잘 알고 있었다.

그들은 모두 한국의 농촌 풍경을 보고 싶어한다. 스베들리 기자도 그들처럼 눈앞에 펼쳐진 한국의 논과 밭 그리고 수목이 울창한 산야를 직접 들어가 보고 싶어하는 이방인인 것이다.

"저 사람은 기자치고는 엉뚱한 데 관심이 많은 기자야. 그래 그런 면이 오히려 인간미가 있어 맘에 들어."

그녀는 혼자 중얼거리며 낚싯줄 끝에 매달린 찌에 시선을 고정시켰다.

숲속으로 들어선 그는 곧 야산의 정상에 올라서서 반대편을 내려다보았다. 야산은 그곳에서 완만하게 내려가다가 곡식이 자라는 밭과 연결되어 있었다. 그 밭 몇 뙈기가 끝나는 지점에서 깊은 야산으로 이어지고 있었다. 그는 그곳으로부터 큰 걸음으로 8백 보를 세었다. 8백 보가 되는 지점 바로 옆에 파란 잎이 막 돋아나고 있는 미류나무가 서 있었다. 그는 그곳에 조금 전에 잡은 붕어를 철사로 꿰어 나무에 걸어놓았다.

다시 정상으로 돌아온 그는 어깨에 멘 낚시 가방에서 쇠막대를 꺼내 한 조각씩 조립하여 이어나갔다. 나무는 한 조각도 없는 쇠붙이로만 만들어진 특별한 라이플이었다. 유난히 총열이 긴 그 총끝에 그는 소음기를 힘껏 돌려서 박았다. 그리고 망원 조준경을 부착하고 가늠자를 800미터에 맞추었다. 조립식 개머리판은 어깨의 둥그런 굴곡부에 꼭 들어맞게 안쪽이 오목하게 만들어져 있었다. 그는 노리쇠를 뒤로 당겨 실탄을 한 발 장전하고 다시 앞으로 밀었다. 찰칵하는 쇳소리가 들리며 실탄이 얌전하게 약실로 미끄러져 들어갔다.

소나무 그루터기에 몸을 의지하고 그는 총을 들어 개머리판을 어깨에 밀착시켰다. 망원 조준경의 접안렌즈가 바로 오른쪽 눈앞에서 열려 있었다. 그의 눈앞에 ╋자형의 눈금이 나타나고 그 저편에 미류나무가 흐릿하게 보였다. 그는 렌즈를 조절하여 초점거리를 맞추고 나사를 돌려 그것을 고정시켰다. ╋자형 눈금 중앙에 붕어가 나타났다. 그는 그의 육체의 모든 움직임을 정지시키고 가만히 그의 검지를 움직여 총을 발사했다. 퍽하는 소리가 들리며 그의 오른쪽 어깨에 강한 충격이 왔다. 눈앞의 ╋자 마크 속에는 붕어가 다치지 않은 채 그대로 매달려 있었다.

그는 렌즈 속을 더듬으며 탄착점을 찾았다. 얼마 후 그는 그 붕어 바로 위쪽을 따라 조금 떨어진 뒤쪽 언덕에 나타난 탄착점을 찾아냈다. 높이는 약 20cm. 그는 가늠자의 눈금을 2개 내렸다. 그리고 이번에야말로 목표를 맞출 수 있을 것이라고 확신했다. 두번째의 실탄이 그 붕어를 날려버렸다.

"됐어!"

그는 매우 흡족한듯 티타늄 합금으로된 라이플의 총신을 어루만졌다. 그는 총을 다시 분해해서 낚시 가방에 넣고 미류나무를 향해서 걸어갔다.

미류나무 뒤쪽에서 붕어 조각이 발견되었다. 그의 탄환은 붕어의 중앙부를 정확하게 꿰뚫고 지나갔다. 그는 붕어를 내던지고 자신감에 넘치는 미소를 띄우며 오던 길을 되돌아 갔다. 아무도 쳐다보는 사람이 없음을 재삼 확인하며 숲속을 벗어나 밭 사이로 들어서면서 그는 낚시질 하던 곳을 바라보았다. 그를 발견한 안나가 팔을 휘두르며 소리쳐 불렀다.

"지금 가고 있어요. 기다려요."

"빨리 오세요. 큰일났단 말이에요."

그녀는 몹시 흥분하고 있었다. 그가 도착하자 그녀는 애교섞인 목소리로 그를 힐책했다.
"이렇게 늦게 나타나면 어떡해요."
"당신이 없는 사이에 물고기가 미끼를 두 번이나 따먹었어요. 그래서 아주 큰 떡밥을 매달아서 던져 넣었더니 이번에는 낚싯대를 그냥 물고 들어갔어요. 저쪽으로요."
"당신을 끌고 들어가려고 한 모양이군."
"뭐라구요?"
"녀석이 숫놈이라서 안나씨에게 반한 모양이지. 하하"
"아이참, 나는 화가 나서 죽겠는데 혼자 재미있는 모양이군요."
크리스트는 한바탕 웃어제꼈다. 그런 모습을 보고 있으면 그가 피를 부르는 암살자라는 것은 상상할 수가 없을 것이다.
"낚싯대가 어느 쪽에 있나. 저쪽인가?"
바람이 조금씩 불어오고 있었다. 아직도 꽃샘추위가 남아있어서인지 날씨는 약간 차가운 기운을 드리우고 있었다.
안나는 파란 물속을 들여다보며 낚싯대가 끌려들어간 곳을 더듬어 바라보았다. 벌써 저 먼곳으로 흘러가 버렸는지도 몰랐다. 잠시 서성거리며 바라보던 안나의 눈이 커다랗게 흔들렸다.
"어머, 저쪽에 지금도 낚싯대가 움직이고 있잖아요. 깊은 곳으로 끌고 가려나 봐요."
"기다려요. 내가 가져올 테니까."
그는 옷을 훌렁 벗어 던지더니 아직 수영하기엔 차가운 물속으로 뛰어들었다. 그리고 놀라운 속도로 낚싯대가 흘러가고 있는 쪽으로 다가갔다.
안나는 그를 말리지 못한 것을 후회했다. 이런 차가운 물에서 몸도 불편한 사람이 수영을 한다는 것은 매우 위험한 일이었다. 그녀는 주위를 둘러보았다. 오십여 미터쯤 떨어진 곳에서 낚시하던 몇 사람이 놀란 눈으로 물을 헤쳐가는 그를 바라보고 있었다.

 5분 정도 물을 헤쳐가던 그가 돌아서서 그녀에게 손을 들어보였다. 그의 손에는 그녀가 잃어버렸던 낚싯대가 들려 있었다. 그는 낚싯대를 끌고 서서히 뭍으로 헤엄쳐 나왔다. 낚싯줄에는 팔뚝보다도 더 큰 잉어가 이미 녹초가 된 듯 저항도 없이 매달려 올라왔다. 따스한 봄날이었지만 아직 수영하기엔 이른 철이라 뭍으로 기어올라온 그는 몹시 몸을 떨어댔다.

 "당신이 잡은 물고기야. 숫놈이기도 하구."

 그는 계속 웃으며 그녀에게 물고기를 던져주었다. 두 자가 넘는 엄청나게 큰 놈이었다. 소슬거리는 바람이 이제는 제법 물결을 출렁거렸다.

 "안나, 위스키 좀 줘요."

 "수건으로 물기부터 닦으세요. 감기 들겠어요. 이런 날씨에 물에 뛰어드는 사람이 어딨어요."

 그녀는 그의 옷과 자신의 스웨터까지 그의 어깨에 감싸주고 위스키를 유리잔에 가득 부어 그에게 주었다.

 그녀가 그의 몸을 감싸안고 있어도 그는 한동안 몸의 떨림을 멈추지 못했다. 그러나 그는 기분이 한없이 좋은 듯 쾌활하게 웃으며 그 잉어와의 싸움을 이야기했다.

 "그 놈이 내가 낚싯대를 채는 순간 나에게 덤벼들지 않겠어. 최후의 발악이었겠지. 주먹으로 한방 갈겼더니 그냥 쭉 뻗어버리더라구."

"너무 커서 무서워요. 저 잉어도 나이가 많이 들었나 봐요. 그래서 사람같이 생각도 할 수 있는 듯이 보여요."
 크리스트는 잉어를 만지작거리면서 이리저리 재보았다.
 "잉어는 그저 잉어일 뿐이야. 우리는 사물을 사실 그 자체로서만으로 받아들여야지 그걸 왜곡할때 괜한 손해를 보기 일쑤지."
 "그래도 마음은 그렇지 않은걸요."
 "안나씨가 이 잉어 때문에 마음이 불편해진다면 그냥 놓아줄까."
 그녀의 얼굴이 활짝 펴지며 다시 생기를 되찾았다.
 "제가 놓아보낼께요. 미안해요, 스베들리씨. 대신 저녁식사는 제가 살게요."
 "나야, 좋지 뭐, 저녁은 뭘로 할까?"
 크리스트는 푸른 하늘을 쳐다보며 잠시 생각에 잠기는 듯 하더니 그녀에게 다가가며 손을 잡아 끌었다.
 "커다란 잉어회는 어떨까."
 "어휴, 어쩌면…… 저녁식사는 취소예요."
 그녀는 샐쭉한 표정을 지어보이며 앞서 걸어갔다.
 잉어는 유유한 모습으로 다시 예전의 세계로 돌아갔다.
 그들은 차를 몰고 서울로 달리면서 내내 즐거운 웃음을 터트렸다.
 그는 오늘 해본 무기의 실험이 성공적으로 끝난 데 대한 안도와 함께 K-3 작전에 대한 자신감이 몸속 저 깊은 곳에서부터 꿈틀대고 있음을 느꼈다.

외신기자

5월 3일

하명부는 그야말로 정신없이 뛰어다니고 있었다.

하루 종일 교황의 뒤만 쫓아다니다가 신문사로 돌아와 기사 작성을 끝낸 것은 밤 10시가 지나서였다.

오늘부터는 출퇴근 시간이 따로 없다. 책상을 정리하고 막 나가려는데 그를 찾는 전화가 있었다. 전화를 받고 보니 아름다운 여인의 목소리였다.

"안녕하세요? 저, 오예요."

남자를 끌어당기는 달콤한 목소리에 그는 정신이 번쩍 들었다. 너무 바빠 요 며칠 사이에는 여자에 대해 생각해본 적이 없었다.

찻집〈밤안개〉에서 첫눈에 반해 데이트를 신청해서 사귀게 된 그 젊은 여인의 이름은 오미련이라 했다. 그녀는 자신에 대해서는 하나도 말하지 않았다. 자신에 대해서 알려고 하지 말것 ― 그것을 데이트의 첫째 조건으로 달았기 때문에 그는 몹시 궁금했지만 아무것도 물어볼 수가 없었다. 물어본다 해도 대답을 들을 수 없을 것이 뻔했다. 그녀의 입을 통해 가까스로 얻어들은 것이 있다면 결혼 1년 만에 파경을 맞아 혼자 살고 있다는 것 정도였다. 그런 것이야 아무래도 좋았다. 그녀가 처녀가 아니라는 사실이 그에게는 오히려 부담이 없었다.

지난 4개월 동안 그들은 그야말로 정신없이 정염을 불태워 왔었다. 그것은 진지한 연애는 아니었지만 부담이 없다는 점에서 서로가 마음껏 즐길 수 있는 기회가 되었다. 그가 보기에 그녀는 집요하게 쾌락을 추구하는 여인이었다. 그리고 거기에 걸맞게 멋진 육체를 지니고 있었고, 그런 행위를 자기 것으로 소화해낼 수 있는 능력도 갖추고 있었다. 거기다 그녀는 상당히 지적인 면도 지니고 있었다. 그는 그녀의 그런 매력에 흠뻑 빠져 있었다. 그렇다고 결혼 상대로까지 생각하지는 않았다. 그녀쪽에서도 그런 기미 같은 것은 보이지 않았다. 도대체 뭐하는 여자일까? 그러한 궁금증이 그녀에 대한 호기심을 계속 지탱시켜주는 요인이 되기도 했다. 지난 4개월 동안 그가 그녀에 대해서 느낀 것이 있다면 그것은 그녀가 비밀이 많은 매력적인 여인이라는 점이었다.

"바쁘시죠?"

"네, 이제야 일이 끝났습니다. 교황 취재하느라고 정신없이 바빴어요."

"만나고 싶어요. 만나서 혼내주고 싶어요."

달콤하고 도발적인 목소리에 명부는 피로가 한꺼번에 가시는 것 같았다. 자신도 그녀를 침대 위에서 혼내주고 싶다는 말이 입 밖으로 나오려는 것을 그는 가까스로 참았다.

"어떻게 하죠? 지금 약속이 있는데……."

"아가씨와 약속이 있는 거예요?"

"아니, 그렇진 않아요. 경찰을 만나러 가야 해요. 아주 급한 일이라서."

"그럼 기다리겠어요."

"시간이 좀 걸릴 텐테……."

"상관없어요."

"어디서 기다리겠어요?"

"여기 R호텔 1509호실이에요. 여기서 기다리고 있을 거예요. 밤새도록 말이에요."

그녀는 할말 다했다는 듯이 그의 대답을 기다리지도 않고 전화를 끊어버렸다. 명부는 「여보세요」하고 부르다가 응답이 없자 수화기를 내려놓았다. 묘한 여자란 말이야. 끊임없는 욕망의 덩어리……. 그는 고개를 갸우뚱했다.

신문사를 나서면서 그는 벌써부터 자신의 몸이 뜨겁에 달아오르는 것을 느꼈다. 나를 혼내주겠다고? 흥, 누가 혼나나 어디 두고 보자. 오늘밤은 아예 기절시켜 놓고 말 테다. 그는 미녀와 밤을 새울 일을 상상하면서 미소를 지었다. 그의 하복부는 이미 뜨겁게 부풀어올라 있었다.

명부가 카페 〈가로등〉에 들어섰을 때 강무기 계장은 술이 어느 정도 올라 있었다. 그는 다른 경찰관들과 마찬가지로 교황의 방한을 맞아 일어날지도 모르는 불행한 사태에 대비하고 있었다.

사실상 한국의 전 경찰력은 직접 간접으로 교황 경호에 총동원되고 있었다. 각자가 맡고 있던 업무는 교황이 한국을 떠날 때까지 일시 중단된 채 모두가 불행한 사태에 대비한 비상체제에 돌입해 있었다. 강계장도 그때까지 하던 일을 뒤로 미루고 교황의 경호 업무에 임하고 있었다.

교황이 오기 전까지만 해도 그는 도살자에 매달려 있었다. 독 안에 든 쥐라고 생각했던 도살자는 해를 넘기고 4개월이나 지났는데도 아직까지 체포되지 않고 있었다. 그는 그동안 패배감 속에서 하루하루를 지내왔다고 할 수 있었다.

경찰서 안에 특별히 마련되었던 수사본부는 해체되었고 무능한 수사관으로 낙인찍힌 그는 차마 얼굴조차 쳐들 수 없게 되었다. 도살자를 체포하는 데 동원되었던 그 많은 인원과 지원 체제들은 이제 더 이상 이용할 수 없게 되었고, 단지 전담 요원 몇 명만이 별로 기대도 걸지 않은 채 사건에 매달려 있을 뿐이었다.

명부는 강계장의 웃음이 사라진 초췌한 모습을 보자 참 안됐다는 생각이 들었다.

장무희가 깊고 진한 눈길로 그를 쳐다보면서 스탠드 위에 스카치잔을 내놓았다.

지난 크리스마스 이브 때 첫 관계를 가진 후 그들은 다섯 번인가 따로 만났는데 마지막으로 만났을 때 그녀는 어떤 자와 결혼하게 되었다면서 그의 품에 안겨 울었었다. 그녀는 하명부가 자기와 결혼할 수 없는 상대라는 것을 이미 알고 있었기 때문에 그동안 그에게 부담을 주는 말은 일절 하지 않았었다. 그러다가 어느날 갑자기 자기가 가야 할 길을 택했던 것이다. 그렇다고 해서 명부에게 향하는 사모의 정이 없어진 것은 아니다. 그것은 오히려 더욱 깊어지고 있었던 것이다. 그녀의 눈빛 하나 몸짓 하나가 온통 명부를 의식하고 있었다. 그런데 결혼하게 되었다던 그녀가 그 뒤에도 계속 카페에 나오고 있는 것으로 보아 아마도 결혼 약속이 깨진 것 같은 생각이 들어, 명부도 그 문제에 대해서는 일절 아무것도 묻지 않고 있었다.
  명부가 스카치잔을 입으로 가져가 혀 끝으로 그 씁쓸한 맛을 음미하려는데 누가 그의 어깨를 툭 쳤다. 돌아보자 조택수 기자였다.
  "계장님이 여긴 웬일이십니까?"
  조기자가 명부의 곁으로 다가앉으며 강계장을 보고 말했다.
  "아, 한잔 하러 왔지요."
  강계장이 미소를 지으면서 술잔을 들어보였다.
  "중요한 밀담을 나누는 것 같은데 내가 끼어들어도 괜찮나?"
  "괜찮아, 마침 잘 왔어."
  명부의 말에 조기자는 스탠드 위에 상체를 구부렸다. 그리고 무희의 몸뚱이를 무슨 물건이나 쳐다보듯 찬찬히 훑어본다.
  "미스 장의 히프가 더 커진 것 같아. 결혼을 앞둔 처녀들은 갑자기 히프가 커진단 말야."
  그는 버번을 시켰고, 장무희는 얼굴을 빨갛게 물들인 채 스탠드 위에 잔을 올려 놓았다.
  "야, 나 오늘 사람들 몰려나온 거 보고 정말 놀랐어. 교황이 온다고 해서 사람들이 그렇게 구름처럼 몰려나올 줄은 정말 상상도 못했어. 전부 카톨릭 신자도 아닐 텐데 말이야. 난 카톨릭 신자가 아니라서 그런지는 몰라도 왜들 그렇게 광적으로 열광하는지 그 이유를 모르겠어. 한국 사람 심리는 정말 알다가도 모르겠단 말이야."
  조기자는 언제나 좌중을 리드하는 면이 있었다. 그는 하고 싶은 말을 거침없이 내뱉는 성격이었고, 그리고 자기 주장도 거침없이 밀고 나가곤 했다.

명부가 팔꿈치로 그의 옆구리를 쿡 찔렀다.

"이유를 모르겠다니 그게 말이 돼. 기자가 돼 가지고 말이야. 신자든 신자가 아니든 교황은 존경의 대상이란 말이야. 인기가 있고 없고 그런 차원을 떠나서 그는 모든 사람들을 위해 존재하고 있는 분이야. 외국 대통령이 오는 것하고는 달라. 그 차원이……."

"허 참, 역시 신자는 다르군."

조기자가 계속 떠들고 있을 때 강계장이 명부쪽으로 고개를 돌렸다.

"여러 사람이 알면 좋지 않은데요."

그는 명부만 들을 수 있게 작은 소리로 속삭였다. 그것은 조기자를 경계하며 한 말이었다.

"괜찮습니다. 가장 믿을 만한 친구니까 저와 똑같이 생각하셔도 됩니다."

강계장은 조기자의 눈치를 보고 나서 고개를 끄덕였다.

"그렇다면 자리를 옮깁시다."

세 사람은 룸으로 자리를 옮겼다.

"무슨 일인데 그래?"

조기자는 따라오면서 약간 의아해 하는 눈치였다.

"여기서 들은 이야기는 자네만 알고 있고 밖에 나가 함부로 지껄이지마. 우리끼리만 알고 있어야 해."

룸에 들어서자 마자 명부가 먼저 조기자에게 주의를 주었다. 그 말에 기자는 픽하고 웃었다.

"도대체 무슨 이야긴데 그래? 어디 들어보기나 하자구."

그들은 네모진 탁자에 둘러앉았다. 기자들은 강계장을 바라보았다.

웨이터가 술과 안주를 내려놓고 갈 때까지 강계장은 굳은 표정으로 앉아 있었다. 이윽고 그들만 있게 되자 그가 입을 열었다.

"미국과 이탈리아 정부 당국으로부터 바티칸 당국으로 정보가 들어왔다는데 그 내용이 꽤 심각합니다."

"무슨 내용인데요?"

조기자가 물었다.

"국제 테러조직이 교황 암살을 위해 이미 행동을 개시했다는 내용입니다. 이건 바티칸 당국이 미국 수사기관에 알려온 이야기인데, 미국 CIA에서 우리한테 통보해온 바에 의하면 이미 그들 테러조직이 홍콩과 일본을 통해 한국 입국을 시도한 증거가 입수됐다고 합니다."

두 기자는 움직임을 멈추고 긴장된 표정을 지었다.

그 같은 가능성에 대해서 그들은 이미 작년 11월 하순 교황의 방한 계획이 발표되었을 때 이야기를 나눈 바 있었던 것이다. 그것이 이제 현실로 나타난 것이다. 명부는 자신의 예상이 맞아들어가고 있는 것을 생각하고는 속으로 자못 놀라고 있었다.

"그 정보를 입수한 한국 경찰은 현재 초긴장 상태에 놓여 있습니다."

"구체적으로 말씀해 보시죠. 이왕 우리한테 이야기해줄 바에는 경찰이 알고 있는 내용 전부를 말씀해 주십시오. 잠입한 테러리스트의 용모라든가 이름, 국적, 나이 등등 그리고 숫자가 몇 명이나 되는지 말입니다."

조기자가 눈을 빛내며 말했다.

"그렇지 않아도 우리는 거기에 대해 이야기를 나눈 바 있고, 사실은 현재 교황 취재보다도 만일에 일어날지도 모르는 불행한 사태에 더 신경을 쓰고 있습니다. 우리가 사태를 파악하게 되면 수사에 방해가 되기보다는 오히려 도움이 될 겁니다."

이것은 명부의 말이었다.

계장은 놀란 표정으로 명부를 쳐다보다가 이윽고 이해가 간다는 듯 고개를 끄덕였다.

"그래서 내가 여기에 온 게 아닙니까. 직접 말씀드릴려고 말입니다."

"그런데 불행히도 내가 알고 있는 것은 그 정도밖에 안됩니다. 잠입했다는 정보만 들어왔지 그 이상의 정보는 없어요. 구체적인 정보가 들어오면 좋겠는데 CIA에서도 그건 모르는가 봐요. CIA에서는 이탈리아를 중심으로 암약하는 붉은 여단 일부, 터키 신나치 계열 테러조직인 회색 늑대단, 그리고 베네주엘라 출신의 유명한 테러리스트 카를로스 등이 이번에 잠입한 암살 특공대의 멤버일 것이라고 말하고 있는데…… 그 이상 정확한 것은 모르고 있나 봅니다."

기자들의 얼굴이 어두워졌다. 명부는 맥주잔을 들어 단숨에 맥주를 쭉 들이켰다.

"그건 구름 잡는 이야긴데……."

조기자가 불만스런 표정으로 말했다.

"그래도 암살대가 잠입했다는 정보만이라도 얻을 수 있었다는 게 큰 다행이야."

명부의 말에 강계장은 동감이라는 듯 고개를 크게 끄덕였다.

"네, 그건 그렇습니다. 외국인들에게 크게 신경을 쓰게 된 계기가 됐죠. 경호벽은 더욱 두터어지고……."

"과연 암살이 가능할까요?"

조기자가 아무래도 믿기지 않는다는 듯이 물었다. 아무도 선뜻 대답하려 들지 않자 그가 다시 말했다.
"일찍이 나는 이토록 어마어마한 경호체제를 본 적이 없습니다. 교황이 만나고 악수하는 사람들은 거의가 경호원들이더군요. 교황은 완전히 인의 장막 속에 가려져 있고, 그것도 모자라 방탄유리상자 속에서 움직이고 있습니다. 아무리 신출귀몰한 카를로스라 하더라도 그러한 경호벽을 뚫고 접근하기는 불가능할 겁니다."
그 말이 끝나기가 무섭게 명부가 탁자를 두드렸다.
"바보 같은 소리 하지 마. 아무리 경호벽이 두텁다고 해도 완전한 경호란 없는 법이야. 어떠한 경호에도 틈은 있는 거야. 해치우려고 작정하면 못할 것도 없어."
명부가 정색하고 말하는 바람에 조기자는 의견을 구한다는 듯 계장을 쳐다보았다. 계장은 자세를 고쳐앉았다.
"그건 그렇습니다. 아무리 경호가 철벽같다 해도 암살자가 뚫고 들어오면 뚫리기 마련입니다. 암살자가 자기를 희생시킬 각오가 되어 있다면 어떤 벽이라도 뚫고 들어올 수 있습니다. 자기를 희생시키지 않고 일을 성사시키려고 하니까 뚫고 들어오기가 힘든 거죠. 하지만 요즘의 테러리스트들은 자기를 희생시키는 것을 별로 무서워하는 것 같지가 않아요."
그는 다시 자세를 고쳐앉더니 상체를 앞으로 기울였다. 그리고 약간 가라앉은 어조로 말했다.
"모사드에서도 정보가 들어왔습니다."
"이스라엘 정보기관 말입니까?"
"네, 모사드는 아주 중요한 정보를 알려줬어요. 지금까지 우리가 입수한 정보 중에서 가장 도움이 될 만한 정보를 말입니다."

기자들은 긴장해서 입을 다물었다. 계장은 뜸을 들였다가 말을 이었다.

"어떤 정보냐 하면…… 외국 기자들 가운데 테러리스트가 끼여 있을 가능성이 있다는 겁니다. 그러니까 외국 기자로 위장해 입국해서 기자행세를 하고 있을지도 모른다는 이야기죠."

기자들의 눈이 휘둥그레졌다. 조기자는 들고 있던 잔을 내려놓고 말했다.

"그거 가능성 있는 이야기인데요. 외신기자라면 얼마든지 경호벽을 뚫고 교황에게 접근할 수 있으니까요. 그것도 아주 자연스럽게 말입니다. 테러리스트도 바로 그 점을 노렸겠지요."

그렇게 말하는 명부의 안색은 창백했다. 그는 아랫입술을 잘근잘근 깨물고 있었다.

"테러리스트가 몇 명이라는 거는 말하지 않았나요?"

"그런 말은 하지 않았어요. 단지 외신기자로 위장했을 가능성이 있다고만 통보해 왔어요. 기자로 위장한 테러리스트가 단 한 명이라 하더라도 그것은 아주 구체적인 정보이기 때문에 우리에게는 큰 도움이 되죠. 수사 범위가 그만큼 좁혀졌기 때문에 체포 가능성이 있는 것입니다."

"사진이나 이름, 소속 같은 것도 알려오지 않았나요?"

"그런 걸 알려왔다면 벌써 체포했죠. 그런데 자기들도 아무것도 모른답니다. 다만 외신기자로 잠입했을 가능성이 있을 거라는 통보밖에는."

"그것 참 기자로 들어왔다면 이미 활동을 개시했을 텐데."

조기자가 큰일났다는 듯이 말했다.

"그래서 우리 경찰은 긴장하고 있는 겁니다. 하지만 어쩝니까.

그런 정보가 입수된 것만도 다행으로 알고 사전에 대비해야지요."

계장이 무거운 음성으로 대꾸했다.

"경찰 수뇌부는 잔뜩 흥분하고 있겠군요?"

조기자가 미소를 지으며 물었다.

"그야 당연하죠. 지금 외신기자들을 일일이 체크하느라고 소동이 일어났습니다. 공개적으로 할 수는 없고, 또 당사자 몰래 체크해야 하기 때문에 그것도 쉬운 일은 아니죠. 만일 외신기자들 사이에 그 소문이 퍼지면 큰 혼란이 빚어질 것이고, 서로 입장만 거북해질 겁니다. 여간 신중을 기하지 않으면 안될 일입니다."

"외신기자들 속에 테러리스트가 끼어 있다면 아마 완벽한 신분증을 가지고 있을 걸요. 신분증을 봐서는 도저히 가려낼 수 없을 정도로 말입니다. 그리고 외신기자가 어디 한 둘입니까. 제가 알기로는 4백 명 이상으로 알고 있는데요."

명부 말이 끝나기 무섭게 계장이 그의 말을 받았다.

"현재 S호텔 프레스 센터에 정식으로 등록된 외신기자는 공식 수행기자를 포함해서 478명입니다. 이 숫자는 오늘 오후 3시까지의 집계입니다. 그런데 기자들은 계속 입국하고 있기 때문에 최종적으로 몇 명이 될 지는 알 수 없습니다. 그리고 등록을 하지 않은 기자들도 있습니다. 그들 숫자까지 합치면 외신기자들의 수는 1천 명이 넘을 것으로 보고 있습니다. 그 속에서 암살자를 찾아내야 합니다. 결코 쉬운 일이 아니죠. 나는 무능한 수사관으로 낙인 찍혔기 때문에 제외될 줄 알았는데…… 외신기자들을 체크하라는 명령을 세 시간 전에 받았습니다. 현재 수사진은 두 파트로 나뉘어 움직이고 있습니다. 제1파트는 수사를 외신기자 쪽에만 국한시키지 않고 광역화해서 애초에 계획했던 대로 대대적인 수사를 벌이고 있습니다. 그리고 제2파트는 외신기자쪽만 전담하고 있습니다."

"몇 명이 맡고 있습니까?"

"숫자는 적지 않습니다. 약 2천여 명이 동원되고 있습니다."

기자들은 입을 딱 벌렸다.

"하지만 그중 민완형사라고 볼 수 있는 사람은 불과 백 명 정도밖에 되지 않고 나머지는 보조요원들이라 할 수 있죠. 나는 다행히 도살자 전담요원을 고스란히 지휘할 수 있게 되었어요."

"외신기자들을 체크해 보셨나요?"

"체크하고 있지만 별로 기대는 걸고 있지 않습니다. 적은 그런 것에 이미 대비하고 있을 테니까 쉽게 드러나지 않을 것이라고 생각합니다. 그래서 생각끝에 하기자를 만나자고 한 겁니다. 도움을 받을까 해서요."

"제가 도움을 줄 수 있겠습니까?"

명부는 눈을 크게 뜨고 물었다.

계장은 기대에 찬 눈으로 그를 바라보면서 고개를 끄덕였다.

"과부 사정은 과부가 잘 안다고 하지 않습니까? 기자에 대해서는 기자가 누구보다도 잘 알 겁니다. 우리 같은 수사관이 서툴게 접근하는 것 보다는 외신기자들과 함께 움직이는 국내 기자들이 접근하는 것이 오히려 자연스러울 것 같고 적을 파악해 낼 수 있는 안목이 클 것 같은데요."

그 말이 끝나기 무섭게 조기자가 손바닥으로 무릎을 쳤다.

"그거야말로 훌륭한 아이디어인데요."

"생각 끝에 그와 같은 결론에 도달한 겁니다. 그렇다고 안면이 있는 기자들한테 덮어놓고 부탁할 수도 없고, 그래서 하기자 같으면 믿고 부탁할 수 있다고 생각해서 이렇게 말씀드리는 겁니다. 싫다면 할 수 없지만……."

계장은 명부의 반응을 살피며 대답을 기다렸다.

명부는 고개를 천천히 흔들었다.

"무슨 뜻인지 알겠는데…… 그건 쉬운 일이 아닙니다. 1천 명이나 되는 외신기자들 속에서 우리 같은 기자가 테러리스트를 찾아낸다는 것은 어려운 일입니다. 달리 찾아내는 방법이 있다면 또 몰라도……."

조기자가 그의 말을 가로막고 나섰다.

"그래서 안하겠다는 거야? 작년에 추기경이 교황 방한을 발표했을때 네 입으로 그랬잖아? 테러 조직에 대비해서 우리 함께 움직이자고 말이야. 그런데 이제 와서 그런 식으로 말하는 거야? 왜, 이랬다 저랬다 해?"

명부는 손을 들어 조기자를 막았다.

"안하겠다고 하진 않았어. 단지 문제가 너무 어마어마하고 어렵다는 뜻이었어. 그리고 위험하고 말이야."

"네가 그런 말을 하니까 좀 이상한데, 장가도 안 간 놈이 몸걱정을 하다니 말이야."

"내 걱정이 아니고 네 걱정을 한 거야. 넌 혼자 몸이 아니잖아."

"내 걱정은 하지 않아도 돼."

조기자는 이렇게 말하면서 자신의 굵은 목을 쓰다듬었다.

"위험한 건 사실입니다. 위험한 일이기 때문에 나도 사실은 부탁하기가 망설여졌습니다. 하지만 그 방법이 제일 효과적일 것 같아서 이렇게 어려운 부탁을 드리는 겁니다."

기자들은 무겁게 고개를 끄덕였다.

"한번 해보죠. 그 대신 전제조건이 있습니다. 우리 둘이서 그 일을 맡겠습니다. 인원이 더 불어날지는 모르겠습니다. 하지만 그 인원은 우리가 필요에 따라 조정할 테니까 거기에 대해서는 상관하지 마십시오. 그리고 우리의 승낙없이 다른 기자들한테는 이 일을 절대 이야기하지 마십시오."

"알겠습니다. 약속을 지키겠습니다. 두 분이 맡아주신다니 정말 감사합니다. 처음엔 하기자한테만 부탁을 하려고 했었는데 또 한 분 든든한 지원자가 생겨서 정말 다행입니다. 일단 테러리스트라고 지목되는 인물이 나타나면 나한테 즉각 연락해 주십시오. 언제라도 달려갈 수 있게 대기하고 있겠습니다. 그리고 만약 지원병력이 필요하다면 보내드리겠습니다."

"알겠습니다."

명부의 얼굴이 창백해져 있는데 반해 조기자의 얼굴은 상기되어 있었다. 그는 그것을 지우기라도 하려는 듯 남은 술을 입 속에 털어넣고 나서 어깨를 움츠렸다.

"벌써부터 으시시 추워 오는데……"

농담으로 한 말이었지만 그 말에 아무도 웃지 않았다.

창백하기는 강계장도 마찬가지였다. 그의 얼굴은 창백하다 못해 납빛이었다. 그는 하고 싶은 말을 아직 다하지 못한 듯 두 기자의 눈치를 살피며 망설이고 있었다. 명부는 계장이 무엇인가 숨기고 있음을 눈치챘지만 그것을 굳이 캐묻지는 않고 그가 스스로 입을 열기를 기다렸다.

조기자가 술을 권하자 계장은 그것을 받아 쭉 들이키고 나서 마침내 더 이상 숨길 수 없다는 듯 앞으로 상체를 기울이며 입을 열었다.

"이건 아직 추측에 불과하지만 라인 X가 어쩌면 교황을 노리고 있을지도 모른다는 생각이 들었습니다."

말을 마치고 나서 그는 두 기자의 반응을 살피려는 듯 그들의 얼굴을 번갈아 쳐다보았다.

명부와 조기자는 어리둥절한 표정으로 계장을 바라보았다. 계장의 말은 논리에 맞지 않고 너무 비약적인 말이었기 때문에 그들은 하나같이 이해할 수 없다는 표정들이었다.

"그 도살자가 말입니까?"

명부가 손에 들고 있던 술잔을 내려놓으며 어이없다는 듯이 물었다.

"네, 바로 그 도살자 말입니다."

계장은 무겁게 고개를 끄덕였다.

"에이, 그럴 리가 있나요."

명부와 조기자는 소리내어 웃었다. 거기에 반박이라도 하듯 계장은 손을 들어 흔들었다.

"아직 추측이긴 하지만, 그런 추측을 뒷받침할 만한 정보가 들어왔기 때문에 하는 말입니다."

두 기자의 눈이 커졌다. 그들은 정색을 하고 계장을 바라보았다. 계장은 주머니에서 소형 녹음기를 꺼냈다.

"이걸 한번 들어보십시오. 이걸 들어보면 내 말을 이해할 겁니다. 이건 오늘 12시에 국제전화를 감시하고 있던 경찰 도청팀이 입수한 것입니다. 도청에서「라인 제로」라는 암호명을 가진 여자에게 걸려온 전화입니다. 한번 들어보세요."

계장은 룸의 출입문을 안으로 잠그고 나서 녹음기의 버튼을 눌렀다.

먼저 전화벨이 요란스럽게 울리는 소리가 들려왔다. 그 소리가 뚝 그치더니 전화를 받은 쪽이 상대방을 부르는 소리가 났다. 그것은 매끄러운 여자 목소리였고 그리고 일본말이었다. 이어서 전화를 걸어온 쪽이 칸트라고 대답했는데 그것은 남자 목소리였다. 그러자 여자가 라인 제로라고 응답했다. 그 다음부터는 계속 두 사람이 일본말로 주고받는 말소리가 흘러나왔다. 간간이 그들의 대화에서 라인 X라는 말도 들려오곤 했다. 조금 후 두 사람의 대화가 끝나고 전화도 끊어졌다.

계장은 버튼을 눌렀다. 그리고 기자들을 바라보았다. 그들은 무표정하게 앉아 있었다.

"혹시 일본말을 알아 들으십니까?"

명부와 조기자는 머리를 흔들었다.

"모릅니다."

라고 조기자가 말했다. 그는 일본어를 모르는 것이 창피하다는 그런 표정이었다.

"그렇다면 내가 통역을 하겠습니다. 한마디 끝날 때마다 통역을 하죠."

"제가 알아들을 수 있는 것은 칸트, 라인 제로, 라인 X, 크리스트……이 정도였습니다."

하고 조기자가 부끄러운 듯 말했다. 계장은 고개를 끄덕이고 나서 다시 녹음기의 작동 버튼을 눌렀다.

그는 한 사람의 말이 끝날 때마다 정지 버튼을 누르고 나서 그것을 통역했다. 그런 다음 다시 작동 버튼을 눌렀다.

계장이 한마디씩 통역할 때마다 기자들의 표정은 점점 굳어져 갔고 나중에는 얼어붙은 표정으로 서로를 쳐다보는 것이었다. 계장은 통역을 끝내고 나서
"두 사람의 통화 시간은 약 2분 정도였습니다."
라고 말했다. 그는 기자들의 표정을 보고 만족해 하는 것 같았다.
"어떻습니까?"
그는 여유있게 담배를 피워물며 명부를 바라보았다. 명부는 머리를 흔들었다.
"놀랍군요. 정말 놀라운 일입니다. 이런 걸 알아냈다는 것은 정말 큰 수확입니다."
"어떻게 생각해?"
조기자가 명부를 곁눈질로 쳐다보았다.
명부가 입을 열기 전에 계장이 다시 말했다.
"나는 여기 나오는 라인 X가 우리가 알고 있는 도살자 라인 X와 같은 인물인지 그것부터 판단을 내려야 한다고 생각합니다."
"틀림없습니다."
명부가 얼빠진 듯 중얼거렸다. 그는 계장을 똑바로 쳐다보면서 말을 이었다.
"암호명이 같을 수는 없습니다. 만에 하나 같을 수도 있죠. 하지만 그럴 가능성은 백만 분의 일, 천만 분의 일 정도라고 할까요. 이건 틀림없이 그 도살자가 분명합니다."
계장과 조기자는 같은 생각이라는 듯 고개를 끄덕였다.
"그 도살자가 틀림없습니다."
조기자가 확신에 찬 목소리로 말했다.

"나도 그렇게 보고 있습니다."

계장이 말했다.

세 사람은 약속이라도 한 듯 침묵했다. 실내에는 한동안 무거운 침묵이 흘렀다.

"그럼 이걸 한번 정리해 봅시다."

침묵을 깬 사람은 계장이었다.

"일본에서 칸트라는 암호명을 가진 자가 서울에 있는 라인 제로에게 전화를 걸었습니다. 통화 내용은 라인 X로 하여금 크리스트라는 암호명을 가진 자를 제거하라는 내용이었어요. 그러면서 칸트는 크리스트에 관한 정보를 가르쳐줬어요. 크리스트는 외신기자로 가장해서 이미 한국에 잠입했다는 그런 정보였어요. 칸트는 그 크리스트라는 자가 이미 한국에 잠입해 들어갔고, 그리고 외신기자로 오른쪽 엉덩이에 흉터가 있다. 그러니까 다시 말하면 외신가지로 가장해서 한국에 잠입한, 오른쪽 엉덩이에 흉터가 있는 크리스트를 찾아내어 그를 라인 X에게 제거하게 하라. 이런 내용의 전화였지요."

"모사드에서 알려준 정보도 암살자가 외신기자로 위장했을 거라는 정보 아니었습니까?"

조기자가 눈을 굴리며 물었다.

계장은 글라스로 탁자를 가볍게 두드렸다.

"바로 그겁니다. 우연의 일치치고는 너무 근사하게 맞아떨어지고 있어요. 모사드가 제공한 외신기자로 가장한 암살자와 우리가 도청해서 알아낸 외신기자로 가장한 크리스트가 동일 인물인지는 아직 단정할 수 없겠죠. 그러나 동일 인물일 가능성은 크다고 봅니다. 통화 내용으로 볼 때 나는 그렇게 생각되어집니다. 왜 하필 이런 때에 크리스트라는 자가 외신기자로 위장해서 한국에 잠입해 들어왔는지…… 나는 거기에서 한 가지 가능성을 생각해 봤습니다."

그 말에 침묵을 지키고 있던 명부가 고개를 갸우뚱했다.

"그런데 말입니다. 크리스트가 만일 암살자라면 왜 라인 X로 하여금 그를 제거하라고 했을까요? 그 점이 좀 이상하지 않습니까? 라인 X가 암살자라면 이해가 되는데 도살자인 라인 X로 하여금 암살자 크리스트를 제거하라는 지시를 내렸다는 게 어쩐지 이해가 안 가는데요."

"그래. 나도 그 점이 이상하다고 생각됐어."

하고 조기자가 덩달아 말했다.

계장은 두 사람을 번갈아 쳐다보면서 고개를 끄덕이더니 다시 녹음기의 버튼을 눌렀다. 그는 녹음 테이프를 앞뒤로 돌리다가 어느 부분에서 그것을 정지시켰다.

"나도 그 점을 의아하게 생각했어요. 그래서 통화 내용을 여러 번 들어봤지요. 자세히 들어본 결과 여기에서 어떤 실마리를 찾을 수 있었습니다. 자, 한번 들어보세요."

계장은 다시 버튼을 눌렀다. 일본말이 흘러나왔다. 그는 녹음기를 끄고 나서 그 부분을 통역했다.

"이건 칸트의 말입니다. 그는 라인 제로에게 이렇게 말했습니다. 라인 X에게 꼭 전해줘. 크리스트를 먼저 제거하지 않으면 안된다고 말이야. 늦었지만 꼭 그를 제거하라고 말해줘. 여기에서 우리가 주목해야 할 부분은 크리스트를 먼저 제거하지 않으면 안된다는 부분입니다. 크리스트를 제거하라고만 했다면 나는 주목하지 않았을 겁니다. 먼저 크리스트를 제거하고 나서 그 다음 일을 하라. 나는 이런 뜻으로 받아들인 겁니다. 크리스트를 제거하는 뜻과 그 앞에 먼저라는 말을 삽입해서 먼저 크리스트를 제거하라는 뜻과는 그 뉘앙스가 아주 다르다고 봅니다."

"듣고 보니까 그렇군요."

조기자가 말했다.

명부는 미동도 하지 않고 계장을 응시하고 있었다.

"나는 여기서 라인 X는 크리스트를 먼저 제거하고 나서 그 다음에 누구를 노릴까 그걸 생각해 봤습니다."

"무슨 뜻인지 잘 알겠습니다."

명부는 고개를 끄덕이고 나서 단숨에 술잔을 비웠다.

계장도 술잔을 들어 입으로 가져갔다. 그는 술잔을 비우고 나서 말을 이었다.

"이것만 가지고 단정을 내리기는 아직 이를지 몰라요. 하지만 대충 윤곽은 잡히는 것 같아요. 이제 분명한 증거만 있으면 되는데…… 이건 내가 아직 상부에도 보고하지 않은 내용입니다. 그 누구한테도 말하지 않았어요. 분명한 증거를 잡고 나서 보고할 작정입니다. 국제전화는 2분간이었지만 그 전화를 받은 수신자의 주소를 알아낼 수 있었습니다. 그래서 아까 낮에 거기에 갔었죠."

"라인 제로라는 암호명을 가진 여자의 집에 말입니까?"

조기자가 눈을 크게 뜨며 물었다.

"네. 예상했던 대로 집은 텅 비어 있었어요. 라인 제로는 이미 도망가 버린 뒤였고 정원에서 한 노파의 시체를 발견했어요. 그 동네 반장 말에 따르면 그 집에는 30대의 젊은 여자와 나이 많은 노파가 살고 있었답니다. 그 30대의 여자가 전화를 받은 라인 제로인 것 같습니다. 그 집은 큰 저택이었는데 손질을 하지 않아 오래도록 버려둔 집 같았어요. 주민등록 관계를 알아봤더니 그 집에는 김덕례라는 노파 혼자 살고 있는 것으로 되어 있더군요. 바로 그 피살된 노파였죠. 그 노파는 아마 벙어리였나 본데 비밀을 알고 있었기 때문에 피살된 것 같습니다. 목이 부러져 있었는데 라인 X의 짓이 분명해요. 그렇게 보는 이유는 그 집에 라인 X가 숨어 있었다는 증거가 나왔기 때문입니다. 그 집 이층에서 지문을 채취했는데 라인 X의 지문과 동일했어요. 반장한테 라인 제로라는 그 여자에 관해 물어봤더니 이름은 모르고 대학에서 교편을 잡고 있는 것 같다고만 하더군요. 그래서 지금 그 관계를 알아보고 있는 중입니다. 전국 대학에 근무하는 여교수의 사진을 전부 모아다가 반장한테 보이면 그중에서 라인 제로의 얼굴을 찾아낼 수 있을지 않을까 해서요."

"그건 그 여자가 대학 교수가 분명할 때의 이야기 아닙니까?"

"그렇죠. 대학 교수가 아니라면 그건 괜한 짓이 되겠죠. 그리고 그 여자는 코발트색 Y카를 타고 다닌다고 했어요. 그것이 그 여자에 대해서 내가 알아낸 전부입니다. 그 집에서 그 여자의 것으로 보이는 지문도 채취하긴 했어요. 지금 조회중이니까 결과가 곧 나오긴 할 겁니다. 하지만 결과라는 것이 일이 터지고 나서 나오면 아무 소용이 없는 거 아닙니까. 우리한테는 앉아서 그 결과를 기다리고 있을 시간이 없습니다."

"대학 교수의 범위를 급한 대로 우선 서울로만 국한시켜서 조사해 보는게 어떻겠습니까?"

하명부가 물었다.

"그렇지 않아도 그렇게 조사를 진행시키고 있습니다. 아무래도 지방대학에 나갔을 것 같지는 않고 서울에 있는 대학에 나갔을 가능성이 크니까요. 물론 그 여자가 대학 교수라는 것을 전제로 하고 하는 말입니다만……."

그는 라인 제로가 넉 달 전 지하철에서 본 적이 있는 그 미모의 젊은 여인일지도 모른다는 생각이 들었다. 아니 그는 그렇게 단정하고 있었다. 그러나 그것을 말하지는 않았다.

"외신기자들 가운데서 우선 크리스트라는 이름을 한번 체크해보죠."

조기자가 말했다.

"그렇지 않아도 벌써 해봤습니다. 등록된 외신 기자들 가운데 크리스트라는 이름을 가진 사람은 없었어요. 그건 암호가 분명한 것 같습니다."

"그렇다면 우리가 해야 할 일은 이제부터 크리스트라는 암호명을 가지고 있고 오른쪽 엉덩이에 흉터가 있는 외신기자를 찾아내는 일이군요."

"그렇죠. 그를 빨리 찾아내지 않으면 안됩니다. 그를 찾아내서 지키고 있으면 언젠가는 라인 X가 나타나겠죠."

"듣고 보니까 아주 기묘한 일이라는 생각이 듭니다. 암살자를 암살자가 제거한다. 다시 말해 크리스트가 A이고 라인 X가 B라면 A라는 암살자를 B라는 암살자가 제거한다. 그리고 나서 B는 다시 그 무엇인가를 노린다. 이런 이야기가 되겠군요."

하명부가 목소리를 낮추어 말했다.

"그렇죠. 바로 그런 이야기입니다."

하고 강계장이 고개를 끄덕이며 말했다.

그날은 크리스트에게도 몹시 분주한 날이었다.

아침 일찍부터 프레스 센터의 텔레타이프와 팩시밀리는 불이라도 난 듯 교황 방한에 대한 뉴스를 전세계 각지로 전송했고 알리타리아 항공을 이용하여 알라스카를 거쳐 한국으로 도착하게 될 교황 전용기의 행적을 보도한 외신들이 쉴 새 없이 텔리타이프로부터 타이핑된 뉴스들을 쏟아냈다.

크리스트는 프레스 센터의 뒤쪽 의자에 앉아 있었다. 수백 명의 외신기자들이 벌떼처럼 떠들어대는 것을 지켜보고 있는 그에게 안나는 '교황 전용기 이륙', '순조로운 항진', '전용기에서 기자회견' 등의 뉴스 속보를 열심히 가져다 주었다.

"스베들리 씨! 교황께서는 한국의 평화적인 남북통일에 관한 희망을 피력하셨어요."

안나의 목소리는 프린터기로 글을 뽑아내는 듯 일정한 빠르기의 음율을 담아내고 있었다.

"그리고 지금 전용기는 사할린 근처의 태평양 상공을 날고 있대요."

"공항 도착은 예정대로 돼 갑니까?"

실내의 공기는 늦봄의 서늘한 기운을 순환시키고 있지만 크리스트의 이마에 땀방울이 한올한올 흐르고 있음은 그 자신도 알아채지 못했다. 예전엔 이런 긴장조차 느끼지 못했었다.

"도착은 2시예요. 프레스 센터에서 셔틀버스를 한 시간마다 공항으로 출발시키고 있어요. 교황께서 도착하시는 모습을 보시려면 11시편을 타셔야 할 거예요."

"그럼 그 버스를 예약해 주시오."

"칼젠버그 씨도 함께 가셔야죠?"

"물론이죠. 이제부터는 교황께서 가시는 곳마다 취재를 해야지요. 그게 우리의 임무니까."

"잠시만 기다려 주세요. 곧 버스를 예약하고 오겠어요."

"고맙소."

그때 타이프를 한 대 차지하고 기사를 작성하는 척하고 있던 칼젠버그가 크게 하품을 하며 그에게로 걸어왔다.

"스베들리, 사우나나 하러가죠. 이거 가만히 앉아 있으려니까 지겨워서 원……."

"그러죠. 아직 시간이 있으니까. 그러나 11시엔 공항버스를 타야 합니다."

"공항에요?"

"일단 외신기자니까 교황의 도착 상황은 취재해야 될 것 아니오. 또 교황을 정확히 봐둘 필요도 있고."

"그럼 어서 내려가죠."

크리스트와 칼젠버그와 같은 북구라파인들은 사우나를 자주 한다.

추운 겨울이 길고 여름이 짧은 그곳에는 예로부터 대중 사우나탕이 발달되었고 그들은 하루에도 몇 번씩 사우나탕에서 몸에 엉겨붙은 개기름을 씻어내곤 했다. 다행히 S호텔에는 훌륭한 사우나탕이 마련되어 있어 뜨거운 한증막과 함께 한약재를 넣은 열탕 그리고 한국이 자랑하는 인삼탕 등이 고급스럽게 만들어져 있었다.

그는 인삼탕의 거품 속에 들어앉아 시간 가는 줄도 모르고 인삼의 약효가 흡수되기를 기다렸다.

칼젠버그는 인삼탕을 좋아했다. 그가 듣기로는 인삼은 동양의 신비한 약품으로 노화 방지와 정력 보강에 특효가 있다고 했다.
 그는 이왕 한국에 온 터에 약해진 정력이나 치료해야겠다고 생각하고 인삼이 들어 있는 식품은 모조리 먹어치웠고 아예 인삼차를 한 통 사다놓고 물에 타서 마셨다. 특별히 할 일이 없는 그는 특급호텔에서 최상의 서비스를 받는 한국 생활이 매우 즐거웠다. 그렇다고 무료한 감도 없진 않았지만 죽음을 목전에 둔 몇일의 휴식은 웬지 모르는 설레임과 함께 영웅이라도 된 듯한 기분을 갖게 했다.
 여자들도 서양인과는 달리 자그마했지만 호기심을 일으키기엔 충분한 동양적 외모를 가졌고 모두가 외신기자 명찰만 보면 친절하게 대해 주었다. 그는 지금 스카이라운지에서 근무하는 한 한국 웨이트리스에게 잔뜩 눈독을 들이고 있었다. 그녀는 미스 장이라는 명찰을 볼록한 가슴에 달고 있었는데 오똑한 콧날에 웃을때마다 보조개가 패이는 동그란 볼이 서양인과는 다른 동양적 미를 발산했다. 그러나 칼젠버그가 유머러스하게 말을 걸어도 싹싹하고 절도있게 응대할 뿐 상대를 해주려 하지 않았다. 그건 칼젠버그뿐만 아니라 그 누구에게도 마찬가지였다. 그는 틈만 나면 스카이라운지에 올라가서 미스 장의 미끈한 다리를 쳐다보는 것으로 무료함을 달래고 있었다.
 칼젠버그는 핀란드 태생이었다. 핀란드는 국가경제주의를 채택하고 있는 사회주의 국가이지만 노선은 중립을 표방하고 있었다. 소련과 인접해 있어 많은 소련인들이 진출해 있었고 제3국으로 진출하려는 소련 각 기관원들의 출국 루트로 이용되기도 하였다. 핀란드는 그들이 민간 상사원으로 또는 유학생 등으로 위장해서 국적과 신분을 쉽사리 바꾸어 적대국가에 잠입하는 루트가 되는 곳이었다.

  칼젠버그는 그곳의 KGB 훈련소에서 각종 폭약과 시한폭탄 제조법 그리고 원격무선조종 폭파장치까지도 쉽게 터득하였다. 마음에 들지 않는 것은 일순간에 재로 만드는 폭발력에 묘한 매력을 느낀 그의 열성은 대단한 것이었다. 얼마 지나지 않아 그의 손만 거치면 흔한 양주 한 병도 엄청난 위력을 지닌 폭탄으로 교묘하게 탈바꿈을 하였다. 그의 재능을 인정한 KGB는 그를 구미 각국의 테러 조직을 돕는 일에 파견하여 실전 경험을 쌓도록 했다. 아무리 우수한 인재라 해도 그들이 원하는 것은 실전에서의 성공인 것이다. 칼젠버그에게도 그 첫발을 내딛을 기회가 온 것이었다.

  칼젠버그는 그의 위스키 폭탄으로 고도계를 이용한 폭파장치를 만들었고, 이것이 런던 히드로 공항 상공에서 착륙하려던 아메리칸 에어라인 한 대를 산산조각나게 만들었다. 즉시로 그의 소문은 전 세계의 이목을 집중시켰다. 그가 누군지는 극소수가 알았지만 그를 지칭하는 말들은 여기저기서 조사되고 토론되었다.

  한국에 도착한 이후 그는 동대문 완구상가와 청계천 세운상가에서 그가 필요로 하는 물건들을 사들이기 시작했다. 많은 양은 아니었지만 이제 그의 손길로 수많은 인명을 살상할 무기가 태어나기 위해 준비되는 것이었다.

  "칼젠버그, 이렇게 오래 앉아 있을 시간이 없소. 서둘러야 버스를 탈 수 있으니까."

  크리스트가 몸의 물기를 닦으면서 그에게 재촉했다.

  사우나에는 그 많던 기자들이 썰물처럼 빠져나가 버리고 몇 사람밖에는 남아 있지 않았다.
"어, 기분좋다."
칼젠버그는 몸의 물기를 타월로 구석구석 닦아내렸다. 거울 속의 크리스트는 근육질의 몸매를 매만지며 부러운 듯 쳐다보는 칼젠버그에게 씩 웃어보였다.
"미스 김은 어때요? 아주 섹시한 여자던데."
크리스트는 곁눈으로 칼젠버그를 쏘아보았다.
"예쁜 여자야……."
"당신 방은 밤마다 비어 있더군요."
"나는 임무만 수행하고 있을 뿐이오."
크리스트는 낮고 칼로 자르는 듯한 목소리로 일갈했다.
"그렇지만 그 여자는 당신한테 완전히 빠져 있는 것 같던데요."
"헛소리 그만하고 빨리 옷이나 입어요, 버스 놓치겠소."
그들은 서둘러 머리를 빗고 현관으로 뛰어나왔다.
안나가 버스문을 닫으려는 것을 붙들어 제지하며 그들에게 빨리 타라는 손짓을 했다. 버스가 출발하자 그들은 뒤쪽 빈자리를 찾아 앉았다. 안나는 크리스트의 옆에 착 달라붙어 앉아서 창밖의 거리 풍경을 내다보고 있었다.
버스가 공덕동 로터리에 이르자 아침 일찍부터 교황 일행의 귀국 모습을 보려는 신도들과 시민들이 인도를 따라 줄지어 늘어서 있었다. 몇 시간 뒤에 도착할 교황을 목이 빠져라 기다리고 있는 모습이 눈에 들어왔다. 어떤 노인은 아예 의자를 가져다놓고 점심 꾸러미를 들고 앉아 있었고 젊은 부인들은 길바닥에 깔개를 깔아놓고 그 위에서 아이들을 놀게 하는 모습도 보였다.
 외신기자들은 그들의 모습을 카메라에 담으면서 자못 신기하다는 듯이 한국인의 교황에 대한 존경심을 높이 평가하고 있었다.
 "대단한데."
 크리스트가 몰려든 군중을 보고 말했다.
 "그래요. 한국인들은 교황을 천주교의 일개 교구장이 아닌 살아 있는 신으로 알고 있어요. 그리고 그 신은 이 불우했던 나라에 평화와 행복을 가져다 줄 것으로 믿고 있지요."
 "안나, 당신은 무슨 종교를 믿습니까."
 "전 종교에 관한 한 이방인이죠. 어릴 적부터 기독교와 불교 그리고 두 세개의 다른 종교에 잠깐 빠져들기도 했었는데 마땅히 마음을 두지 못해 제 스스로 쫓겨났어요."
 "무엇을 믿는다는 것은 지금 시대에서 무척이나 힘든 일이죠."
 크리스트는 그녀의 말이 이해가 간다는 듯 끄덕였다.
 버스가 여의도 광장 도로로 진입하자 크리스트는 넓은 광장 한쪽에 마련된 높다란 십자가를 보고 자기도 모르게 긴장하지 않을 수가 없었다. 하얀 십자가가 높게 치솟아 올라 이 세계를 뒤바꾸어 놓을지도 모른다는 엉뚱한 일을 벌이고 있는 자신의 가슴을 강타할 것만 같아서 소름이 끼쳤다. 그러나 그 아래 황금빛으로 빛나는 오메가형 제단을 보자 그의 두 눈은 그 중앙에 앉게 될 표적을 찾아 눈을 굴렸다.
 공항의 검색대를 빠져나온 그들은 교황의 전용기가 착륙하게 되는 활주로쪽으로 마련된 기자실로 들어가 자리를 잡고 앉았다. 커다란 포신과도 같은 망원렌즈를 부착한 수많은 TV 카메라들이 서쪽 하늘 저편을 향해서 둥그런 입을 벌리고 조준을 하고 있었다. 그 옆에선 아나운서들이 교황 전용기가 한국 영공에 진입하여 점점 김포공항을 향해 다가오고 있다며 목청껏 외치고 있었다.

한 사람을 위해 마련된 준비는 실로 전쟁을 방불케 할 만 했다. 하늘에 깜박이는 불빛이 보였다. 모두의 시선이 그쪽으로 향해지고 곧 조그만 점으로 나타난 전용기를 보자 기자실은 온통 흥분으로 아수라장이 되어버렸다. 더 좋은 취재를 위해 뒤쪽 기자들은 의자를 끌어다놓고 그 위에 올라서서 카메라를 돌렸고, 그 뒤쪽 기자들은 타자기가 놓여 있던 테이블에서 타자기를 바닥에 내려놓고 그 위에 몰려서서 취재에 열을 올렸다. 서로들 가지각색의 방법으로 카메라의 셔터를 들이대며 눌러댔다.

크리스트와 칼젠버그 그리고 안나는 트랩을 내려오는 흰색 수단의 교황의 모습을 잠시 보았을 뿐이었다. 그 모습은 곧 수많은 기자들과 경호원들에 의해 그들의 시야에서 사라져 버렸다.

안나는 가슴에 성호를 긋고 크리스트를 바라보았다.

크리스트는 굳은 얼굴로 앞쪽만 응시하고 있었다.

"스베들리, 마침내 오셨어요. 보셨지요?"

그는 말없이 전방을 쏘아보았다.

"교황님은 하얀 빛의 형체속에 계신 것 같았어요. 그 위엄과 인자스런 모습은 만인의 사랑과 존경을 받을 만해요. 너무 황홀해요."

"처음 스쳐본 인상이 그 정도요. 난 예전에도 몇 번 봐서 잘 모르겠는데."

그는 그녀의 손을 잡고 기자실 밖으로 나왔다.

붐비는 공항 구내를 지나 3층 커피숍으로 들어간 그들은 마침 빈 테이블을 발견하고 그곳에 자리를 잡았다. 이어서 칼젠버그가 헐떡이며 그곳에 나타났다. 그는 마치 길을 잃어버린 어린이가 투정을 부리는 투로 그들에게 불평을 늘어놓았다.

"아무 말도 안하고 가버리면 어떻게 해요! 난, 호텔도 찾아갈 줄 모르는데."

안나가 깔깔대며 대꾸했다.

"그래서 우리가 당신을 버리고 도망가는 줄 알았어요?"

"칼젠버그, 커피로 하겠소?"

"아니요, 난 인삼차가 좋아요."

"어머나, 칼젠버그 기자님은 인삼차에 반하셨나 봐요. 요즈음은 매일 인삼차만 드시니."

"그래요. 난 정력에만 좋다면 무엇이든지 먹으니까. 물론 인삼차의 그 쓰고도 깨끗한 맛에 매력도 느꼈지만요."

"호호, 그렇게 몸이 약하세요. 별로 그렇지도 않은 것 같은데······."

"물론 지금은 괜찮지만 장래 노후를 생각해서지요. 헤헤."

"노후까지 걱정하시는 걸 보면 칼젠버그 기자님은 진짜 문제가 있는가 봐요. 그렇지요, 스베들리?"

그녀는 스베들리의 허벅지를 쓰다듬으며 그의 얼굴을 빤히 바라보았다.

"문제가 있는 것 같기도 한데 스카이라운지의 아가씨에게 빠져 있는 걸 보면 그렇지도 않은 것 같기도 하구."

"어이, 스베들리. 너무 그러지 말라구요. 난 이래뵈도 그거 하나는 끝내준다고요."

"어머, 그럼 그 여자를 내가 한번 만나봐야겠네. 제가 중매를 서 드릴까요?"

"정말입니까? 그렇게만 해준다면야 안나씨가 해달라는 대로 다 해 주겠소."

칼젠버그는 머리를 굽신거리며 연신 안나에게 애걸했다.

그들은 주위의 시선은 아랑곳없이 호탕하게 웃었다.

돌아오는 버스는 텅 비어 있었다. 일부는 교황의 일행이 탄 차량 행렬을 쫓아갔고 일부는 기자실에서 마지막 송고를 하느라 땀을 흘리고 있었다. 그들은 창밖에서 교황의 차량 행렬이 지나간 뒤를 정리하는 경찰과 집으로 돌아가고 있는 시민들을 지켜보면서 호텔로 돌아왔다.

절두산 성지를 참배한 교황은 청와대에서 대통령과 환담을 나누고 명동에 있는 카톨릭 성당에서 방한 첫날밤을 보내기로 일정이 계획되어 있었다.

호텔에서 나온 크리스트 일행은 광화문 네거리에서 구경나온 시민들 틈에 섞여 교황의 방탄 포프스모빌이 지나가는 것을 지켜보았다. 1센티미터의 두꺼운 유리상자 속에 들어 있는 흰색 수단의 교황은 마치 인형같이 보였다.

크리스트는 열광하는 시민들에게 노인이 한 손을 가만히 올려 답례하는 모습을 놓치지 않고 지켜보았다. 총으로 저 유리박스를 깨뜨린다는 것은 거의 불가능한 일이다. 그는 겹겹이 둘러싼 경호대의 차량을 살펴보았다. 제일 앞에 한국 경찰의 오토바이 선도차와 그 뒤에 무장 경호원들의 검은 리무진, 교황을 태운 포프스모빌, 그 양쪽에는 신부 복장을 한 경호원들의 차량들이 달리고 있었다. 경호 차량의 왼쪽과 오른쪽에는 검은 양복의 건장한 유럽인들이 4명씩 자동차 양쪽 발판을 밟고 올라서서 한 손으로 손잡이를 붙든 채 한 손은 양복 저고리 속에 든 자동권총의 방아쇠에 손가락을 걸고 짙은 선글라스 속에서 눈빛을 빛내고 있었다. 몇 대의 무개차에는 특수요원인 듯한 젊은 청년들이 검은 양복을 입고 앉아 있는데 그들의 의자 밑에는 기관단총을 감추고 있었다.

교황이 외부로 행차할 때마다 교황청 신부들로 구성된 특수 경호부대가 교황의 근접 경호를 맡는다. 그리고 그 다음의 경호는 이탈리아의 카라 비니엘라 부대가 특별히 지원되어 맡고 있다. 그외에도 미국의 CIA를 비롯한 각국의 정보기관과 그들이 동원할 수 있는 현지 경호원 그리고 세계 최강을 자랑하는 한국 육군의 특전부대 2개 여단이 교황의 방한에 따른 경호 임무를 위해 몇 개월 전부터 실전을 방불케 하는 경호훈련과 대테러 훈련을 실시해 왔였다.

교황이 가는 곳마다 사람의 장막이 비밀리에 펼쳐졌다. 그 사람들은 남자일 수도 있고 여자일 수도 있었다. 외부 사람들은 아무도 그 사람들을 가려낼 수 없도록 그들은 환영 인파 속에서 자연스럽게 움직였다.

방한 첫날이 저물어가자 크리스트와 칼젠버그는 호텔 방에서 그동안의 준비상황을 점검했다.

"칼젠버그, 당신의 계획은 차질없이 준비되고 있나요 ?"

칼젠버그는 크리스트의 힐책하는 듯한 물음에 기분이 몹시 상해 왼쪽 입가를 실룩거렸다. 그 모습은 항상 상대방에게 자신의 기분을 표현하는 가장 좋은 방법 중의 하나라고 생각했다. 잠시 뜸을 들인 그는 크리스트의 냉정한 눈빛에 약간은 위축된 듯 비아냥거리는 투로 대답했다.

"작은 비행기를 띄워 사람들의 머리위에서 공중폭파를 연출하기로 했어요."

"내쪽도 준비는 완료됐으니 그럼 이제 장소와 시간이 문제인데."

"그렇군요. 난 당신이 결정한 대로 하겠어요."

"그럼 됐군요. 이번 일은 여의도에서 이루어져야 해요. 작은 도시에서는 그만큼 행동에 제약을 받게 되니까 말이오. 그래서 우리의 최종 작전 시간과 장소는 6일 아침 10시로 정하고. 장소는 여의도 광장 시성식 행사장이오. 거기에 맞추어 당신의 임무를 수행해 주시면 좋겠소."

"알겠습니다. 그럼 난 내방으로 돌아가 최종점검이나 해 보죠."

칼젠버그가 자기 방으로 돌아가자 크리스트는 방에서 나와 택시를 타고 여의도의 M아파트로 달려갔다.

기다리고 있던 안나가 그에게 말했다.

"그분한테서 전화가 왔었어요. 계획대로 열심히 취재하라고 하시면서 같이 있는 칼젠버그씨 안부도 묻더군요."

"그래서 뭐라고 대답했소?"

"두 분 모두 열심이라고 말씀드렸죠. 그러니까 두 분에게 부족함이 없도록 잘 부탁한다는 말씀도 하던데요."

"고맙군."

그는 야코프의 말을 오래도록 생각했다. 그것은 계획대로 K-3 작전을 완벽히 준비하여 수행하라는 의미인 것이다.

"개같은 자식……."

자신도 모르게 그의 입에서 욕설이 튀어나왔다.

안나가 소스라치게 놀라 그를 돌아보았다.
 "방금 뭐라고 하셨어요. 화나신 거예요? 어머, 화를 다 낼 줄 아시네."
 크리스트는 자기감정 하나 절제하지 못한 자신을 책망했다.
 "당신보고 화를 낸 게 아니오."
 "그럼, 제가 그분에게 잘못 전했나요?"
 "아니오. 잘했어요. 그 사람은 항상 편히 앉아서 부하기자들만 들볶는 사람이라서 그만 나도 모르게 욕설이 튀어나온 것 같소."
 그는 적당히 대답을 얼버무렸다. 야코프, 지옥에나 가라! 그는 입술을 깨물며 자신을 죽음의 함정으로 몰아넣은 그를 마음속으로 저주했다.
 아니, 어쩌면 자신한테 한 말인지도 몰랐다. 이번 일이 10퍼센트의 성공률이라면 90퍼센트의 불안을 느끼고 있었다. 언제나 반도 안되는 확률을 가지고 목숨을 걸어 왔었다. 그러기에 철저한 준비와 확인, 분석을 통해 자신감을 키웠고 그것은 결국 자신의 성공률을 증가시켜 주었다. 이번 일도 결국 그가 원한 일이고 보면 누구를 탓할 일이 아니다. 다만 현실에 대한 불안감이 큰 때문이었다. 이번 작전은 아무도 장담할 수 없는 어려운 도박이다. 작전이 성공한다 해도 자신은 도주할 길이 제로에 가까운 상황에 처해 있는 것이다. 시민들 틈에 섞여서 강을 건넌다 해도 미국처럼 넓지도 않은 이 조그만 땅에서 김포공항만 봉쇄하면 자신은 끝장인 셈이다. 미스 김이 얼마나 오래 그를 숨겨줄 수 있을지 그는 기대할 수가 없었다.
 칼젠버그도 그렇다. 매사에 감정의 대립이 생기는 것이다. 아주 미세한 것이라고는 하나 때에 따라 아주 치명적일 수가 있었다.

크리스트는 모든 일에 대해 소심할 정도로 치밀하게 계획하고 그에 따라 실행하는 성격이었다. 그래서 그의 주변환경까지도 자신을 따라 일치감을 이루지 않으면 안되었다.

지금까지 혼자서 빈틈없이 일을 해왔지만 이번일을 맡을 때엔 무언가의 도움이 있어야 한다는 것을 절실히 느꼈었다. 교황을 향하여 총구에서 탄환이 튀어나가자마자 수백 수천의 정예요원들의 시선이 자기에게로 집중될 것이기에 그들의 시선이 최대한 분산될 수 있는 그 무엇이 필요했던 것이다. 그래서 폭탄 제조의 전문가인 칼젠버그의 도움을 받아들였으나 그리 탐탁치 않은 인물임에 틀림없었다.

어쩌면 칼젠버그는 그에게 있어 오히려 하나의 방해자일 수도 있다고 생각했다.

"몹시 피곤한가 봐요. 무슨 생각을 그리 골똘히 하세요. 술 한잔 드시고 푹 쉬세요."

"고마워."

그는 잔을 들어 단숨에 위스키를 들이켰다. 뜨거운 기운이 목줄기를 타고 내려가 위장을 자극했다.

안드로포프 서기장은 교황 바오로 2세와는 원수지간이었다.

서기장이 KGB 의장으로 재직하고 있을 때 교황 바오로 2세는 당시 브레즈네프 서기장과 폴란드 자유노조 문제를 놓고 심각한 마찰을 빚었다. 그것 때문에 안드로포프 의장은 로마 교황청 앞 성베드로 광장에서 자객을 시켜 바오로 2세를 쓰러뜨렸다.

다행히 상처가 깊지 않아 교황은 회복되었으나 이를 기화로 교황은 소련에 대한 적대 행위를 계속하고 동구 여러 나라에서 격렬한 노조운동이 전개되도록 후원을 아끼지 않고 있었다.

그보다 훨씬 앞선 1970년대 초부터 교황으로 선출된 1978년까지, 교황 즉 워즈틸라 추기경은 폴란드의 크라쿠프 대교구에서 적극적인 선교활동을 펴왔으며, 소련이 그의 선교활동을 탄압하자 예수회 신부들을 동원하여 카톨릭 지하운동을 펼쳐왔었다.

폴란드에 자유노조의 운동이 일어난 것도 막강한 워즈틸라 추기경이 이끄는 천주교의 세력이 아니었다면 거의 불가능한 저항에 불과했을 것이다.

브레즈네프는 워즈틸라 추기경을 수차례 없애려고 시도하였지만 성당 깊숙이 몸을 숨기고 예수회 신부들의 경호망 속에서 활동하는 그를 살해한다는 건 어려운 일이었다. 1978년 워즈틸라 추기경이 제264대 로마 교황에 선출되자 브레즈네프는 위기의식을 갖게 되었고, 대신 폴란드 자유노조는 바웬사를 지도자로 하고 맹렬한 대소공세를 펴나갔다.

안드로포프 KGB의장은 브레즈네프 서기장의 명령을 받고 카톨릭의 세력을 꺾기 위한 갖가지 방법을 동원하였으나, 교황 바오로 2세는 불사신과 같이 죽음도 두려워 하지 않고 중남미를 비롯한 세계 각국에 자유화의 물결을 일렁이게 했다. 세계 최강의 공산주의 국가인 소련에 대해 거의 철저한 복종의 자세를 취하고 있는 북한은 교황의 남한 방문이 그들의 통일 전략에 막대한 지장을 초래할 우려가 있다고 하며 교황의 방한을 저지해 달라고 신임 안드로포프 소련 서기장에게 요구했다.

그러나 안드로포프 서기장에게는 그것을 막을 방법이 없었다.

단지 그것을 막기 위해 전쟁을 일으킬 수도 없었다. 그것은 바로 핵전쟁으로 이어지니까, 그렇다고 그것을 방치하고 있는 것은 그의 나약함을 단적으로 나타내주는 것 같아서 그는 더욱 초조해져

갔다.

 초조한 나머지 불면증에 걸려버린 그는 며칠 밤을 꼬박 새운 뒤 어처구니없는 결단을 내려버린 것이다.
 '교황 암살!'
 그것은 이 지구상에서는 상상도 할 수 없는 일이었다.
 교황은 전세계 신도들의 영적 아버지이자 살아있는 신처럼 그들로부터 존경받고 있었다.
 안드로포프는 교황을 꼭 한국에서 처치하기 위해 부하들을 독려하고 있었다. 이번 작전이 성공해야 그는 정권을 오래 장악할 수 있고 소련이 세계의 강자로 계속 군림할 수 있다고 생각했다.
 크리스트는 처음부터 이번 작전의 어려움을 부정할 수가 없었다.
 이 작전은 '적을 쓰러트리느냐, 내가 쓰러지느냐'가 아니다. '적을 쓰러뜨리고 나도 쓰러진다'이다. 자신이 살아서 린다가 기다리고 있는 마카오까지 빠져 나간다는 것은 결코 쉬운 일이 아니다. 작전은 성공한다 해도 살아서 한국을 빠져나간다는 것은 백분의 일의 가능성도 없다.
 크리스트는 안나가 부어주는 위스키를 거푸 들이키며 시시각각으로 좁혀오는 죽음의 검은 그림자를 눈앞에서 지워버리려고 애썼다. 그에게는 현재로선 아무런 정보도 없다. 모든 것은 자기 스스로 판단하고 실행해야 한다.
 그런데, 교황쪽의 경비망은? 또 CIA나 한국쪽의 정보기관은? 그들은 아직도 이쪽의 작전을 전혀 모르고 있을까? 전세계에 거미줄 같은 정보망을 갖고 있는 CIA가, 또 CIA를 돕는 각국의 정보조직들이 소련의 이 거대한 음모를 전혀 눈치채지 못하고 있을까?

아니면, 그들은 K-3작전을 이미 알아내고 이 작전을 미연에 봉쇄할 어떤 대테러 계획을 수행하고 있는 게 아닐까? 한국의 경찰과 정보부는 공항을 통해 입국하는 모든 외국인의 신원 조사를 이미 마쳤을 게 아닌가. 외신기자도 예외는 될 수 없겠지. 그렇다면 TT통신기자도 이미 조사가 끝났을게 아닌가.

크리스트는 갑자기 모골이 송연해짐을 느끼고 등줄기에는 진땀이 흐르기 시작했다. 나와 같은 목적으로 잠입해 있는 한국출신 요원은 지금 어디에 있을까? 한국 출신이라는 점을 이용해 나보다 앞서서 한국인 속에 섞여 교황에게 접근하고 있는 것은 아닐까.

혹시 그가 이미 붙잡혀서 K-3작전을 실토해 버린 것이 아닐까. 갑자기 물밀듯이 쏟아지는 의문점들로 그의 불안감은 극도에 달했다.

안나는 몹시도 불안해하는 크리스트를 바라보며 걱정이 됐다.
"어디 아프세요."
"아…아니, 잠시 집생각을 하고 있었어."
얼버무리는 그의 행동은 몹시도 어색해 보였다.
"걱정이 있는 듯해 보여요. 제가 뭐 도울 수는 없을까요."
크리스트는 갑자기 킥 하며 웃음을 흘렸다.
안나가 도울 일은 무엇인가. 아마도 그가 지금 하려고 하는 일을 알게 된다면 제일 먼저 경찰서로 달려갈 것이었다.
그런 그녀가 그에게 도울 일을 찾고 있는 것이다.
"당신이 도울 일은 그저 내 애인 노릇이나 훌륭히 해주면 그만이오. 사소한 집안일로 잠시 신경이 쓰인 것 뿐이니까. 당신이 걱정해 줄 일은 없소."
안나는 괜한 걱정을 했나보다고 생각하며 빙긋이 웃었다.

그녀가 화장실로 가는 것을 지켜보던 크리스트는 갑자기 생각난 듯 전화를 들고 버튼을 눌렀다. S호텔이 나오자 1727호실을 호출했다.

"아, 여보세요."

한참만에 전화를 받은 칼젠버그가 단잠에서 깨어난 듯 졸리운 목소리로 응답했다.

"나요, 스베들리"

"이 밤중엔 웬일입니까. 지금 어디서 거는 거요."

"그냥 있는지 확인해 본 것 뿐이오. 혼자 있소?"

"나는 항상 혼자잖소."

"알았소. 잘 자시오. 내일 봅시다."

그는 수화기를 내려놓고 깊게 안도의 숨을 내쉬었다. 아직 호텔은 무사했다. 그는 자신이 아무도 모르는 이 아파트로 거처를 옮긴 것을 퍽 다행으로 생각했다. 그만큼 시간을 벌게 된 셈이니까.

비로소 냉정을 되찾은 크리스트는 그에게로 다가오는 안나를 끌어안고 깊게 입을 맞추었다.

"걱정했어요. 이젠 괜찮으세요?"

"괜찮아. 아까는 속이 좀 안 좋았어."

그는 그의 마음을 자꾸만 약하게 이끌어가고 있는 망상을 쫓아내기라도 하려는 듯 미친 듯이 안나의 육체를 탐했다. 그녀는 다시 기운을 되찾은 그에게 매달려 육체를 불태우다가 그를 따라 잠자리에 들었다.

시간은 이미 5월 4일 0시를 막 넘기고 있었다.

흉터를 찾아라

5월 4일

명부가 마지막으로 조기자와 헤어져 R호텔에 도착한 것은 자정도 지난 5월 4일 0시 40분경이었다.

호텔 로비로 들어선 그는 곧장 엘리베이터를 타고 15층으로 올라갔다. 그는 어지간히 취해 있었다. 그러나 머릿속은 긴장 상태에 놓여 있었다. 그는 지금 여자를 안고 싶은 마음이 조금도 없었다. 그의 머릿속은 암살자에 관한 생각만으로도 터져나갈 것 같았다.

1509호실 앞에 이르자 그는 한숨을 내쉬고 나서 차임벨을 눌렀다. 약속은 약속이었다. 여자를 혼자 호텔방에 놔둘 수는 없었다.

문이 열렸다. 그를 보자 오미련은 획 돌아서서 침대쪽으로 걸어가 그 위에 몸을 던졌다. 그녀는 어깨와 허벅지가 훤히 드러나는 란제리를 입고 있었다. 옷을 입고 있다고는 하지만 그것은 속살이 훤히 비치는 것이어서 그것에 가려진 육체는 한층 요염한 분위기를 풍기고 있었다.

"술을 많이 마셨군요?"

그녀가 침대에 비스듬히 누워 말했다. 둔부의 곡선이 그의 눈에는 도저히 뿌리칠 수 없을 정도로 육감적으로 보였다. 그녀는 한손으로 머리카락을 만지면서 그를 바라보고 있었다. 스탠드 불빛이 그녀의 큰 젖가슴 사이에 깊은 그늘을 이루어놓고 있었다.

명부는 의자에 앉아 담배 한 대를 다 태울 때까지 잠자코 그녀의 매력적인 모습을 지켜보고 있었다. 이윽고 그는 담배를 비벼끄고 옷을 벗기 시작했다.

"아직까지 자지 않고 있었나요?"

"자는 게 뭐예요. 안 오시는가 싶어서 울려던 참이었어요."

명부는 욕실로 들어가 가볍게 샤워만 했다. 방안에 들어오기 전과 들어온 후의 기분은 사뭇 달랐다.

지금 그는 여자를 안고 싶은 강렬한 욕구에 사로잡혀 있었다. 암살자에 관한 생각은 뒷전에 밀려 있었다.

욕실에서 나온 그는 곧장 그대로 침대 위에 올라가 여자를 안고 입을 맞추었다. 입을 맞추면서 한손으론 그녀의 몸을 더듬어 옷을 벗겨냈다.

그녀는 너무 오래 기다리고 있었던 듯 그의 손이 몸에 닿자마자 떨면서 그의 목을 끌어안고 맹렬히 몸을 부딪쳐왔다.

명부는 침대 위에서 이렇게 뜨겁게 응하는 여자를 지금까지 만난 적이 없었다. 그녀의 뜨겁게 몸부림치는 육체를 그는 언제나 크나큰 기쁨으로 받아들이곤 했다. 그러나 그 기쁨을 오랫동안 지속시키고 싶은 마음은 없었다. 기쁨을 오래 지속시키다 보면 두 사람 사이는 너무 심각한 관계로 발전할 것이고, 그러다보면 기쁨이 괴로움으로 변할 수도 있다는 것이 그의 생각이었다. 자신에게 맹렬한 기세로 달려드는 그녀의 흡인력에 그는 문득문득 공포감을 느끼기도 했다. 그와 같은 흡인력을 도로 밀어내려면 여간 애를 먹지 않으면 안될 것 같았다.

그녀가 너무 빨리 흥분하면서 미친 듯 소리를 질러대기 시작했기 때문에 그는 소리가 밖으로 새어나갈까봐 손으로 그녀의 입을 틀어막았다. 그러다가 나중에는 아예 자신의 입으로 그녀의 입을 덮쳐눌렀다.

그들은 완전한 일체감을 음미하면서 정점을 향해 맹렬히 달려 올라갔다. 명부의 힘도 대단했지만 그를 받아들이는 여자의 힘도 맹렬하기 그지 없었다.

관계를 끝내고 멍하니 천정을 바라보고 있노라니 마치 수술대 위에서 자신의 몸뚱이가 갈기갈기 해체된 것 같은 기분이 들었다. 그 기분은 결코 희망적이랄 수 없었다.

"어머, 이 땀 좀 봐."

여자가 그의 몸을 어루만지며 속삭였다. 몸을 밀착해 오면서 손놀림이 섬세해지는 것이 아직 만족을 느끼지 못한 모양이었다. 그녀의 손길에 그는 다시 서서히 일어서기 시작했다.

"부탁이 있어요."

귓가에 와닿는 그녀의 입김이 뜨거웠다. 명부는 입 속이 타는 것을 느꼈다.

"부탁이 있는데 들어주실 거죠?"

침대 위에서 꺼내는 부탁이란 으레 들어주기 난처한 것일 경우가 많다.

"글쎄, 들어줄 만한 것이면 들어주지."

그는 미적지근하게 대꾸했다.
"그런 대답이 어딨어요? 처음이자 마지막으로 부탁하는 건데."
그녀의 매끄러운 살결이 밀려오기 시작했다. 그는 천천히 힘을 주어 그녀를 껴안았다.
"왜 하필 지금 그런 말을 하지?"
"시간이 없어서예요."
"뭔데 그래요. 어디 한번 들어나 봅시다."
그녀는 킬킬거리고 웃었다.
"좀 웃기는 부탁이에요."
명부는 어리둥절했다.
그가 몸을 실으려 하자 그녀는 옆으로 빠져나갔다.
"들어주셔야 해요. 그렇지 않으면 말 안할 거예요. 아주 쉬운 일이에요."
"그래. 들어줄 테니까 말해봐요."
그녀는 다시 한번 웃고 나서 그 부탁이라는 것을 꺼냈다.
"교황 방한을 취재하기 위해서 외신기자들이 많이 들어왔죠?"
"수백 명 들어왔지. 어중이 떠중이까지 합치면 천 명쯤 될 거요."
그는 그녀의 탐스런 젖가슴을 어루만졌다.
"어머나 그렇게 많아요? 굉장하군요. 아무튼 좋아요. 전 그중에서 한 사람을 찾아야 해요. 그 사람을 좀 찾아주십사 하고 부탁하려고요."
"난 또 무슨 부탁이라고. 그런 거야 몇 번이라도 들어줄 수 있어요. 이름이 뭐예요? 어느 나라 기자인데요?"
"그런 거 알면 제가 왜 부탁하겠어요. 그 사람에 대해서는 아무것도 모르니까 이렇게 부탁하는 거죠."
 "아니, 아무것도 모르다니. 무슨 말이 그래요?"
 명부는 얼른 이해가 가지 않았다.
 그는 그녀의 몸에서 슬그머니 손을 뗐다. 그녀는 다시 한번 키득거렸다.
 "말 그대로예요. 그 사람에 대해서는 아무것도 몰라요. 그저 기자라는 것 외에는. 이름도 국적도 소속사도 아무것도 몰라요. 하지만 그 사람 틀림없이 이번에 왔을 거예요."
 "무슨 말이 그래요. 아무것도 모르는 사람을 어떻게 찾으라는 거예요? 뭘 가지고 말이오?"
 "한 가지 특징이 있어요. 그런데 그 특징이란 게 겉에 드러나지 않고 옷 속에 가려져 있어요."
 갈수록 이상한 말만 한다고 명부가 생각하고 있는데 그런 말을 꺼낸 여자는 뭐가 우스운지 얼굴에 또 미소를 띠고 있다. 그러나 이번의 미소는 어쩐지 억지로 지어낸 것 같이 보인다.
 점점 알쏭달쏭해지는 말에 명부는 서서히 호기심이 발동하는 것을 느꼈다. 그러나 그런 내색은 하지 않은 채 무표정하게 물었다.
 "옷 속에 가려져 있는 특징이란 게 뭔데 그래요?"
 "오른쪽 엉덩이에 큰 흉터가 있어요. 바로 여기 말이에요."
 그녀의 보드라운 손이 명부의 오른쪽 엉덩이를 쓰다듬었다.
 명부는 소스라치게 놀랐다. 자신의 놀라는 표정을 보이지 않으려고 고개를 돌리면서 그는 숨을 죽였다. 이게 어떻게 된 일인가?
 "내가 알고 있는 건 그것 뿐이에요. 쉬운 부탁이 아니죠?"

오미련은 계속 그의 엉덩이를 쓰다듬고 있었다. 명부는 슬그머니 그녀의 손을 밀어냈다.
"그런 부탁도 있을 수 있나. 자, 농담은 그만하고……."
그가 몸을 실으려 하자 그녀가 다시 몸을 피했다.
"농담이 아니에요. 정말로 부탁하는 거예요."
그녀는 더 이상 웃지 않았다. 명부는 억지로 웃음을 지어보였다. 그는 소름이 끼치는 것을 느끼면서 될수록 그녀와 시선이 마주치지 않으려고 애쓰면서 말했다.
"정말 그런 걸 부탁하는 거예요?"
"네, 정말이에요."
그를 올려다보는 그녀의 눈빛이 유난히 검다고 그는 생각했다. 그는 천정을 향해 몸을 눕혔다.
"괴상망칙한 부탁도 다 있군."
"그러실 줄 알았어요. 하지만 그 사람을 찾아야 해요."
"도대체 엉덩이에 뿔난 사람…… 아니, 흉터가 있다고 그랬지. 그런 사람을 어떻게 찾아내지? 도대체 그것도 부탁이라고 하는 거요?"
"그 사람을 찾아야 하기 때문에 그러는 거예요. 그 사람을 꼭 찾아야 해요. 어처구니없는 일이라고 생각하실지 모르겠지만 저한테는 아주 심각한 거예요. 부탁치고는 얼마나 멋진 부탁이에요."
"정말 멋진 부탁이군."
그는 빈정거렸다. 달아올랐던 그의 몸은 이미 싸늘하게 식어 있었다.
강무기 계장으로부터 오른쪽 엉덩이에 흉터가 있는 외신기자를 빨리 찾아내지 않으면 안된다는 말을 들은 것이 바로 몇 시간 전이었다. 그런데 여기 와서 또 그런 말을 듣게 되었다. 이번에는 경찰이 아닌 어떤 미녀로부터 듣고 있는 것이다. 왜 이런 일이 일어나는 것일까.
"아무것도 모른다고 하면서 엉덩이에 흉터가 있다는 것은 어떻게 알았어요?"
그녀는 베개로 얼굴을 덮었다. 부끄럽다는 태도였다. 명부는 그것을 걷어냈다. 그리고 다시 한번 똑같은 질문을 던졌다.
"그렇게 물으실 줄 알았어요."
그녀는 말하기 곤란하다는 듯 한숨을 길게 내쉬고 나서 한참 동안 침묵을 지키고 있다가 이윽고 다시 입을 열었다.
"이렇게 생각할 수 있잖아요. 이성이란 상대방의 겉모양보다는 옷 속에 숨어 있는 육체의 특징에 더 민감한 법이라고요. 저는 특히 그런 경향이 많아요. 제가 관계하는 남자의 사회적 겉모양 같은 것에는 별로 관심이 없어요."
명부는 그녀의 말에 어느 정도 이해가 갔다. 남자의 육체에 대한 그녀의 병적인 탐닉으로 보아 충분히 그럴 수 있는 일이라고 그는 생각했다.
"그렇다면 엉덩이에 흉터가 있다는 그 외국기자하고 잠을 잤다는 말인가요?"
명부는 은근히 질투심을 느끼면서 물었다.
"아무렇게나 해석하세요."
그녀는 고개를 끄덕이면서 재미있다는 듯이 그를 쳐다보았다. 명부는 불쾌한 표정을 지었다. 마치 그녀의 말에 질투를 느낀 것처럼.

"미안해요. 하지만 당신을 알기 전에 만났던 사람이에요. 꼭 하룻밤 함께 잤어요."

그녀가 이름도 모르는 외국 기자를 만난 것은 1년 전 도쿄에서였다고 했다.

1년 전 그녀는 무슨 일로 도쿄에 건너가 한 달쯤 머물다 왔는데, 그때 우연히 거기서 그 외국인을 알게 되었다는 것이다. 만난 그날 그들은 호텔에서 하룻밤을 함께 지냈는데, 그녀로서는 그 하룻밤이 평생 잊지 못할 밤이 되었다. 그렇게 인상깊고 환희에 찬 밤을 보내기는 난생 처음이었기 때문이다. 그 외국인은 밤새도록 섹스에 탐닉했으면서도 끄덕도 하지 않을 만큼 괴력을 지니고 있었다. 그에게 밤새 시달린 그녀는 거의 점심 때가 지나서야 눈을 떴는데 그때는 이미 그가 떠나고 난 뒤였다. 탁자 위에는 그가 남긴 봉투가 놓여 있었다. 봉투를 열어보니 그 속에는 1백 달러짜리 지폐 하나와 편지가 들어 있었다. 편지 내용은 아주 간단했다. 〈당신을 사랑한다. 그러나 우리는 헤어지지 않으면 안된다.〉 그녀는 지폐를 보고 심한 모욕감을 느꼈다. 남자와 관계를 맺고 나서 그렇게 푼돈을 받아보기는 처음이었다.

"그렇게 갑자기 도망칠 줄은 정말 몰랐어요. 신상에 관한 것은 차차 알게 될 것으로 생각하고 물어보지 않았거든요. 계속 만날 줄 알았죠. 제가 그 사람에 대해서 아무것도 모르고 히프에 흉터가 있는 것만 알고 있는 이유를 이제 아시겠죠?"

"글쎄, 알 것도 같긴 한데…… 그건 그렇고…… 도망친 그 사람을 이제 와서 만나려는 이유는 뭐죠?"

그녀는 잠자코 침대에서 내려서더니 탁자쪽으로 걸어가 핸드백을 집어들었다. 명부는 그녀의 가는 허리로부터 둔부로 이어지는 선을 잠자코 바라보았다. 그녀가 다시 침대 위로 올라왔다.
 "이걸 그 사람한테 전해 줄려구요."
 그녀가 그의 눈앞에다 무엇인가 흔들어보였다. 그것은 1백 달러짜리 지폐였다.
 "그때 그 남자가 놓고 간 거예요. 전 지금까지 쓰지 않고 보관하고 있어요. 그 사람한테 이걸 도로 주면서 제가 그때 느꼈던 모욕감도 함께 돌려줄 거예요."
 "대단한 앙심을 품고 있었군요."
 "만나면 그 사람 코에다 붙여줄 거예요."
 "사실은 그 사람 못 잊어서 그러는 거 아닌가요? 사람이 솔직해야지 그렇게 자기를 속이면 못써요."
 "아니에요. 그렇지 않아요."
 그녀는 그의 목에 매달리면서 격렬히 키스했다.
 명부는 그녀가 하는 대로 내버려둔 채 그녀의 정체에 대해서 생각해 보았다. 도대체 이 여자의 정체는 무엇일까? 경찰일까? 아니면 그밖의 수사기관에 속해 있는 여자일까? 그게 아니면 혹시 라인 제로가 아닐까? 라인 제로일지도 모른다는 생각에 그는 온몸에 오싹 소름이 돋는 것을 느꼈다. 내가 안고 있는 이 여자가 라인 제로란 말인가? 아니다. 그럴 리가 없다. 라인 제로가 왜 하필 나에게 접근했단 말인가.
 아무튼 이 여자는 정체를 숨긴 채 계속 거짓말을 해대고 있다. 눈 하나 까딱하지 않은 채 그럴 듯하게 거짓말을 하고 있다. 조금 더 시간을 끌어보면 이 여자의 정체가 드러나겠지.
 명부는 그녀를 밀어냈다.
 "그 사람에 대해서 아무것도 모른다면서 그 사람이 한국에 온 것은 어떻게 알았죠?"
 "텔레비전을 보다가 우연히 봤어요. 어제 교황이 오는 걸 텔레비젼을 통해 보고 있었는데…… 그 사람이 다른 기자들 틈에 섞여 스치듯 지나가는 것이 화면에 잠깐 보였어요. 카메라를 주렁주렁 달고 바쁘게 걸어가는 모습이었어요. 슬쩍 봤기 때문에 자신할 수는 없지만 그 사람이 틀림없을 거예요. 제가 도쿄에서 만났을때 그 사람은 그곳 주재 기자인 것 같았어요. 그렇다면 이번에 한국에 취재나왔을 가능성이 많지 않을까요?"
 정말 기막히게 거짓말을 잘하는 여자라고 생각하면서 명부는 머리를 설레설레 흔들었다.
 "남의 사랑 놀이에 끼어들고 싶지 않은데요."
 "사랑 놀이가 아니에요. 이걸 전해주어야 한단 말이에요. 당신은 제 마음을 모를 거예요."
 "프레스 센터에 가서 직접 찾아보지 그래요."
 "그렇지 않아도 가봤어요. 사람들이 하도 많아서 누가 누군지 모르겠더라구요. 그리고 센터에는 일반인의 출입이 금지되어 있었어요."
 "그럼 그 사람 외모에 대해서 말해봐요."
 "얼굴에 별다른 특징이 없어요."
 "그래도 금발인지 흑발인지, 키가 큰지 작은지 그런 특징은 있을 거 아니오?"
 그녀는 얼른 대답을 못하고 무엇인가 생각하는 듯하다가 말했다.
 "일반 외국인들처럼 키가 크고…… 금발이에요."
 "금발이 어디 한두 명인가?"

"그러니까 엉덩이 흉터를 찾아내야 해요."

"그걸 어떻게 찾아내라는 거지? 일일이 찾아다니면서 혹시 당신 엉덩이에 흉터가 없습니까 하고 물어본다면 또 몰라도…… 난 자신할 수 없어요."

"찾아준다고 약속했잖아요. 사우나 같은 데 가보세요."

"사우나?"

명부는 귀가 번쩍 뜨였다.

"외국 사람들은 사우나를 좋아하니까 그런 곳에 나타날 수도 있잖아요. 그런데서라면 자연스럽게 엉덩이를 볼 수 있잖아요."

"만일 그 사람이 사우나실에 나타나지 않는다면? 그리고 어느 사우나탕에 출입하는지도 모르잖아요?"

"프레스 센터가 설치되어 있는 S호텔에는 멋진 사우나탕이 있어요. 여성 전용 사우나탕도 있어서 저도 거기에 몇 번 가봤어요. 아마 외신기자들은 거의 S호텔 사우나탕에 갈 거예요."

"그래요?"

명부는 처음 듣는 말이라는 듯 중얼거렸다.

"아무튼 약속했으니까 찾아주셔야 해요."

"정말 골친데…… 세상 살다보니까 별 희한한 부탁도 다 받는군."

중얼거리면서 명부는 잠시 침묵 속으로 빠져들었다.

오미련의 신상에 대해서 자신이 너무 무관심했었다는 생각이 문득 들었다.

시간은 새벽 3시가 가까워오고 있었다. 우선 그녀를 녹초로 만들 필요가 있다고 그는 생각했다. 그녀의 몸은 활짝 열려 있었다. 언제라도 다시 그를 받아들이겠다는 태도였다. 그는 손을 뻗어 그녀의 가장 민감한 부위를 쓰다듬기 시작했다. 그녀는 금방 달아올라 그에게 매달렸다. 그대로 내버려두면 울음이라도 터뜨릴 것만 같았다.

그는 될수록 그녀가 먼저 지쳐서 나가떨어질 때까지 시간을 끌기로 했다. 쉬운 일이 아니었지만 그는 계획대로 그녀를 밀고 나갔다.

그는 밀려오는 졸음을 참으면서 끈질기게 기다렸다. 세번째의 격렬한 관계를 끝내고 나서 그녀가 잠잠해진 것은 4시가 조금 지나서였다. 그는 그녀가 깊이 잠들기를 기다리고 있었다. 밤새껏 몸부림쳤으니 일단 잠이 들면 쉽게 깨어나지는 못할 것이라고 그는 생각했다. 한 시간쯤 지나 그는 가만히 고개를 돌려 그녀의 잠든 얼굴을 들여다보았다. 숨소리가 규칙적으로 들려오고 있었고, 잠든 얼굴은 아주 생소해 보였다. 눈을 뜨고 있을 때는 그렇게 미인이었는데 잠든 얼굴은 그렇지가 않았다.

그는 조용히 침대에서 내려섰다. 아직 시간은 많이 있으니 서두르지 않아도 될 것 같았다.

탁자 밑에 그녀의 핸드백이 놓여 있었다. 그것을 들고 그는 욕실로 들어갔다. 욕실의 불을 켜고 세면대 앞에 서서 잠시 거울에 비친 자신의 벌거벗은 몸을 바라보다가 핸드백을 열었다. 그런 짓은 취미에 맞지 않는 일이었다. 또한 남자답지 못한 짓이었다. 그러나 그는 그런 짓을 해서라도 그녀의 정체를 알아내고 싶었던 것이다.

핸드백 속에는 여자들이 일반적으로 지니고 다니는 자질구레한 것들이 들어 있었다. 그런 것들 외에도 그 속에는 백만 원이 넘는 돈이 들어 있었다.

명부는 안쪽에 붙어 있는 지갑을 열어보았다. 거기서도 지폐가 나왔는데 그것은 한국 돈이 아닌 달러화였다. 그것도 모두 백 달러 짜리였다. 헤아려보니 모두 해서 96장이었다. 8백만원 가까운 돈이었다. 아까 그에게 보여주었던 백 달러짜리 한장은 그 가운데서 뽑은 것이 틀림없다는 생각이 들었다. 명부는 너무 긴장한 나머지 손끝이 떨리기까지 했다. 웬만한 일에는 눈 하나 까딱하지 않는 그였지만 지금은 그렇지가 않았다. 백 달러짜리 지폐 한 장을 돌려주기 위해 1년 동안 간직해 왔다고? 그야말로 거짓말치고는 근사한 거짓말이다. 96장이나 되는 백 달러짜리 지폐들은 무엇을 의미하지? 이렇게 거액의 외화를 지니고 다니는 그녀의 정체는 도대체 무엇일까?

명부는 물건을 도로 백 속에 집어넣은 다음 그것을 제자리에 갖다놓았다.

다시 한번 그녀의 자는 얼굴을 가만히 들여다보았다. 아까의 그 자세로 정신없이 자고 있다. 하체만 시트로 가렸을 뿐 젖가슴을 드러낸 채 잠들어 있다. 의심은 가는데 아직 아무것도 잡히지가 않는다. 무엇인가 있을 것만 같다는 생각에 그는 방안을 찬찬히 훑어보았다. 옷장 문이 조금 열려 있는 것이 보였다. 그는 그리로 다가가 조심스럽게 문을 열었다.

그녀의 옷이 거기에 걸려 있었다. 그는 망설이다가 코트 주머니 속에 손을 집어 넣었다. 감촉이 보드라운 가죽 장갑이 나왔다. 안 주머니에 손을 넣자 무엇인가 손에 집히는 것이 있었다. 꺼내보니 비행기표였다. 비행기표와 함께 여권이 나왔다.

비행기표는 JAL에서 발행한 것으로 성명란에는 秋山靖子(아키야마 야수코)라는 일본 여자의 이름이 적혀 있었다. 그리고 서울발 도쿄행 표로 출발 일시는 5월 7일 오후 1시 10분이었다.

여권 표지에는 일본 국기가 그려져 있었다. 마지막으로 반대쪽 안주머니를 뒤져 보았다. 그 안에는 수첩이 들어 있었다. 그는 그것들을 들고 다시 욕실로 들어갔다. 먼저 여권 표지를 넘긴 그는 거기에 붙어 있는 사람의 사진을 보고 적이 놀랐다. 그것은 지금 침대 위에 잠들어 있는 오미련의 사진이었던 것이다. 이름은 비행기표에 적혀 있는 것과 같은 아키야마 야수코. 나이 34세. 국적은 분명히 일본이었고 주소는 도쿄로 되어 있었다.

"일본 여자란 말이지? 이럴 수가!"

그는 앞을 분간할 수 없는 동굴 속으로 자기도 모르게 빨려들어가는 기분이었다. 일단 발을 들여놓은 이상 되돌아나올 생각은 추호도 없었다. 그것은 자존심이 허락치 않는 일이다. 그는 가는 데까지 가볼 생각이었다.

그는 욕실을 나와 자신의 취재수첩과 볼펜을 들고 다시 욕실로 들어갔다. 그리고 야수코에 관한 것을 될수록 자세히 적었다. 어느새 그의 숨결은 거칠어져 있었다. 마지막으로 그녀의 수첩을 점검해 보았다.

수첩 앞부분에는 일본인과 한국인들의 이름과 전화번호가 예쁜 글씨로 적혀 있었다. 한글 글씨도 예쁜 편이었다. 국적이 일본이면서 그녀는 한국인 행세를 능숙하게 해낼 만큼 한국 말에 정통하다. 도대체 이 여자는 무슨 일을 하는 여자일까?

수첩의 중간 부분부터는 누구와 만나기로 약속한 시간과 장소로 생각되는 메모가 어지럽게 적혀 있었는데, 상대방의 이름이라는 것이 김씨, 박씨, 숙자, 영자식으로 적혀 있었다. 그런 메모가 뒷부분까지 계속되다가 한 곳에서 갑자기 그 내용이 달라지고 있었다. 앞에 일련번호가 적혀 있었고 번호 다음에는 간단한 내용이 한글로 기록되어 있었다.

1. 라인 X와 합류.
2. 칸트에게 보고.
3. 라인 X 관찰.
4. 라인 X 관찰.
5. 라인 X와 관계, 첫 관계. 칸트 만나러 함께 외출. 라인 X의 첫 외출.
6. 라인 X와 세 번 관계.
7. 라인 X에게 자료. 라인 X 수술.
8. 신부 만나 라인 X 소개. 함께 식사.
9. 교황에 관한 자료 수집.
10. 물건 입수. 라인 X에게 인계.
11. 라인 X와 두 번 관계.
12. 라인 X와 별거.
13. 라인 X 신부에게 헌금. 신부와 식사.
14. 칸트로부터 크리스트에 관한 것.
15. 크리스트와 흉터
16. 라인 X와 함께 교황 구경.

명부는 자기 눈을 의심했다. 두 눈을 비비고 나서 다시 한번 그것을 들여다보았다. 숨이 차오면서 머릿속이 혼미해졌다. 자신이 마치 꿈을 꾸고 있는 것만 같은 생각이 들었다. 손끝이 떨려 적는데 꽤나 애를 먹어야 했다. 라인 X라니…… 경찰이 그렇게도 찾던 그 잔인무도한 도살자란 말인가?! 너무 흥분한 나머지 글씨가 제대로 써지지 않고 멋대로 춤을 추고 있었다. 손끝은 비참할 정도로 떨어대고 있었다. 그럴 리가 없다. 이건 우연의 일치야! 그러나 그것은 공포심을 줄이려는 안타까운 외침일 뿐이었다.

명부는 떨리는 손으로 ①에서 ⑯번까지의 내용을 적은 다음 수첩을 다시 넘기기 시작했다. 한 자라도 놓치지 않으려고 눈을 부릅뜨고 들여다보았지만 그 다음부터는 아무것도 적혀 있지 않은 공백이 계속되고 있었다.

이윽고 그는 맨 마지막 장을 넘기면서 수첩을 닫으려다 말고 멈칫했다. 맨 마지막 장에 무엇인가 적혀 있는 것이 언뜻 눈에 띄었던 것이다. 그것은 이렇게 적혀 있었다.

001-81-3-254-244×

라인 X=525-839×

두 개 다 전화번호 같은데 칸트의 것으로 보이는 것은 유난히 길었다. 가끔씩 국제 전화를 걸곤 하는 명부는 칸트의 그것이 국내 것이 아닌 외국의 전화번호란 것을 금방 알 수 있었다. 001은 국제자동전화 식별번호이다. 국제자동전화를 걸려면 먼저 001을 돌려야 한다. 그 다음은 국가번호를 돌려야 한다. 81이 국가 번호라면 3은 지역 번호일 것이다. 나머지 번호는 그 지역 내의 개인 전화번호일 것이다. 어느 나라 전화 번호일까. 라인 X의 전화번호는 국내 것임이 틀림없는 것 같다. 라인 X는 지금 이 전화번호가 설치되어 있는 곳에 숨어 있을까? 칸트라는 인물의 정체는 무엇일까?

명부는 두 개의 전화번호를 적은 다음 욕실을 나와 그녀의 여권과 수첩을 본래의 자리에 넣어두었다.

침대쪽으로 돌아온 그는 조금 전과는 다른 눈으로 그녀를 유심히 바라보았다. 그녀는 여간해서는 깨어나지 않을 것 같았다.

이제 그녀는 즐거움의 대상이 아닌 공포의 대상으로 그 앞에 누워 있었다. 이 여자를 어떻게 할까? 경찰에 맡길까? 아니다. 당분간 그대로 내버려두는 게 좋을 것 같다. 아무튼 그는 그 여자로부터 빨리 떨어지고 싶었다. 몸이 떨려 더 이상 그곳에서 머뭇거리고 있을 수가 없었다. 그녀가 혹시 깨어나기라도 하면 그의 공포감은 극에 달해 터져버릴 것만 같았다.

그는 허둥지둥 옷을 입고 나서 메모지에 몇 자 적었다.

"바빠서 먼저 갑니다. 잠든 모습이 더 아름답군요."

방을 나와 엘리베이터를 타면서 손목시계를 들여다보았다. 5시 35분.

그는 교황을 먼저 생각했다. 교황의 오늘 일정은 오전에 광주 무등경기장에서 영세 및 견진례를 가지도록 되어 있었다. 그 다음에는 국립 소록도 병원을 방문하여 나환자들을 만난다. 이어서 저녁 때는 교황청 대사관에서 주한 외교사절들을 접견한다.

광주에는 이미 다른 기자들이 내려가 있기 때문에 행사 같은 것에는 신경쓰지 않아도 된다. 그의 신경을 바짝 조여오는 것은 오로지 교황의 안전문제였다. 교황을 안전하게 지키려면 암살자를 빨리 제거하지 않으면 안된다. 라인 X는 뭐고 크리스트는 또 뭔가? 그리고 침대 위에 누워 있는 그 여자는? 그 여자가 라인 제로란 말인가? 그러고 보니 그녀의 목소리와 강계장이 들려준 녹음기에서 흘러나오던 그 여자 목소리가 아주 비슷한 것 같다. 도대체 어떻게 된 것일까? 그는 마치 꿈을 꾸고 있는 기분이었다.

저 여자는 라인 제로가 틀림없다! 엘리베이터에서 나오면서 그는 속으로 부르짖었다. 그렇다면 나는 지금까지 라인 제로와

놀아났다는 말인가? 혹시 함정이 아닐까? 함정에 걸려들고 있는 게 아닐까? 공포에 휩싸인 그는 불안한 눈으로 주위를 두리번거렸다.

이른 새벽이었기 때문에 호텔 로비는 텅 비어 있었다. 밤을 샌 호텔 직원 몇 명만이 프런트쪽에 피곤한 모습으로 앉아 있을 뿐이었다.

그는 호텔 로비 한 구석에 놓여 있는 소파로 다가가 거기에 털썩 주저앉았다. 그리고 초조하게 담배를 피워물었다. 행동을 하기 전에 우선 생각을 정리할 필요가 있을 것 같았다. 그러기 전에 행동에 들어간다는 것은 너무 위험천만한 짓이라는 생각이 들었다.

그가 지금 급히 판단해야 할 일은 자신이 라인 제로가 쳐놓은 그물에 걸려들었는가, 아니면 우연의 일치로 그녀를 만나게 되었는가 하는 점이었다.

그는 그녀를 처음 만나던 넉 달 전의 일을 생각해 보았다. 그때 그녀에게 먼저 접근한 쪽은 그 자신이었다. 그녀가 그를 유혹한 것도 아니었다. 단지 찻집에서 우연히 그녀를 발견했고 그녀의 미모에 반해서 그가 먼저 밖에 나와 있다가 그녀에게 접근하여 데이트 신청을 했던 것이다. 그때 그녀는 그를 유인하기 위해 찻집〈밤안개〉에 나와 있었던 것일까? 명부는 고개를 흔들었다. 그것은 아무리 생각해도 믿어지지 않는 일이었다.

그녀가, 아니 그녀가 속해 있는 어떤 조직이 나를 유인할 필요가 과연 있었을까? 나를 유인해서 어쩌자는 것일까? 그녀를 만난 것은 정말 우연이었어. 우연히 그 여자를 발견했고 그래서 그 여자를 알게 된 것 뿐이야.

그의 생각대로라면 그야말로 호박이 넝쿨째 굴러들어온 셈이었다. 아아, 이런 일도 있을 수 있을까? 꿈은 아니겠지. 그 여자는 지금 지난 번의 정사에 지쳐 황홀한 꿈을 안고 호텔 방에 잠들어 있다. 그리고 나는 침대에서 몰래 빠져나와 호텔 로비에 앉아 있다.

이것은 꿈이 아니다. 현실이다. 자, 그렇다면 나는 이제 무엇을 해야 하는가. 한국인 이름인 오미련과 일본인 이름 아키야마 야수코라는 이름을 가진 여자. 도살자 라인 X와 관계가 있는 라인 제로라는 암호명을 가진 여자. 교황을 노리는 암살단과 관계가 있는 것 같은 여자. 지난 넉 달 동안 나와 미치도록 정염을 불태웠던 그 여자에게 나는 이제부터 어떤 행동을 취해야 할까?

아무래도 혼자서는 벅찰 것 같았다. 그렇다고 지금 당장 경찰에 연락하고 싶지는 않았다.

그는 갑자기 생각이 난 듯 소파에서 몸을 벌떡 일으켰다.

호텔 로비에는 공중전화가 여러대 설치되어 있었다.

그는 조택수의 집에 전화를 걸었다. 조기자는 잠에 잔뜩 취한 목소리로 전화를 받았다.

"빨리 나와! 빨리 나와야 해! 지금 당장 나오란 말이야! R호텔 정문 앞 주차장으로 나와! 올 때 카메라와 망원렌즈를 꼭 가지고 와! 아주 중요한 일이야! 우물쭈물하지 말고 빨리!"

상대가 뭐라고 말할 틈도 주지 않고 그는 전화를 끊었다. 그리고 전화번호부를 뒤져 국제전신전화국을 찾았다.

다이얼을 돌리면서 너무 이른 아침이라 전화를 안 받을지도 모른다고 생각했는데 아가씨가 맑은 목소리로 전화를 받는다.

용건을 이야기하자 그녀는 웃으며 명쾌하게 답변해 주었다.
"81번은 일본 국제번호이고요. 3번은 도쿄 지역번호입니다."
경찰이 도청하여 잡은 국제전화, 그러니까 칸트가 라인 제로에게 걸어온 전화도 도쿄로부터 걸려온 전화였다. 칸트라는 자는 도쿄에 거주하고 있음이 분명하다.
명부는 주차장쪽을 바라보며 계속 로비를 서성거렸다. 가끔씩 불안한 눈으로 엘리베이터쪽을 쳐다보기도 했는데 그것은 그 여자가 그 동안에 혹시 나타날까봐 그런 것이었다.
일본명 아키야마 야수코라는 여자는 지금도 세상 모르고 자고 있을까. 일부러 자고 있는 척 했던 게 아닐까. 그녀의 진짜 이름은 오미련인가 야수코인가? 도대체 그녀의 국적은 한국인가 일본인가? 그런 것은 아무래도 좋다. 왜 그녀의 호주머니 속에서 라인 X에 관한 정보가 나왔는가 하는 점이다. 그뿐이 아니다. 교황에 관한 것도 언급되고 있다. 칸트-라인 제로-라인 X-교황…… 이와 같은 라인은 무엇을 의미하는 것일까? 그 라인은 교황을 노리고 있는 게 아닐까? 그는 우뚝 멈춰 섰다.
"그렇다! 바로 그거다! 의심할 여지가 없어!"
그는 두 주먹을 움켜쥐면서 속으로 부르짖었다.
수첩에 적혀 있는 것으로 보아 그녀는 라인 X와 수차에 걸쳐 육체 관계를 맺은 것 같다. 그것은 그들이 함께 움직이고 있다는 것을 의미하는 것이다. 어제 라인 X와 함께 교황을 구경했다는 것을 보면 그녀는 지금도 라인 X와 접촉을 계속하고 있는 것 같다. 15번의 '크리스트와 흉터'라는 내용에 주목할 필요가 있을 것 같다. 그것은 크리스트에게 문제의 그 흉터가 있다는 말일 것이다. 그것은 강계장이 들려준 그 녹음 내용과 일치한다.

그녀는 크리스트를 찾고 있음이 틀림없다. 그런데 그는 크리스트의 얼굴을 모르고 있음이 분명하다. 왜 그를 찾고 있는 것일까? 왜 그를 찾아내어 라인 X로 하여금 그를 없애게 하려는 것일까?

그녀의 말에 따르면 엉덩이에 흉터가 있는 그 사람, 즉 크리스트는 외신기자라 했다. 더 정확히 말한다면 크리스트는 외신기자로 위장한 암살자일 가능성이 크다. 만일 그렇다면 라인 X와 그녀는 왜 그 암살자를 제거하려는 것일까? 그것은 경찰이 할 일이 아닌가? 암살단이 암살자를 제거하려고 한다? 아무래도 이해가 되지 않는다.

걷잡을 수 없이 소용돌이치는 그 무시무시하고 어마어마한 생각 때문에 그는 머리가 터져나갈 것만 같았다. 그러면서도 그는 연방 주차장쪽을 쳐다보기도 하고 엘리베이터 승강장 쪽으로 시선을 던지기도 하면서 조기자가 나타나기를 초조하게 기다렸다. 다행히 엘리베이트 승강장 쪽에서는 오미련의 모습이 나타나지 않고 있었다.

6시 30분이 막 지났을때 조기자의 차가 호텔 앞 주차장 쪽으로 급히 들어서는 것이 보였다. 그 시간에 나타난 것을 보면 전화를 받고 어지간히 빨리 달려온 것 같았다. 그가 차에서 내리기 전에 명부는 호텔 밖으로 뛰어나가 그의 차속으로 뛰어 들었다.

"카메라 가져왔어?"

그는 다짜고짜 물었다.

"무슨 일이야? 새벽부터 사람을 불러내고?"

조기자는 망원렌즈가 달린 카메라를 명부의 무릎 위에 거칠게 올려놓았다.
"그럴 일이 있어."
　명부의 얼굴은 보기에 딱할 정도로 창백하게 굳어 있었다. 그의 얼굴 위로 얼핏 경련 같은 것이 스치고 지나가는 것을 보고 조기자의 표정도 심각해졌다.
"여기는 너무 가까워. 이 차를 저쪽으로 좀 멀리 이동시켜 줘."
　명부의 말에 조기자는 잠자코 그를 한번 쳐다보고 나서 더 이상 묻지 않고 정문에서 멀리 떨어진 곳으로 차를 이동시켰다.
　명부는 언제라도 카메라의 셔터를 누를 수 있게 정문을 향해 망원렌즈를 조절해 두었다. 차 창문도 열어두었다.
　밖은 아직 어두웠지만 곧 날이 새려하고 있었다.
"자, 이걸 읽어봐. 특별히 너한테만 보여주는 거야. 조금 전에 입수한 거야."
　명부는 수첩에 적은 것을 조기자에게 보여주었다. 조기자는 볼펜으로 휘갈겨쓴 내용을 자동차 실내등에 가까이 가져가서 들여다보더니 이내 눈이 휘둥그래졌다.
"아니, 이게 뭐야? 어떻게 된 거야? 이거 어디서 입수했지?"
"다 입수하는 수가 있지."
　명부는 일부러 느긋한 표정으로 말하면서 실내등을 껐다.
"이거 가짜 아니야?"
"천만에."
"도대체 어떻게 된 거야?"
　명부는 처음부터 설명하지 않으면 안되었다. 다른 사람 같으면 몰라도 워낙 절친한 사이이기 때문에 숨김없이 털어놓을 수가 있었다.
"사실은 나 어떤 여자하고 호텔에서 밤을 샜어."
"이 바람둥이, 장무희하고 잤구나! 드디어 정복했냐?"
 조기자는 이미 명부가 무희와 몇 차례 관계를 가진 사실을 아직 모르고 있었다. 명부는 아무리 친한 사이라 하더라도 자기가 관계를 맺은 여자에 대해서는 입밖에 내지 않고 철저히 비밀에 부치는 것을 철칙으로 삼고 있었다. 그것은 그 자신보다도 여자쪽을 위해서였다.
 조기자가 눈을 부라리는 것을 보고 그는 빙그레 웃었다.
"장무희하고 잔 게 아니야. 그 아가씨는 손도 대지 않았어."
"그럼 누구하고……?"
"넌 모르는 여자야. 30대 여잔데 아주 매력적인 여자야. 그 여자를 알 게 된 건……."
 그가 이야기하는 동안 조기자는 숨을 죽이고 귀를 기울이고 있었다.
 명부는 하나도 빼놓지 않고 사실대로 이야기했다.
 마침내 그가 이야기를 모두 끝냈을때 조기자는 아무래도 믿어지지가 않는지 머리를 흔들며 한동안 멍하니 그를 쳐다보기만 하다가 이렇게 말했다.
"난 도무지 뭐가 뭔지 모르겠다."
"믿어지지 않을 거야. 하지만 사실이야. 사실 나도 꿈을 꾸고 있는 것 같으니까."
"내가 이상하게 생각하는 건…… 왜 너한테만 그런 일이 일어나느냐 하는 거야. 너한테는 무슨 마력이라도 있나봐. 그렇지 않고서야 어떻게 그런 일이……."

"음, 나도 이번 일은 우연의 일치라고 보기에는 어쩐지 개운치 않은…… 어떤 운명적인 힘이 작용하지 않았나 하는 생각까지 들어."

"그건 그렇고 그 야수코라는 여자 주소를 알고 있어?"

"몰라."

"그런 것도 알아보지 않고 혼자 방을 빠져나왔단 말이야? 만일 그 여자가 도망쳐버리면 어떡하려고 그래? 이럴 게 아니라 강계장한테 연락해서 지금 바로 체포해 버리는 게 어때?"

그 말에 명부는 펄쩍 뛰었다.

"안돼! 그건 너무 싱거워! 좀 더 시간을 두고 관찰하다가 결정적인 순간에 경찰에 넘겨도 돼."

"이런 바보 같으니! 시간이 없단 말이야! 교황이 위험하다는 거 몰라!"

"알고 있어. 하지만……."

명부는 심각한 어조로 말끝을 흐렸다.

"하지만 뭐야?"

조기자는 사정없이 다그쳐 묻는다. 명부는 그의 시선을 피해 차창 밖으로 눈을 돌렸다.

"너같으면 한동안 사랑을 나누었던 여자를 그렇게 쉽게 경찰에 넘길 수 있겠냐?"

"이 경우는 다르잖아!"

"경우야 어떻든 난 그럴 수가 없어."

"이런 답답한 친구 같으니! 그 여자가 도망쳐버리면 어떻게 하려고 그러는 거야!"

"그래서 이렇게 지키고 있는 거 아니야. 저기 보이는 코발트색 Y가 보이지? 그게 그 여자 차야. 있다가 나오면 우선 얼굴 사진을 크게 찍어야겠어."

명부는 반대편 구석쪽에 세워져 있는 코발트색 차를 턱으로 가리켰다. 그런 다음 그 차에 초점을 맞추고 카메라 셔터를 눌렀다. 초점을 다시 정문쪽에 맞추고 나서 그는 자신있게 말했다.

"그 여자는 도망치지 않을 거야. 그 여자는 나를 좋아하고 있어. 그리고 자기가 부탁한 것을 내가 들어줄 것으로 알고 있어. 곧 나한테 다시 연락이 올거야. 그때 가서 손을 써도 늦지 않을 거야."

조기자는 안타깝다는 듯 명부의 어깨를 잡아 흔들었다.

"독 안에 든 쥐를 놓아주겠다는 거냐? 한시가 급한데 늦지 않다니 그런 말이 어딨어. 언제 일이 터질지 모르는 판에 늦지 않다니 그런 억지가 어딨냐구. 그 여자 나타나면 넌 얼굴을 아니까 안되고 내가 미행하겠어."

"맘대로 해. 그건 그렇고 이 내용을 한번 검토해 보자구. 이 내용을 보면 다섯 사람이 등장하고 있어. 라인 X, 칸트, 신부, 교황, 크리스트…… 이렇게 5명이야. 거기에다 이런 기록을 해둔 그 여자, 그러니까 라인 제로까지 합치면 모두 6명이야. 이 6명이 서로 어떤 관계가 있는지 검토해 보자구."

"그보다 먼저…… 이 라인 X가 정말 도살자라고 생각하나?"

"물론이지. 그 도살자가 틀림없어. 라인 X는 도살자의 암호야. 그와 똑같은 암호를 누가 또 사용할 수 있겠어. 도살자 아닌 다른 사람이 그와 똑같은 암호를 사용하고 있다면 그건 우연의 일치치고는 그야말로 기막힌 우연의 일치이지. 그런 기막힌 우연의 일치를 기대할 수 있겠나?"
 조기자는 기대할 수 없다는 듯 고개를 가로저었다.
 "여기 나오는 라인 X는 그 도살자가 틀림없어."
 명부는 다시 한번 강조했다.
 "여기 보면 라인 X와 여러 번 관계했다고 나오는데…… 이건 육체 관계를 말하는 건가?"
 "그렇다고 보아야겠지. 그 여자는 라인 X와 합류했고, 그것을 칸트에게 보고한 모양이야. ②번이 그것을 말해주고 있어. 칸트는 상급자가 틀림없어. 라인 X는 코스모스 아파트에서 자취를 감춘 후 그 여자가 제공한 은신처에 숨어 있었을 거야. 그리고 거기서 수차례에 걸쳐 그 여자와 관계를 맺은 거야."
 "모든 게 강계장한테서 들은 이야기와 일치하고 있어. 경찰이 도청한 국제 통화 내용과도 일치하고 있어. ⑦번에 라인 X에게 자료를 제공했다는 내용이 나오는데, 그 자료란 것은 ⑨번에 나오고 있어. 즉 그것은 교황에 관한 자료야. 그러니까 야수코는 교황에 관한 자료를 수집해서 라인 X에게 제공한 거야."
 조기자의 말에 명부는 같은 생각이라는 듯 고개를 끄덕였다.
 "라인 X는 외출할 수 없기 때문에 야수코가 자료를 수집해다가 줬겠지. 그런데 ⑦번에 보면 라인 X가 수술했다는 내용이 있는데, 그것을 주목할 필요가 있을 것 같아. 어떤 수술이라고 생각해?"
 "성형수술인가?"
 조기자의 눈이 빛났다. 명부는 크게 끄덕였다.
 "그래. 바로 그거야! 도살자는 얼굴이 알려져 있기 때문에 자유롭게 행동하려면 성형수술이 필요했을 거야. ⑯번을 보면 라인 X와 함께 교황을 구경했다고 되어 있어. 그것은 즉 외출했다는 뜻이야. 수술이 몰라보게 잘되었기 때문에 외출했을 거란 말이야."

"아무리 얼굴을 수술했다 해도 뚱뚱한 것만은 감출 수가 없겠지. 단시일 내에 살을 뺐을 리도 없을 테고······."

"글쎄······."

명부는 그 점에 대해서는 뭐라고 자신있게 말할 수가 없었다. 그래서 다시 수첩을 들여다보았다.

"⑧번과 ⑬번에는 신부라는 말이 나오고 있어. 그 여자가 라인 X를 신부에게 소개한 다음 함께 식사를 했어. 다음에 만났을 때는 라인 X가 신부에게 헌금까지 했어. 이걸 어떻게 생각해?"

조기자가 두 눈을 깜박이다가 대답했다.

"어쩐지 의도적인 것 같은데. 무엇을 노리고 일부러 신부에게 접근하지 않았나 하는 생각이 들어."

"나도 그렇게 생각하고 있어. 잔인무도한 도살자가 신부에게 헌금까지 했다는 게 영 어울리지가 않아. 그동안 생각을 고쳐 참회하고 있다면 또 몰라도 말이야."

"⑩번의 물건이란 건 뭘까? 무슨 물건을 입수해서 라인 X에게 인계했을까?"

"그런 아무래도 잘 모르겠어. 기록해 놓은 걸 보니까 아주 중요한 것만은 틀림없는 것 같은데, 그게 뭐라고 딱 잘라 말할 수가 없어."

명부는 고개를 흔들었다. 거기에 대해 조기자는 이렇게 말했다.

"라인 X가 노리고 있는 게 무엇인지 그것만 밝혀지면 그 물건이 무엇인지도 알 수 있지 않을까?"

"그렇겠지. 모두 검토해 보고 나서 라인 X가 무엇을 노리고 있는지 생각해 보자구. ⑫번을 보면 그 여자가 라인 X와 별거했다고 되어 있어. 그러니까 라인 X가 그녀의 은신처에서 다른 데로 숙소를 옮겼다는 말이겠지."

"⑭번은 크리스트에 관한 정보를 칸트로부터 제공받았다는 내용인가?"

조기자가 고개를 갸우뚱했다.

"그런 내용이겠지. ⑮번을 보자구. 크리스트와 흉터라는 말은 크리스트에게 흉터가 있다는 말이 아닐까?"

"그렇게 볼 수 있겠지."

"나는 야수코가 나한테 찾아달라고 한, 그 엉덩이에 흉터가 있는 외신기자가 바로 크리스트라는 암호를 가진 자가 아닐까 생각해. 야수코는 그자에 대해서 크리스트라는 암호명과 엉덩이에 흉터가 있다는 것만 알고 있는 것 같아. 금발에 키가 크다고 했지만 그건 거짓말일 거야. 내가 물으니까 엉겁결에 그렇게 대답한 것 같아. 여기서 주목할 게 있어. 크리스트는 라인 X의 일당이 아닐 거라는 점이야. 일당이라면 크리스트를 그렇게 찾을 리가 없겠지. 크리스트는 그들의 일당이 아닐 가능성이 커."

"듣고 보니까 그렇군. 그렇다면 칸트-라인 X-야수코……이렇게 세 명이 일당이란 말인가?"

"그래. 기록에 나타나 있는 바대로라면 그 세 명이 일당이야. 그중 칸트가 상급자 같은데, 그놈은 도쿄에서 지시를 내리고 있는 것 같아."

"자, 그렇다면 도대체 라인 X가 노리고 있는 게 뭐지? 여기에 나타나 있는 걸 보면 그는 우리가 지금까지 알고 있었던 단순한 살인자만은 아닌 것 같은데……."

조기자의 말에 명부는 같은 생각이라는 듯 고개를 끄덕였다.

"맞아. 그놈은 도살자 정도가 아니야. 놈은 어떤 분명한 목적을 가지고 지난 5년 동안 전주집에 거점을 확보하고 은신해 있었어. 그러다가 자신의 신분이 노출되자 사람을 닥치는 대로 죽인 거야."

"라인 X가 노리고 있는 게 뭣일 것 같아?"

조기자가 숨을 죽이고 물었다.

"먼저 말해봐."

그들은 먼저 말을 꺼내기가 두려운 듯 상대방에게 그것을 서로 미루었다.

마침내 조기자가 결심한 듯 먼저 입을 열었다.

"내 생각에 라인 X는 교황을 노리고 있는 것 같아."

잠시 침묵이 흘렀다. 명부는 꼼짝하지 않고 그의 다음 말을 기다렸다. 조기자의 생각이 자신의 생각과 일치하고 있는데 대해 그는 별로 놀라지 않았다. 그것은 이미 예견하고 있었던 바였기 때문이었다.

조금 후 조기자가 다시 말을 이었다.

"이 기록에 나타나 있는 여러 가지 점들이 그것을 말해주고 있어. 야수코가 교황에 관한 자료를 라인 X에게 전해준 점, 그들이 함께 교황을 구경한 것, 그리고 라인 X가 신부에게 접근한 점 등이 그것을 단적으로 말해주고 있어. 교황을 노리지 않는다면 라인 X가 왜 교황에 관한 자료를 수집하겠어."

"옳게 봤어! 아주 정확한 지적이야!"

명부는 조기자의 어깨를 탁 쳤다. 그리고

"그놈은 왜 신부에게 접근했을까?"

하고 물었다.

"그야 교황에게 쉽게 접근하기 위해서이겠지. 만일 그 신부가 이번에 교황의 방한 행사에서 중요한 역할을 맡고 있다면 그를 통해서 교황에게 접근하는 일은 그다지 어려운 일이 아닐 거야."

"그거야말로 두터운 경호벽을 뚫을 수 있는 가장 자연스러운 방법이겠지. 라인 X가 교황을 노리고 있다면 야수코가 그에게 전해 준 그 물건이란 것도 대강 그 윤곽을 알 수 있지 않을까?"

"윤곽 정도가 아니라…… 그건 무기가 틀림없어. 무서운 파괴력을 가진 무기임이 틀림없어."

조기자는 단언하듯 말했다. 명부는 목이 타는 것을 느꼈다.

"라인 X는 그렇다고 치자. 그렇다면 크리스트는 뭐지? 크리스트는 누구이고 그의 임무는 뭐지? 야수코는 왜 그를 찾고 있지?"

"경찰이 찾고 있는 암살자는 외신기자로 위장하고 있다고 했어. 그런데 야수코도 외신기자를 찾고 있단 말이야. 같은 외신기자라는 점에서 나는 동일인물이 아닐까 생각하는데……."

"동일인물이라면 크리스트도 암살자란 말인가?"

"그렇다고 봐야겠지. 그런데 그놈은 엉덩이에 흉터가 있어."

"그렇다면 암살자가 두 명이란 말인가?"

그 물음에 조기자는 침묵을 지켰다. 명부는 고개를 끄덕였다.

"하긴 현재 드러난 것만 두 명이고 그 이상 더 있을지도 모르지. 그런데 왜 야수코는 크리스트를 찾고 있을까? 정말 그를 제거하려는 것일까? 그렇다면 왜 제거하려는 거지?"

다시 침묵이 흘렀다. 이번 침묵은 아까보다 더 길었다. 아무도 거기에 대한 의문에 대해서는 얼른 대답을 하려들지 않았다. 그래서 그 의문은 풀리지 않는 수수께끼인 채로 남았다.

"지금 라인 X는 어디 있을까?"

명부가 먼저 침묵을 깨고 물었다.

"광주에 가 있을지도 모르지. 놈은 교황이 가는 데마다 따라다니고 있을 거야."

"꼭 그렇다고 말할 수 없어. 칸트는 크리스트를 먼저 제거하라고 했어. 교황은 그 다음 차례일지도 몰라. 그리고 라인 X가 수술했다면 전혀 얼굴을 알아볼 수 없을 거야. 놈의 전화번호를 알고 있으니까 은신처를 먼저 덮치는 게 좋겠지. 강계장을 먼저 만나야겠어."

그렇게 말하고 나서 명부는 주위를 둘러보았다.

날은 이미 밝아 있었다.

명부는 힐끔 손목시계를 들여다보았다. 7시 30분이 지나고 있었다.

그는 담배에 불을 부치려다 말고 멈칫했다.

"그 여자야!"

그는 낮게 소리치면서 입에 물고 있던 담배를 집어던졌다. 호텔 정문 앞에는 여러 사람이 서성거리고 있었다.

"어떤 여자 말이야?"

조기자가 흥분해서 물었다.

"저기 저 여자 말이야! 안경 낀 여자! 지금 차쪽으로 걸어가고 있잖아."

그렇게 말한 다음 명부는 팔꿈치로 조기자의 옆구리를 찔렀다.

"뭐하는 거야? 빨리 셔터를 누르지 않고!"

조기자는 그녀를 향해 정신없이 셔터를 눌러대기 시작했다.

"정면을 찍어야 해."

명부가 곁에서 소리쳤다.

"정면은 보이지 않고 있어."

 명부는 저 여자야말로 라인 제로가 틀림없다고 생각했다. 그는 등골로 식은땀이 흐르는 것을 느끼면서 뚫어지게 그녀의 움직임을 주시했다.

 이윽고 코발트색 Y카 앞에 다가선 라인 제로는 갑자기 무슨 생각이 났는지 몸을 휙 돌려 주위를 둘러보았다.

 그녀의 정면을 포착한 조기자는 다시 셔터를 마구 눌러댔다.

 "멋진 여잔데 그래. 저 여자를 네가 안고 잤단 말이지. 정말 근사해. 기막히게 좋았겠구나."

 조기자는 셔터를 눌러대면서도 계속 입을 놀려대고 있었다.

 라인 제로는 도로 호텔 안으로 들어갔다. 조기자는 카메라를 내리고 다시 지껄였다.

 "정말 미끈하게 생긴 여자야. 저런 여자가 그 무시무시한 계획에 가담하고 있다니 믿기지 않는데."

 "나도 믿어지지 않아. 하지만 사실이야. 사진 잘 찍었어?"

 "염려마. 기막힌 사진이 나올 거야."

 조기자는 어깨를 으쓱하면서 다시 호텔 정문쪽을 바라보았다.

 "그 여자 섹스는 어땠어?"

 그는 명부를 보지 않은 채 물었다.

 "그거야 뭐 상상할 수 없을 정도지."

 "그렇게 기가 막혔어?"

 "말도 마. 몸 전체가 용광로야. 어떻게나 끈질기게 매달리는지 밤새 잠 한숨 못 잤어."

 "어쩐지 네 얼굴이 하룻밤 사이에 많이 상했드라 했어."

 그때 라인 제로가 다시 나타났다. 그녀는 곧장 Y카쪽으로 걸어갔다.

조기자는 필름이 다할 때까지 셔터를 눌러댔다.

Y카가 천천히 호텔 주차장을 빠져나갔다.

"따라가 봐야겠어."

조기자가 카메라를 내려놓고 주차장 출구쪽으로 차를 움직이면서 말했다.

"그래. 가봐. 나는 얼굴을 아니까 빠지는 게 좋겠어. 혼자서 가는 데까지 따라가 봐."

조기자가 브레이크를 밟는 사이에 명부는 차에서 급히 내렸다.

"놓치면 안돼! 최소한 그 여자가 어디 살고 있는지는 알아내야 해!"

그 말에 조기자는 굳은 얼굴로 고개를 끄덕였다.

명부는 문을 쾅하고 닫았다.

그는 일부러 차도까지 나가 보았다. 코발트색 Y카는 이미 저만치 앞으로 달려가고 있었다. 그 뒤를 조기자의 차가 급히 따라갔다.

명부는 호텔로 도로 들어가 수사본부로 급히 전화를 걸었다.

하명부가 호텔에서 한국명 오미련과 뜨겁게 정욕을 불태우던 그날 밤 경찰 수사진은 먼저 서울시내에 산재해 있는 각 대학에서 여자 교수와 강사들의 사진을 입수하느라고 밤을 꼬박 지새워야 했다. 그러나 밤 사이에 그 모든 사진을 입수하기란 쉬운 일이 아니었다. 각 대학에는 당직자만 있었기 때문에 담당 직원을 불러내지 않고는 사진을 입수하기가 불가능했다. 한 밤중에 담당 직원을 불러내는 것 또한 쉬운 일이 아니었다. 다행히 경찰의 요구에 응해 연락을 받자마자 곧장 학교로 달려 나온 직원도 있었지만, 이 핑계

저 핑계를 대고 요구에 응하지 않은 직원들이 더 많았다. 그런 직원들은 날이 밝아서야 학교로 나와주었다. 출근 시간에 맞추어 늦게야 학교로 나와준 직원도 적지 않았다.

그동안 경찰 수사요원들은 사진이 입수되는 족족 그것을 들고 라인 제로와 라인 X가 은신해 있던 집으로 달려가 그 동네 여자 반장에게 그 사진들을 보여주곤 했다. 계속 수사관들을 상대해야 했기 때문에 그녀 역시 잠 한숨 못 자고 밤새 시달려야 했다. 그런 직원들은 날이 밝아서야 학교로 나와주었다. 출근 시간에 맞추어 늦게야 학교로 나와준 직원도 적지 않았다.

날이 완전히 밝을 때까지도 라인 제로의 사진은 나타나지 않았다. 마지막 사진이 입수된 것은 아침 9시가 지나서였다. 마지막으로 입수된 사진들이 제일 많았다.

강계장은 라인 제로의 집에서 초조하게 결과를 기다렸다. 수사관들이 각 대학에서 마지막 사진들을 들고 달려오기 시작했을 때 하기자로부터 그에게 전화가 걸려왔다.

"지금 좀 만날 수 없겠습니까?"

하기자의 목소리는 상당히 들떠 있었다.

"지금 좀 바쁜데 이따가 만나면 안될까요?"

"아주 급한 일입니다. 제가 그쪽으로 갈까요?"

계장은 그곳 위치를 일러주고 나서 전화를 끊었다. 그때 그곳 동네의 여자 반장이

"바로 이 여자예요!"

하고 소리쳤다.

계장은 그녀가 들고 있는 인사기록카드를 나꿔챘다. 그리고 거기에 붙어 있는 사진을 들여다보았다.

"이 여자 틀림없습니까?"
"네, 틀림없어요!"
 계장은 한참 동안 숨을 죽인 채 그 사진을 뚫어지게 응시했다. 그것은 명함판 컬러 사진이었는데 거기에 나와 있는 얼굴은 눈에 띄게 아름다워 보였다. 그 얼굴에서 그는 넉 달 전 지하철에서 우연히 목격했던 그 미모의 여인의 모습을 어렴풋이나마 엿볼 수가 있었다.
"바로 이 여자야!"
 그는 벌떡 일어섰다. 그리고 인사기록카드에 적혀 있는 인적사항을 훑어보았다.
 카드에 적혀 있는 그녀의 이름은 오미련이었다. 그리고 그녀는 Y여자대학교에 전임강사로 재직하고 있었다. 그녀가 소속되어 있는 학과는 일어일문과였다. 그리고 그녀가 Y여대에서 강의를 맡기 시작한 것은 1979년 3월부터였다. 그녀의 본적지는 서울이었고, 주소는 현재 수사관들이 점령하고 있는, 그녀가 마지막 은신처로 사용했던 곳이었다.
 계장은 얼굴에 경련을 일으키며 구형사를 돌아보았다.
"김형사하고 함께 지금 바로 Y여대로 가봐. 거기 가서 이 여자에 관한 것을 자세히 좀 알아가지고 와. 빨리!"
 구형사와 뚱뚱한 김형사가 뛰어나가자 뒤이어 하명부가 안으로 들어섰다. 계장은 인사기록카드를 손가락으로 두드려보였다. 명부는 탁자 앞으로 다가서서 카드에 붙은 사진을 내려다보았다. 그의 안색이 창백하게 질리면서 두 눈이 커졌다.
 계장은 그의 얼굴에 경련이 이는 것을 잠자코 쳐다보았다. 그러다가

"라인 제로입니다."
하고 말했다.
　명부는 말없이 카드에 적혀 있는 인적사항을 읽어내려갔다.
　"밤새 각 대학에서 여자 교수들의 사진이 붙어 있는 인사기록카드를 모았어요. 반장 아주머니가 수고해 주셨죠."
　계장은 그렇게 말하면서 명부에게 담배를 권했다.
　담배를 받아드는 명부의 손끝이 가늘게 떨렸다. 명부는 어떻게 말을 꺼내야 할지 알 수 없어 계속 침묵만 지켰다. 계장이 다시 말했다.
　"대학 교수로 위장하고 있었어요. 세상에 그런 줄도 모르고. 아주 무서운 여자가 틀림없어요."
　계장의 말대로라면 나는 무시무시한 여자와 한동안 관계를 맺어 온 셈이다. 내가 지금까지 무사할 수 있었던 것은 하늘의 도움이 아닐까? 그는 목이 근질근질해지는 것을 느꼈다. 그러나 비난을 받든 조소를 받든 그가 알고 있는 오미련에 대해서, 그리고 그녀와의 사이에 있었던 일들을 지금 당장 계장에게 이야기하지 않으면 안된다고 그는 생각했다. 엄청난 비극을 막기 위해서는 비난이나 조소쯤이야 얼마든지 견뎌낼 수 있는 일이라고 그는 생각했다.
　"급히 드릴 말씀이 있습니다."
　그는 거기에 있는 다른 수사관들이 신경에 거슬린다는 듯이 말했다.
　계장은 눈치를 채고 앞장서서 이층으로 올라갔.
　그들은 라인 X가 숨어 있던 방으로 들어갔다.
　"그 여자 지난 밤에 저하고 함께 지냈습니다."
　방안에 들어서자 마자 명부는 다짜고짜 그렇게 말했다. 느닷없는 말에 계장은 멀거니 그를 쳐다보기만 했다. 그러다가 어이없다는 듯이 씩 웃었다.

"정말입니다. 그 여자하고 지난 넉 달 동안 관계를 가져왔어요. 물론 그 여자의 정체를 전혀 몰랐죠."

명부의 얼굴이 심각한 것을 보고 비로소 계장의 얼굴에서 미소가 사라졌다. 그는 정신을 가다듬으려는 듯 담배를 꺼내 불을 붙였다.

"난 도무지 무슨 말인지 모르겠는데요."

"모르실 겁니다. 하지만 제 이야기를 들으시면 이해가 갈 겁니다."

명부는 하나도 숨겨서는 안된다고 생각했다. 그래서 그는 오미련과의 관계에 대해서, 그동안 그녀와의 사이에 있었던 일들에 대해서, 특히 지난 밤의 일에 대해서 숨김없이 털어놓았다. 그가 누구한테 비밀을 털어놓으면서 그렇게 수치심을 느끼기는 처음이었다.

그가 이야기하는 동안 계장은 담배 피우는 것도 잊은 채 창가에 못 박힌 듯 서서 귀를 기울이고 있었다.

"하기자, 당신은 수사에 큰 도움을 주고 있습니다. 또 한편으로는 큰 실수도 하셨구요."

명부의 이야기를 다 듣고 나서 계장이 중얼거린 말이었다. 그는 다시 이렇게 말했다.

"호텔에서 바로 우리 경찰에 연락을 했어야 합니다. 호텔에서 바로 그 여자를 체포했어야 했습니다."

"지금이라도 늦지 않습니다. 조기자가 따라갔으니까 그 여자 있는 곳을 알아낼 겁니다."

명부는 변명하듯 그렇게 말했다.
계장은 머리를 천천히 흔들었다.
"글쎄요. 미행이 성공적으로 끝나면 좋겠습니다만, 미행이란 그렇게 쉬운 게 아닙니다. 경험이 없이 더구나 혼자서 그 여자를 끝까지 미행한다는 것은 쉬운 게 아니에요."
그는 명부가 내민 수첩을 받아들고 거기에 적힌 내용들을 읽어나갔다.
"거기에 라인 X의 전화번호가 있습니다. 전화국에 알아보면 주소를 알 수 있을 겁니다. 빨리 라인 X의 주소를 덮치는 게 어떨까요?"
그 말에 계장은 고개를 끄덕였다.
"한번 해봅시다. 그런데 참, 이건 뭔가요?"
그는 수첩에 아무렇게나 갈겨쓴 아라비아숫자를 가리켰다.
"그건 그 여자의 차량번호입니다."
"조기자의 차번호는 알고 있나요?"
"모르겠습니다. 하지만 집에 연락해보면 알 수 있을 겁니다."
"지금 두 차를 빨리 수배해야겠습니다."
그들은 급히 이층에서 내려왔다.

라인 제로는 백미러를 힐끔 쳐다보았다. 그녀의 차와 동형이지만 색깔이 다른 차가 뒤쪽 2차선으로 달려오는 것이 보였다. 그 차를 발견한 것은 30분 전이었다. 그때부터 그 차는 계속 뒤따라오고 있었다. 계속 관찰했지만 그 차는 결코 시야에서 떠나지 않았다. 시야에 잡히지 않으려는 듯 멀리 떨어져 따라오고 있었다.
처음에는 하명부가 아닐까 생각했었다. 속도를 줄여 그 차와의 간격이 가까워지도록 유도한 다음 백밀러를 통해 자세히 살펴보았는데 운전석에 앉아 있는 사람은 처음 보는 얼굴이었다. 그 차에는 그 사람 혼자 타고 있었다. 누굴까? 도대체 누가 따라오고 있는 걸까?

한참 달리다가 커브를 그으면서 돌아보니 그 베이지색 Y카가 막 시야에 들어오는 것이 보였다. 그녀는 이번에는 더 좁은 골목길로 들어가 보았다. 만일 경찰이라면 차를 멈춰서는 안된다고 그녀는 생각했다.

조택수 기자는 난처했다. 차량 통행이 적은 골목길로 따라가면 아무래도 미행을 눈치챌 가능성이 많기 때문이었다. 그렇다고 여기까지 와서 미행을 그만둘 수도 없는 노릇이었다. 할 수 없다. 들키더라도 가는 데까지 가보는 거다.

그는 차를 골목 안으로 몰아넣었다.

코발트색 Y카의 꽁무니가 모퉁이로 막 사라지는 것이 보였다. 그는 급히 액셀레이터를 밟았다. 골목은 꽤나 길었다. 그리고 커브가 많아 Y카의 모습이 쉽게 시야에 잡히지가 않았다. 다급해진 그는 더욱 속력을 내어 달려갔다. 코발트색 Y카는 시야에 들어왔다가도 금방 사라져버리곤 해서 마치 숨박꼭질을 하는 기분이었다. 코발트색 Y카는 계속 골목으로만 달려갔다. 아무래도 미행을 눈치챈 것 같았다. 그러나 조기자는 포기하지 않고 끈질기게 그 차의 뒤를 쫓아갔다.

한참 동안 그렇게 골목으로만 달리다가 조기자는 마침내 큰길로 나왔다. 그는 오른쪽으로 차를 몰아 가다가 코발트색 Y카가 길 오른편에 정차해 있는 것을 발견하고는 급히 브레이크를 밟았다.

코발트색 Y카는 어느 건물 앞에 세워져 있었고, 그 건물의 지하에 자리잡고 있는 다방으로 그녀가 막 들어가는 것이 얼핏 보였다.
 조기자는 그녀의 차를 10여 미터쯤 지나쳐 차를 세웠다.
 다방으로 들어간 라인 제로는 자리에 엉거주춤 앉아 커피를 시켰다. 그리고 커피가 오자 거기에는 입도 대지 않은 채 일어서서 카운터 쪽으로 걸어가 찻값을 치른 다음 비상구쪽으로 빠져나갔다. 그 찻집은 언젠가 그녀가 한 번 와본 적이 있는 곳이었다. 그래서 그녀는 그곳에 출입구가 두 군데 있다는 것을 알고 있었던 것이다.
 비상구로 빠져나가자 좁은 골목이 나왔다. 그녀는 뛰다시피 걸어갔다. 한참 정신없이 걸어가다가 큰길로 나가 택시를 잡아탔다.
 조기자는 백미러를 통해 다방 출입구를 감시하고 있었다. 그는 아무래도 혼자서는 그녀를 미행한다는 것이 너무 벅차다는 것을 깨달았고, 그래서 지원이 필요하다고 생각했다. 그가 차에 앉아 백미러로 다방 출입구를 감시한 것은 불과 10분 정도였다. 10분쯤 지나 그는 차에서 내려 공중전화를 찾았다. 그러다가 문득 이런 생각이 들었다. 그녀가 만일 미행을 눈치챘다면 왜 도망가지 않고 다방으로 들어갔을까? 그녀의 차는 그대로 길가에 세워져 있었다.
 교통경찰의 순찰차가 막 그 차의 뒤에 다가와 서는 것이 보였다. 순찰차에서 교통순경이 내려오더니 그 차 안을 들여다보았다. 아마 불법 주차라고 단속하려고 그러는 것 같았다. 조금 후 그 순경은 조기자의 차쪽으로 다가왔다.
 "면허증 좀 보여주실까요?"
 조기자는 면허증 대신 기자증을 내보였다.
 "난 지금 아주 중요한 인물을 추적하고 있습니다."
 또 한 명의 교통경찰이 차에서 내려와 다가왔다. 그는 조기자의 차 번호를 확인한 다음 차에서 엔진 키를 빼냈다.

"아니, 왜 이러십니까?"

조기자가 날카롭게 묻자 그는 경계 태세를 취하면서

"이 차는 지금 수배중입니다."

"수배중이라니요? 이 차는 내 차인데 무슨 말을 하는 거요."

"글쎄, 난 모르겠습니다. 하여간 그렇게 지시가 내려왔어요. 꼼짝 말고 차 안에 들어가 계세요."

두 명의 교통경찰은 그를 차안으로 밀어넣었다.

조기자는 비로소 어떻게 된 일인지 짐작이 갔다. 그러나 그대로 차 속에 갇혀 있을 수는 없었다. 다방 안에 들어간 라인 제로가 궁금했다.

경찰관 두 명 가운데 한 명은 순찰차 쪽으로 가서 무전으로 본부에 연락을 취하고 있었다. 그리고 다른 한 명은 조기자의 차 옆에 서서 조기자를 감시했다.

"저 차 주인은 어디 갔죠?"

순경이 상체를 구부리고 뒤에 있는 코발트색 차를 가리키며 물었다.

"저 다방 안에 들어갔어요. 난 그 여자를 지금 감시하고 있는 중입니다. 경찰이 찾고 있는 인물은 내가 아니라 바로 저 안에 들어간 사람이에요. 기다릴 필요없이 지금 빨리 가서 그 여자를 잡아야 됩니다."

"여자입니까?"

"네, 여자예요. 빨리 행동하지 않으면 나중에 크게 문책을 당할 겁니다. 내 말을 듣고도 움직이지 않은 것을 상부에서 알면 가만 있지 않을 거요. 난 신분이 확실하잖소. 기자란 말입니다. 자, 더

늦기 전에 나하고 저 다방에 들어가 봅시다. 아무래도 이상해요."
 조기자의 이야기를 듣고 난 순경은 심각한 사태라고 생각되었는지 무전 연락을 막 끝낸 동료 경찰관과 귓속말로 뭐라곤가 속삭이고 나더니 이윽고 차문을 열어 주면서 조기자에게 빨리 나오라고 했다.
 경찰 한 명은 밖에서 대기했고 조택수는 다른 한 명과 함께 건물 안으로 뛰어들어갔다. 그들이 계단을 뛰어내려 다방 문을 열고 안으로 들어섰을 때 다방 안에는 서너 명의 남자 손님밖에 보이지 않았다.
 "조금 전에 안경 낀 젊은 여자 한 사람 들어왔었지요? 하얀 투피스를 입은 여자 말입니다."
 조기자의 날카로운 질문에 카운터에 앉아 있던 중년 여인이 몸을 일으켰다.
 "네, 들어오긴 했는데 조금 전에 나갔는데요."
 "어디로 나갔어요?"
 "저기로요."
하면서 그녀는 비상구를 가리켰다.
 "나간 지 얼마나 됐습니까?"
 "한 10분 남짓 됐는데요."
 "이럴 수가. 혼자 나갔어요?"
 "네, 커피를 시켜놓고는 마시지도 않고 급히 나갔어요."
 조기자는 비상구를 향해 뛰어갔다. 그 뒤를 경찰이 허둥지둥 따라갔다. 계단을 뛰어올라간 조기자는 좁은 골목으로 나섰다. 그리고 좌우를 살펴보았지만 라인 제로의 모습은 어디에도 보이지 않았다. 그는 큰길 쪽을 달려가 보았다. 그러나 그녀의 모습은 그 어디에서도 찾을 수가 없었다.

　강계장은 달리는 차 속에서 무전 연락을 받았다. 그것은 조택수 기자가 라인 제로를 놓쳤다는 보고였다. 그는 무전기를 내려놓고 옆에 앉아 있는 하명부를 돌아보았다.

　"조기자가 라인 제로를 놓쳤답니다."

　그 말에 하기자는 안색이 변했다.

　"바보같은 녀석, 여자를 놓치다니!"

　계장은 손을 들어 그의 말을 막았다.

　"미행이라는 게 그리 쉬운 것이 아니라니까요. 틀림없이 미행을 눈치챘기 때문에 그 여자가 도망쳤을 겁니다. 조기자한테 덕수궁 앞에서 기다리라고 했으니까 조금 후에 만날 수 있을 겁니다."

　20분 쯤 지나 그들이 덕수궁 앞에 도착했을 때 거기에는 경찰 패트롤카가 서 있었다. 그 차에서 경찰과 조기자가 내렸다. 계장이 뒷좌석 문을 열어주자 그는 멋쩍은 표정으로 들어와 앉았다. 그가 타자 마자 차는 출발했다.

　"라인 제로를 놓쳤다면서?"

　하기자가 힐난하듯 묻자 조기자는 얼굴을 붉혔다.

　"응, 놓치고 말았어."

　계장은 묵묵히 앞만 쳐다보고 있었다. 명부가 다시 물었다.

　"어쩌다가 놓쳤어?"

　"미행을 눈치챘어. 골목으로 차를 몰아가는데 안 따라갈 수가 있어야지. 차량 통행이 거의 없으니까 금방 눈치를 챈 것 같아."

　조기자가 그녀가 들어간 다방 앞에서 기다리다가 그녀가 뒷문으로 빠져 도망친 이야기를 하자 하기자는 껄껄거리고 웃었다.

　"그야말로 닭 쫓던 개 지붕 쳐다보는 격이 돼버리고 말았구나."

"너무 그러지 마. 그 여자는 보통내기가 아니었어."
"그러니까 라인 제로라는 암호명을 가졌겠지."
"너라도 별 수 없었을 거야."
"난 놓치지 않아."
그들의 말투가 격하게 부딪쳤기 때문에 차 안에는 잠시 어색한 침묵이 흘렀다.
"지금 어디 가는 거야?"
침묵을 깨고 조기자가 물었다.
"라인 X를 찾아가는 거야."
"라인 제로에 대해서 알아낸 거 있나?"
하기자는 차창 밖을 내다보며 고개를 끄덕였다.
"Y여대 일어일문학과 교수야."
"그래?"
조기자는 놀라 입을 딱 벌리고는 다물 줄을 몰랐다.

對 決

〈교황의 공식일정〉

5월 3일.

14시 20분 김포공항에서 환영행사.

15시 30분 절두산 성지 참배

17시 10분 청와대로 대통령 예방

18시 카톨릭대학에서 신학생과의 만남.

19시 카톨릭대학에서 주교단과의 만남.

5월 4일

10시 40분 광주 무등경기장에서 영세·견진행사

16시 15분 국립 소록도 병원 방문.

20시 교황청 대사관에서 외교관 접견.

5월 5일

10시 대구 시민운동장에서 서품식 행사.

16시 15분 부산 수영비행장에서 근로자 및 농어민과의 만남.

19시 45분 서강대에서 성직자 및 수도자와의 만남.
20시 40분 서강대에서 문화인 대표와의 만남.

5월 6일
8시 15분 명동 주교좌 대성당 참배
9시 여의도에서 한국천주교회 2백주년 기념대회 및 103위 시성식.
15시 30분 교황청 대사관에서 전통종교 및 기독교제 지도자와의 만남.
17시 카톨릭 의대에서 전국 사목회의 개회식.
19시 45분 장충체육관에서 젊은이와의 만남.

5월 7일
9시 김포공항에서 환송행사.

라인 X는 교황의 공식 일정을 적어놓은 수첩을 앞에 놓고 앉아 있었다. 벌써 수십 번이나 들여다 본 것이었다. 때문에 지금 교황이 어디서 어떻게 움직이고 있는가 하는 것은 그의 머릿속에 환히 그려져 있었다. 그와 함께 언제 어디서 어떻게 상대방을 쓰러뜨릴 것인가 하는 것도 그의 머릿속에 구체적으로 그려져 있었다. 하지만 그러한 그림은 결코 확정적인 것이 될 수 없었다. 조그마한 실수라도 저질러 그림이 잘못되는 경우에는 상대방을 쓰러뜨리기는 커녕 이쪽의 목숨이 위태로워진다. 때문에 그것은 거듭 검토되고 손질되지 않으면 안되도록 되어 있었다.
더구나 그의 앞에는 눈에 보이지 않는 장애물이 하나 어른거리고 있었다. 그것은 아직 구체적으로 그 모습을 드러내고 있지 않지만 그는 그것을 한국 수사진보다도 더 두려워하고 있었다. 그 장애물은 크리스트라는 암호명을 가진 사나이였다. 크리스트가 한국에 파견된 프로중의 프로일 것이 틀림없다. 그런데 그는 동지가 아니라 적이었다. 라인 X는 그를 죽여야 했다. 크리스트를 죽이라는 명령을 받고 있었던 것이다.

아쉬운 것은 시간이 별로 없다는 점이었다.

교황은 5월 7일 한국을 떠나 다음 순례지인 파푸아뉴기니로 간다. 따라서 5월 6일까지는 작전을 끝내지 않으면 안된다. 5월 3일은 이미 지나가 버렸다. 이제 5월 4일이 밝아오고 있었다. 남은 시간이라야 앞으로 3일. 그는 지금쯤 광주에 내려가 있어야 옳았다. 그러나 그는 아직 서울에 죽치고 있었고, 움직일 기미를 보이지 않고 있었다.

놀랍게도 그는 서울 복판에 숨어 있었다. 그의 새로운 은신처는 한 달 전에 마련한 것이었다. 그것은 20층짜리 대형 빌딩 안에 자리잡고 있었다.

그 빌딩은 재개발붐을 타고 마포 지구에 신축된 것으로 빌딩 전체가 이른바 주거 겸용 사무실인 오피스텔로 사용되고 있었다. 사무실에 주방과 욕실이 딸려 있기 때문에 특히 독신자들에게 인기가 있었다.

라인 X가 얻어든 방은 10층에 자리잡고 있었다. 한 달 전 라인 제로의 집을 떠나 오면서 그는 새로운 은신처의 위치를 그녀에게도 알려주지 않았었다. 그러나 긴급한 연락을 위해서 전화번호만은 알려주었다.

그는 라인 제로를 전적으로 믿지는 않았다. 그녀뿐만 아니라 그 누구도 믿지 않았다. 믿는 사람은 오로지 자기 자신 뿐이었다. 그래서 모든 것을 혼자 계획하고 혼자서 하나하나 실행에 옮겨가고 있었다. 라인 제로한테서는 다만 필요한 정보만을 얻고 있을 뿐이었다.

긴급한 연락을 위해서 그녀에게 새 은신처의 전화번호를 알려주긴 했지만 그는 아무래도 마음이 놓이지가 않았다. 일단 전화번호를 알면 주소를 찾아내는 것은 아주 간단한 일이라는 것쯤은 그도 잘 알고 있었다.

새 은신처로 옮겨온 지 이틀 후에 그는 그 위험에 대비하기로 했다. 그래서 그는 다른 복덕방을 이용해 은신처를 또 하나 구했다. 그것은 먼저 얻어놓은 은신처로부터 불과 수 미터 밖에 떨어지지 않은 곳에 자리잡고 있었다.

먼저 얻어놓은 은신처는 1012호였다. 그리고 이틀 후에 빌린 은신처는 1015호였다. 그러니까 두 방 사이에는 1013호와 1014호가 있는 셈이었다.

그는 1012호는 사용하지 않기로 했다. 그 대신 전화는 그대로 그방에 두기로 했다. 1012호로 걸려오는 전화를 받기 위해 그는 전화공에게 부탁하여 1012호 전화에 또 하나의 선을 연결하여 그 선을 1015호로 끌어다놓았다. 그러니까 '525-839×'번에 걸려오는 전화는 1012호와 1015호에서 동시에 울리도록 되어 있었다. 1012호 사무실을 사용하지 않고 밀폐시켜 놓는 대신 그는 1015호를 이용했다. 만일의 경우에 대비해서 전화 받는 곳을 따로 준비해 놓았던 것이다. 그 빌딩의 이름은 〈동양 오피스텔〉이었다.

그날 오전 10시가 채 되기 전에 강무기 계장은 수사진을 이끌고 동양 오피스텔 빌딩 맞은 편에 도착했다.

수사진은 눈에 띄지 않게 곧 흩어지고, 몇 사람만 맞은 편에 있는 G호텔로 들어갔다. 그들 가운데는 하명부와 조택수도 끼여 있었다.

호텔 10층으로 올라간 그들은 한 방으로 들어갔는데, 거기서는 맞은 편의 동양 오피스텔 빌딩이 손에 잡힐 듯 정면으로 마주보였다.

조금 있자 형사 한 명이 동양 오피스텔 빌딩의 관리인과 함께 도면을 가지고 왔다. 강계장은 그 도면을 보면서 맞은 편 빌딩에서 1012호를 찾았다.

1012호는 바로 맞은 편에 있지 않고 왼편에 치우쳐 있었다. 강계장은 호텔측에 양해를 구하고 1012호가 정면으로 마주보이는 방으로 이동했다.

수사진이 라인 X의 은신처를 찾아낼 수 있었던 것은 전적으로 하명부 덕분이었다. 명부가 강계장에게 라인 X의 전화번호를 가르쳐 주었던 것이고, 그래서 수사진은 전화국을 통해 그 전화가 설치되어 있는 위치를 찾아낼 수 있었던 것이다.

명부로부터 라인 X에 대한 소식을 듣고 그가 노리고 있는 궁극적인 목표가 교황이라는 말을 들었을때 강계장은 한동안 놀라움으로 벌어진 입을 다물 수가 없었다. 그는 그것을 쉽게 믿으려 들지를 않았다.

그는 지금도 아무래도 믿기지 않는다는 그런 표정으로 일에 임하고 있었다.

명부 역시 같은 심정이었다. 강계장에게 어쩌면 결정적인 것이 될지도 모를 정보를 알려주긴 했지만, 아직 두 눈으로 확인하지 않은 이상 어쩐지 1012호에 교황을 노리는 라인 X가 꼭 숨어 있을 것이라는 확신이 서지지가 않았다. 만일 라인 X가 그곳에 숨어 있지 않다면 웃음거리밖에 되지 않을 것이다. 명부는 그런저런 생각으로 남몰래 진땀을 흘리고 있었다.
"1012호실 주인이 혹시 이 사람 아닙니까?"
강계장은 동양 오피스텔 빌딩 관리인에게 라인 X의 사진과 몽타주 등을 내보이며 물었다. 그것은 지난 12월 라인 X를 연쇄살인사건의 범인으로 보고 추적할 때 수사 자료로 이용하던 것들이었다. 따라서 거기에 나타난 라인 X의 모습은 하나같이 돼지같이 살찐 모습을 하고 있었다.
"이 사람은 아닌데요."
빌딩 관리인은 고개를 흔들었다.
"그 사람은 이렇게 생기지 않았습니다. 전혀 다른데요."
"변장했겠지요. 그리고 성형수술을 했을지도 모르지요. 만일 수술했다면 전혀 다르게 보일 겁니다."
"그 사람은 언제 입주했나요?"
"한 달 전쯤 됩니다."
"그 사람에 대해서 아는 대로 말씀해 주십시오."
중년의 빌딩 관리인은 그 사람에 대해서 아는 것이 별로 없었다. 그 이유로 그는 그 빌딩 내에 사무실이 수백 개나 되기 때문에 입주자의 신상을 일일이 파악하고 있기는 매우 어려운 일이라고 했다.
"각 사무실마다 분양이 되었기 때문에 개인 소유이고, 때문에 주인이 수시로 바뀌고 또 개인적으로 임대해서 들어오는 사람들이 있기 때문에 정확히 파악하고 있기가 어렵습니다. 각 사무실마다 관리실에 비치하게 입주카드를 적어달라고 했지만 제대로 제출하는 사람이 드물어요. 1012호실 주인도 아직 카드를 제출하지 않고 있어요. 뭐하는 사람인지도 모르겠어요."

그는 1012호실 입주자가 사실은 1015호실에 거주하고 있다는 사실은 말하지 않았다. 그럴 수밖에 없는 것이 그 역시 그 사실을 모르고 있었던 것이다. 바로 그 점에서도 라인 X는 치밀한 데가 있었다. 관리인이 가지고 있는 입주자 관리장부에는 1012호 입주자의 이름이 박태수로 적혀 있었다.

"박태수란 사람이 1012호 소유주입니까?"

관리인은 장부를 들여다보고 나서 대답했다.

"아닙니다. 원소유주는 따로 있습니다. 원소유주는 유문옥입니다. 아마 박태수란 사람한테 세를 준 모양입니다."

장부에는 원소유주의 주소와 연락처가 적혀 있었다.

강계장은 망원경으로 맞은 편의 1012호실을 살펴보았지만 창문에 흰 커튼이 드리워져 있어 내부가 전혀 들여다보이지 않았다. 이제나 저제나 하고 커튼이 걷히기를 기다렸지만 그것이 흔들리는 모습도 보이지 않았다.

"준비 완료됐습니다."

맞은 편 건물 옥상에서 수사요원이 워키토키로 보고해왔다.

계장은 망설여졌다. 안에 사람이 있다면 무난히 체포할 수 있을 것이다. 그러나 사람이 없다면 어떻게 할까?

"잠깐 기다려."

계장은 1012호실에 아무도 없을 경우 방안을 일단 철저히 수색한 다음 주인이 나타날 때까지 잠복해 있을 수 밖에 없다고 생각했다.

그들이 현장에 도착했을 때 10층에는 일반인들의 출입이 통제된

가운데 수사요원들만이 요소요소에 깔려 있었다. 특히 1012호실 앞에는 10여 명의 건장한 수사요원들이 몰려서 있었다. 그들은 강계장의 명령만을 기다리고 있었다.

라인 X가 무기를 가지고 저항할지도 모르기 때문에 강계장은 부하들에게 좌우로 흩어지라고 명령했다.

10여 명의 수사요원들은 1012호실 출입문 좌우로 갈라서서 벽에 바싹 몸을 밀착시켰다. 강계장과 기자들은 조금 떨어진 곳에서 경계태세를 취했다. 문 가까이 서있던 수사요원들이 일제히 권총을 뽑아들었다.

강계장이 고개를 끄덕하자 관리인은 잔뜩 겁에 질려 주춤주춤 문 앞으로 다가섰다. 강계장이 다시 재촉하는 턱짓을 해보이자 그는 마침내 초인종을 눌렀다.

두 번 누른 다음 기다렸지만 안에서는 아무런 응답이 없었다. 관리인은 강계장을 돌아본 다음 다시 초인종을 눌렀다. 이번에는 세 번 눌렀다. 그러나 문은 열리지 않았다. 견고하게 생긴 철문은 그들을 비웃기나 하는 듯 꼼짝도 하지 않고 그들 앞에 버티고 있었다.

"아무도 없는 모양인데요."

관리인은 서너 번 더 초인종을 누른 다음 안심하는 표정으로 말했다.

"열쇠 없나요?"

강계장이 물었다.

"없습니다. 우리한테는 열쇠가 없습니다. 주인들이 각자 가지고 다니기 때문에."

"이 근방에 열쇠 장수 있습니까?"

"네, 있습니다. 오라고 할까요 ?"

"네, 빨리 좀……."

중년의 열쇠 장수가 연장통을 들고 나타난 것은 20분쯤 지나서였다.

그는 열쇠 꾸러미를 꺼내 자물쇠 구멍에 한참 동안 맞춰보더니 고개를 흔들면서 강계장을 돌아보았다.

"이걸 뽑아내야겠는데요. 보조 자물쇠가 없으니까 이것만 뽑아내면 되겠는데요."

중년 사내는 손잡이를 잡아 비틀었다.

"내가 책임질 테니까 뽑아내시오."

그때 1015호실 문이 조금 열렸다. 열린 문 사이로 푸른 기가 도는 검은 테의 안경을 낀 메마른 사내의 얼굴이 보였다. 머리는 잿빛이었다. 그가 밖으로 나오려고 하자 복도 앞에 서 있던 형사가 그를 제지했다.

"나오시면 안됩니다. 잠깐만 안에서 기다려 주십시오."

권총을 손에 들고 있는 형사는 무슨 큰일이라도 난 듯 험악한 표정으로 말했다.

"무슨 일입니까 ? 약속이 있어서 나가봐야 합니다."

메마른 사나이는 안으로 들어가려 하지 않고 문 앞에 버티고 서서 말했다. 그러자 형사가 눈을 부라리면서 그 사나이를 안으로 떠밀었다.

"들어가 있어요 ! 나오면 안된단 말입니다. ! 사고 나면 어떡하려고 그래요 !"

"경찰입니까 ?"

"보면 몰라요 !"

형사는 문을 쾅하고 닫았다.
열쇠 장수는 5분쯤 지나 자물쇠 구실을 하는 출입문 손잡이를 뽑아냈다. 그는 뒤를 한번 돌아본 다음 뽑아낸 도오록을 바닥에다 내려놓았다. 그리고 다시 한번 뒤를 돌아보았다. 그것은 이제 준비가 다됐는데 열어도 되겠습니까 하고 묻는 표정이었다. 강계장이 고개를 끄덕였다.
사내가 손잡이가 빠져나가서 생긴 구멍에다 손가락을 두 개 집어넣었다. 그리고 나서 문을 앞으로 당겼다.
문이 열리는 것과 동시에 사람들은 번쩍하는 섬광을 보았고, 몸이 산산조각나는 것 같은 무서운 폭발음을 들었다. 그 순간을 이성적으로 대처한다는 것은 불가능한 일이었다. 그렇게 가까운 거리에서 그토록 무섭게 귀를 후려치는 폭발음을 들은 사람은 그들 가운데 아무도 없었다.
명부는 폭발음과 함께 열쇠 장수의 몸뚱이가 튕기듯 날아오르는 것을 얼핏 보았던 것 같은 기억밖에 나지 않았다. 그 자신은 수 미터 뒤로 굴러가 벽에 심하게 머리를 부딪히고는 그만 의식을 잃었기 때문이다.
그가 의식을 차리고 몸을 일으켰을 때 복도는 뽀얀 연기와 함께 울부짖는 소리와 고함소리로 가득 차 있었다. 그 가운데 고함소리가 가장 크게 들려왔다.
"자기 자리를 이탈하지 말고 지켜!"
명부는 먼저 조기자부터 찾았다. 조기자는 복도에 머리를 처박은 채 웅크리고 있었다. 명부가 엉덩이를 걸어차자 그는 머리를 쳐들면서 두리번거렸다.
연기가 걷히면서 복도에는 숨막히는 정적이 흘렀다.

그렇게 견고하게 보이던 철문은 마치 휴지처럼 갈갈이 찢겨져 있었고, 출입구 앞 복도에는 두 구의 시체가 나뒹굴고 있었다. 시체 주위는 검붉은 피로 흥건히 젖어 있었다. 화약 냄새가 코를 찔렀다. 명부는 출입구 쪽으로 가까이 다가가 보았다.

죽은 사람은 열쇠 전문가와 문 가까이 서 있던 형사였다. 두 사람 다 피투성이가 되어 누워 있었지만 특히 열쇠 전문가의 몸뚱이는 상체가 거의 날아가버린 상태였다.

이제 출입구는 훤히 입을 벌리고 있었다. 그러나 아무도 먼저 안으로 들어가려 하지 않고 있었다.

강계장의 얼굴은 피에 젖어 있었다. 그는 권총을 뽑아들더니 갑자기 방안으로 뛰어들었다. 그제서야 다른 형사들도 그를 따라 방안으로 들어갔다.

커튼도, 커튼에 가려져 있던 창문도 모두 날아가버리고 없었다. 그쪽으로부터 따뜻한 바람이 몰려들어오고 있었다.

방안은 텅 비어 있었다. 사람이 살고 있는 흔적 같은 것은 어디에도 보이지 않았다. 굳이 그것을 찾는다면 방안에 뒹굴고 있는 한 대의 전화기 뿐이었다. 사람들은 맥풀린 모습으로 서로를 쳐다보았다.

"빨리 앰블런스를 불러! 그 전화는 손대지 말고 다른 전화를 이용해!"

강계장의 지시를 받은 형사는 급하게 뛰어나갔다.

그때 명부는 1015호 앞에서 조기자를 부축해 일으키고 있었다. 조기자는 외상같은 것은 없었지만 폭음에 충격이 컸던지 그때까지도 정신을 못 차리고 떨고 있었다.

"자, 이제 안심해도 돼. 방에 가보자."

복도에는 어느새 사람들로 가득 차 있었다. 폭음에 놀란 사람들이 방에서 뛰쳐나와 있었던 것이다. 수사관들이 그들을 몰아내려고 했지만 그 숫자는 점점 더 불어나기만 했다.

명부가 조기자를 부축해서 1012호실 쪽으로 움직이려고 했을 때 1015호실의 문이 가만히 열렸다. 극히 짧은 순간이었지만 명부와 그 사람의 시선이 부딪쳤다.

잿빛 머리의 그 사람은 호리호리했다. 눈에는 푸른 기가 도는 안경을 끼고 있었고, 감색 같기도 하고 검정색 같기도 한 양복을 입고 있었다. 그는 대형 트렁크를 밀고 나왔다. 눈이 마주친 순간 그는 멈칫하는 것 같았다. 그러나 명부는 그 사람에 대해 전혀 신경을 쓰지 않았다. 시선이 마주치자 먼저 눈을 돌린 쪽은 명부였다. 그의 신경은 온통 1012호실 쪽으로 향하고 있었다.

잿빛 머리의 신사는 명부의 뒷모습과 1012호실쪽을 흘깃 쳐다본 다음 몰려 서있는 사람들을 헤치고 엘리베이터 쪽으로 움직였다.

복도를 사이에 두고 네 대의 엘리베이터 출입문이 서로 마주보고 있었다. 그중 하나의 문이 열리자 그는 트렁크를 끌면서 그 앞으로 다가섰다. 그때 엘레베이터에서 나오는 사람과 시선이 마주쳤다. 혼자 엘리베이터를 타고 올라온 사람은 관리인이었다.

"아, 당신은……."

관리인이 미처 뭐라고 말할 틈을 주지 않고 라인 X는 그를 엘리베이터 안으로 밀어부쳤다. 그리고 엘리베이터 안으로 들어서서 관리인을 가로막았다. 관리인이 그를 밀어젖히고 밖으로 뛰쳐나가려고 했을 때 엘리베이터 문이 닫혔다. 동시에 라인 X의 주먹이 상대방의 옆구리를 올려쳤다. 별로 힘들여 때리는 것 같지도 않았는데, 옆구리를 맞은 관리인은 숨을 쉴 수가 없었다. 그가 상체를 웅

크리자 이번에는 라인 X의 손이 목덜미를 겨냥했다. 그는 마치 칼로 내리치듯 관리인의 목을 후려쳤다. 관리인은 끙하고 신음을 토하면서 엘리베이터 바닥에 엎어졌다. 라인 X는 구둣발로 관리인의 옆구리를 다시 한번 걷어찼다. 퍽하는 소리가 났고, 관리인은 일그러진 표정으로 몸을 뒤틀었다.

 그것은 불과 몇 초 사이에 일어난 일이었다.

 엘리베이터가 4층을 통과하는 것을 보고 라인 X는 3층 버튼을 눌렀다. 엘리베이터는 3층에서 섰다. 그는 관리인을 엘리베이터 안에 그대로 버려둔 채 서둘러 트렁크를 끌고 복도로 나가 맞은 편 엘리베이터의 하강 버튼을 눌렀다. 그의 등 뒤에서 그가 타고 왔던 엘리베이터 문이 소리없이 닫혔다. 그가 조금 후 1층 홀로 내려갔을 때 그곳에서는 소동이 벌어지고 있었다.

 라인 X는 사람들이 엘리베이터 안에서 관리인을 끌어내는 것을 한번 눈여겨 본 다음 건물 밖으로 나가 자신의 차에 트렁크를 싣고 주차장을 가만히 빠져나갔다.

 그것은 새로 구입한 중고차였다. 그것을 버리고 오늘 중으로 다른 중고차를 구해야겠다고 작정하고 그는 골목으로 차를 몰고 들어갔다. 잠시 후 골목 밖으로 트렁크를 끌고 나온 그는 택시를 집어탔다. 그때 경찰 패트롤카가 사이렌을 울리며 그가 타고 있는 택시 곁을 지나쳐 동양 오피스텔 쪽으로 쏜살같이 달려갔다. 뒤이어 앰블런스가 달려갔고, 다시 또 경찰 패트롤카가 지나쳐갔다.

 "이걸 보십시오."

 구형사가 전화기에 연결된 선을 집어올리며 강계장을 바라보았다.

"이 전화기는 여기 콘센트에 연결된 선만으로도 통화가 가능합니다. 그런데 이 선은 전혀 엉뚱한 건데요. 창밖으로 통하고 있지 않습니까."

그의 말대로 전화기에 연결된 또 하나의 다른 선이 창밖으로 나가고 있었다.

누가 보아도 그것은 다른 곳에서 같은 전화를 사용하기 위해 연결해 놓은 선이라는 것을 알 수 있었다.

"어디로 연결되어 있는지 알아봐."

"15호실로 연결되어 있습니다."

창밖으로 고개를 길게 빼고 내다보던 구형사가 말했다.

형사들은 1015호실 앞으로 몰려갔다.

1015호실은 굳게 잠겨 있었고, 아무리 차임벨을 눌러도 응답이 없었다.

"이 방에서 아까 어떤 남자가 큰 가방을 들고 나가는 것 같던데요."

명부가 자신없는 투로 말했다.

"확실해요?"

계장은 눈을 부릅뜨고 명부를 쏘아보았다.

"이 방인지 저 방인지 확실하지가 않아요. 아무튼 조금 전에 어떤 남자가 가방을 들고 나오는 것을 봤어요."

명부는 1014호실과 1015호실을 턱으로 가리켜 보았다. 1014호실에는 사람이 있었다. 젊은 여직원으로 그녀는 사색이 되어 이렇게 증언했다.

"조금 전에 나간 남자분은 없어요. 남자는 사장님까지 합해 모두 세 사람인데, 사장님은 아직 안 나오셨고, 한 분은 출장가셨어요. 그리고 또 한 분은 출근하자 마자 9시 조금 넘어 나갔어요.”

명부는 복도에 몰려 서있는 사람들 쪽으로 걸어가 목격자를 찾아보았다. 다행히 두 사람이 1015호실에서 어떤 남자가 가방을 끌고 나오는 것을 봤다고 증언해 주었다. 그때 경비원이 나타나 관리실 직원 한 명이 엘리베이터 속에서 피습되어 중태에 빠졌다고 말했다. 계장은 부하 두 명에게 빨리 아래층으로 내려가 보라고 지시를 내렸다.

기술자가 나타나 1015호실 문을 열기 위해 도어록을 해체하는 작업을 벌이는 동안 명부는 생각에 잠겨 있었다. 눈이 마주친 순간 그 잿빛 머리의 남자가 멈칫하던 것이 생각났다. 그러나 아무리 생각해도 그가 알고 있는 라인 X의 모습은 아니었다. 돼지도 서러워할 정도로 뚱뚱하던 모습이 불과 넉 달 사이에 그렇게 변했단 말인가. 얼굴도 전혀 딴판이었다. 성형수술을 했다면 전혀 몰라보게 변할 수도 있을 것이다.

도어록이 해체되자 문에 또 폭발장치가 되어 있을지도 모른다는 우려때문에 모두가 멀리 물러섰다. 형사 한 명이 줄을 연결하여 멀리서 그것을 조심스럽게 잡아당기자 마침내 1015호실 문이 열렸다. 문이 다 열릴 때까지 폭발 같은 것은 일어나지 않았다.

생각했던 대로 1012호실에서 뻗어나온 전화선은 그 방안에 있는 또 다른 전화기에 연결되어 있었다.

“놈은 만일을 생각해서 방을 두 개 얻어 놓았던 거야. 그리고 12호실은 비워두고 이 방을 사용했어. 그러니까 전화도 이 방에서 받았겠지.”

계장은 누구에게랄 것 없이 혼잣말처럼 말했다.

그는 분노에 떨고 있었다.

1015호실 안에는 사람이 거주하고 있었던 흔적이 많이 남아 있었다. 방바닥에는 이부자리가 그대로 펼쳐져 있었고, 급하게 떠난 듯 옷가지며 양말 같은 것들도 나뒹굴고 있었다. 커피잔에는 커피가 반쯤 남아 있었다.

　조금 후 감식반이 들어와 그 방안에 묻어 있는 지문을 채취했다. 경찰이 이미 확보해 놓은 라인 X의 지문과 일치하는지 확인하기 위해서였다.

　"제가 10층에서 내리려고 하는데 그 사람이 저를 밀어뜨리면서 안으로 들어왔습니다. 뭐라고 할 사이도 없이 번개같이 주먹이 날아들어 왔습니다. 그렇게 센 주먹을 맞아보기는 처음입니다. 꼭 죽는 줄만 알았습니다."

　들것에 실려 앰블런스로 옮겨지는 관리인의 말을 들으면서 몸서리치는 전율을 느꼈다.

　그는 경찰의 몽타주 작성을 도우면서 얼핏 보았던 라인 X의 새로운 모습을 기억해내느라고 무진 애를 써야만 했다. 그것은 순간적으로 보았던 모습이기에 아무래도 분명치가 않았다.

　"이러다가 라인 X에게 살해되는 거 아냐."

　조택수의 겁에 질린 말에 명부는 어금니를 깨물었다.

　"다음에 만날 때는 절대 놓치지 않을 거야."

　그날 12시가 채 못돼 강계장은 일본 도쿄 경시청으로부터 전화 연락을 받았다. 그것은 칸트와 아키야마 야수코에 대한 것이었다. 전화를 걸어온 사람은 일본 도쿄 경시청 공안부에서 일하고 있는 와따나베 과장이었다.

　"부탁하신 건에 대해서 알아보았는데…… 254-244×번은 도쿄 시내 전화가 틀림없습니다. 그것은 미나도구 마후다이에 있는 소런 대사관 전화입니다."
 강계장은 가슴이 쿵하고 내려앉는 것을 느꼈다. 그것은 칸트라는 암호명을 가진 자의 전화번호였다.
 "알겠습니다. 야수꼬에 대해서는……?"
 "네, 그것도 알아보았는데 그 여권 자체가 위조로 밝혀졌습니다. 왜냐하면 그것은 1년 전에 죽은 여자의 여권이기 때문입니다. 주소를 찾아가 보았더니 야수코라는 여자는 1년 전에 이미 세상을 떠난 사람이었습니다. 술집에서 마담 노릇을 하던 여자로 1년 전에 원인 모르는 변사체로 발견됐답니다."
 그렇다면 죽은 사람의 여권에다 사진만 바꿔치기한 것이다. 계장은 상부에 보고하기 위해 브리핑 자료를 대충 정리한 다음 서둘러 자리에서 일어났다.
 그날 오후 2시가 채 되기 전에 각 수사요원들에게는 두 장의 복사물이 전해졌다. 한 장은 라인 X의 새로운 모습을 그린 몽타주 복사물이고 다른 한 장은 야수코의 사진을 확대 복사한 것이었다. 복사물은 나오는 대로 계속 경찰에 배부되고 있었다.

 라인 제로는 시계를 들여다보고 있었다. 오후 2시가 지나고 있었다. 그녀는 시내에서 라인 X와 만나기로 했었다. 약속 시간은 오전 11시였다. 그러나 한 시간 동안 기다렸지만 라인 X는 나타나지 않았다. 라인 제로는 불안했다. 그 길로 집으로 돌아온 그녀는 라인 X의 전화를 기다렸지만 아직 아무런 연락도 오지 않고 있었다. 지금까지 라인 X가 약속을 어긴 적은 한번도 없었다. 불길한 예감에 그녀는 몸둘 바를 몰라 방안을 계속 서성거리고 있었다.
 2시 5분이 됐을 때 마침내 전화벨이 울렸다. 「라인 X」라는 소리를 들었을 때 그녀는 안도의 한숨을 내쉬었다.
"도대체 어떻게 된 거예요?"
그녀는 벌컥 화를 냈다.
"그건 내가 묻고 싶은 말이야."
라인 X의 목소리는 조심스러웠다.
"무슨 말을 하는 거예요? 한 시간 동안 기다리다 왔다구요."
"그런 게 문제가 아니야. 경찰이 내 숙소를 급습했어. 난 아슬아슬하게 빠져나왔어."
라인 제로는 자신의 입 속이 모래로 가득 차는 것 같은 기분을 느꼈다. 그녀는 입을 열 수가 없었다.
"아무리 생각해도 이해가 되지 않아. 난 실수를 한 적이 없어."
"이상하군요."
라인 제로는 겨우 한마디 했다.
"내 전화번호를 알고 있는 사람은 당신뿐이야. 전화번호를 알면 주소를 찾아내는 건 아주 간단해."
"무슨 소리를 하는 거예요?"
라인 제로는 발끈했다. 그러나 라인 X는 같은 톤으로 계속 말했다.
"그래서 나는 너한테 내 전화번호를 알려주지 않으려고 했던 거야. 그런데 네가 우기는 바람에······."
"그러니까 내가 그 전화번호를 경찰에 알려주었다는 말인가요?"
라인 제로는 분노로 몸을 떨며 물었다.
"그렇지는 않았겠지. 하지만 실수로 그 전화번호를 흘릴 수도 있는 거 아니야? 아주 우연한 실수로 남이 그 전화번호를 넘겨다

볼 수도 있는 거고…….〃
 "그런 엉터리 같은 말이 어딨어요. 내가 바보 천치가 아닌 이상 어떻게 그런 실수를 저지를 수가 있겠어요."
 "그러지 말고 냉정히 생각해봐. 내 전화번호를 어디다 적어 놓았지 ?"
 라인 제로는 멈칫했다. 라인 X는 정확하게 문제를 보고 있는 것 같았다.
 "적어놓기는 어디다 적어놔요. 내 머릿속에 적어놓았지요."
 "그래 ? 그렇다면 전화번호를 한번 외워봐. 빨리 !"
 라인 제로는 전화번호를 적어놓은 수첩을 가지러 가기에는 시간이 너무 늦는다고 생각했다. 그 전화번호는 몇 번밖에 사용하지 않은 데다 일부러 기억해 두려고 노력하지도 않았기 때문에 그녀가 그것을 암기하지 못하는 건 당연했다.
 그녀는 머뭇거리다가 말했다.
 "갑자기 그러니까 생각이 잘 안 나요."
 "거짓말하지 마 ! 지금 거짓말하고 있을 때가 아니야 ! 요즘 나 말고 누구와 접촉하고 있지 ?"
 "아무도 접촉하고 있지 않아요."
 "거짓말하지 마. 주위에 있는 사람들을 잘 살펴봐. 그들 중의 누군가가 전화번호를 알아냈을 지도 몰라."
 "그럴 리가 없어요."
 "아무튼 난 당신을 믿을 수가 없어. 이제부터는 내 연락처를 알려줄 수도 없고 당신을 만날 수도 없어. 모든 게 당신 탓이야."
 "흥. 자기가 잘못한 것을 나한테 뒤집어씌우는군. 맘대로 하세요. 난 지금까지 위험을 무릅쓰고 당신을 지원해 왔어요. 그런데 이제 와서 나를 믿을 수 없다고요?"
"네가 배신했다는 게 아니야. 당신은 완벽하지가 못해. 허점이 많단 말이야. 필요하면 내가 전화하겠어. 당신은 그곳에 그대로 은신해 있어. 일이 끝날 때까지. 그리고 크리스트의 소재를 빨리 알아내."

그는 그녀에게 말할 틈도 주지 않고 전화를 끊었다.

라인 제로는 멍하니 창밖을 바라보다가 갑자기 생각이 미친 듯 자신의 소지품을 검사하기 시작했다. 여권도 비행기표도 그대로 있었다. 수첩의 맨 뒷장을 살펴보았다. 칸트와 라인 X의 전화번호를 적어놓은 페이지 역시 그대로 남아 있었다. 거기에서 어떤 변화를 찾아보려고 그것을 한참 동안 주의깊게 살펴보았지만 결국 아무런 변화도 찾을 수가 없었다. 그녀는 고개를 갸우뚱하면서 수첩을 닫았다.

라인 X의 말대로라면 제일 의심가는 사람은 하명부 기자일 수밖에 없다. 현재 그녀가 가장 가까이 지내고 있고 몸까지 섞은 사람은 하기자밖에 없다. 하지만 그 사람이 그녀의 수첩을 뒤져 라인 X의 전화번호를 알아냈다고는 도무지 믿어지지가 않았다. 설혹 그가 그녀 몰래 수첩을 뒤져 라인 X의 전화번호를 보았다 치더라도 그것만 보아가지고 도대체 무엇을 알 수 있다는 말인가. 라인 X의 정체와 그가 노리고 있는 목표를 상상이나 할 수 있을까? 도저히 불가능한 일이다. 생각할 수도 없는 일이다. 그가 그 음모를 알고 있을 리가 없는 것이다.

그녀는 고개를 저으면서 지난 밤의 격렬한 정사를 생각했다. 그것을 생각하면 지금도 몸이 떨릴 지경이었다. 그것은 그야말로 그 무엇과도 바꿀 수 없는 소중하고 환희에 찬 정사였었다. 정사 후에 그녀는 정신없이 잠에 빠져 들었었다. 그리고 눈을 떴을 때는 아침 7시가 지나 있었고, 탁자 위에는 그가 남긴 쪽지가 놓여 있었다. 〈바빠서 먼저 갑니다. 잠든 모습이 더 아름다군요.〉 그 메모를 보면서 그녀는 행복한 미소를 짓지 않았던가.

 지난 밤이야말로 그가 그녀의 소지품을 뒤져볼 수 있는 유일한 기회일 수 있었다. 그러나 그녀는 하명부를 의심하고 싶지가 않았다. 잘못은 라인 X쪽에 있다고 그녀는 생각하고 싶었다. 하지만 일단 하명부에 대해서는 거리를 두고 살펴볼 필요가 있을 것 같았다.

 5월 4일 낮부터 갑자기 일류 호텔 사우나실이 손님들로 붐비기 시작한 것에 대해서 호텔측은 날씨가 추워진 탓이라고 멋대로 생각했다. 그러나 사실은 날씨 때문에 손님이 갑자기 불어난 것은 아니었다. 수사관들이 손님을 가장하고 사우나실에 몰려들었기 때문에 손님이 갑자기 불어난 것처럼 보였던 것이다.

 그들은 금발에 키가 크고 오른쪽 엉덩이에 흉터가 있는 외국인을 찾으라는 지시를 받고 있었다. 사람을 찾는 일이긴 하지만 추운 날에 사우나를 한다는 것은 즐거운 일이었다.

 프레스 센터가 설치되어 있는 S호텔 사우나실에도 수사관들은 진을 치고 있었다. 그 속에는 명부와 조택수 기자도 끼여 있었다. 엉덩이에 흉터가 있는 암호명 크리스트가 외신기자가 틀림없다면 프레스 센터가 설치되어 있는 S호텔에 나타날 가능성이 제일 많다. 원고를 보내려면 어차피 프레스 센터를 이용하지 않으면 안되기 때문이다. 기자로 가장한 테러리스트라 해도 결정적인 순간이 다가올 때까지는 기자들이 들끓고 있는 곳에 숨어 있어야 가장 안전할 것이었다.

강계장은 본부에서 전화를 기다리고 있었다. 야수코와 라인 X, 크리스트를 발견했다는 전화를 기다리고 있었다.

셋 중 어느 한 명이라도 발견했다는 전화가 걸려오기를 기다렸지만 날이 저물 때까지도 그런 전화는 걸려오지 않았다.

저녁 때 교황은 각국 외교관들을 접견하기로 되어 있었다. 거기에 맞추느라고 사우나실에 있던 외신기자들은 오후 5시가 지나자 모두 밖으로 빠져나갔다. 명부와 조기자도 사우나를 그만두고 서둘러 교황청 대사관으로 달려갔다.

"AP, UPI, 로이터, AFP, ABC, 뉴욕타임즈, 워싱턴 포스트, 타임즈, 뉴스위크, 아사히, 요미우리…… 도대체 크리스트란 자는 어디 소속이야? 이런 식으로 찾는다면 그놈이 엉덩이를 드러내지 않는 이상 결국 찾을 수 없는 거 아니야?"

교황청 대사관으로 달리는 차속에서 조기자는 계속 투덜거렸다. 거기에 대해 명부는 아무런 대꾸도 하지 않았다.

그는 조기자를 교황청 대사관 앞에 내려주고 차를 돌렸다. 교황을 취재하기 보다는 신문사에 돌아가 오미련, 즉 야수코의 전화를 기다리는 일이 더 중요하다고 생각했기 때문이었다. 그는 그녀로부터 틀림없이 전화가 걸려올 것이라고 믿고 있었다.

그의 그같은 생각은 적중했다. 8시가 막 지났을 때 전화벨이 울렸다. 당직 기자가 전화를 받아 명부에게 넘겨주면서

"아름다운 목소리인데……"

하고 말했다.

"메모 잘 봤어요. 그렇게 도망치는 법이 어딨어요?"

그녀의 목소리는 어쩐지 경박스럽게 들떠있는 것 같았다. 이 여자가 KGB의 끄나풀이란 말인가?

명부는 고개를 갸우뚱했다.
"아, 미안. 지금 어딨어요?"
당직 기자가 옆에서 듣고 있는 것 같아서 다른 말을 할 수가 없었다.
"신문사 근처에 있어요."
"지금 나갈 테니까 위치를 말해봐요."
"나오실 필요 없어요. 전 지금 가봐야 해요. 그보다…… 제가 부탁한 거 어떻게 됐어요?"
"그 흉터 있다는 사람 말인가요? 아직 못 찾아냈어요. 그렇지 않아도 오늘 오후에 S호텔 사우나탕에서 몇 시간이나 보냈는데 그런 기자는 보이지 않았어요. 찾는 대로 연락해줄 테니까 집 전화번호를 알려줘요."
"우리 집에는 전화없어요. 그 사람 빨리 찾아주세요. 다른 기자들한테도 부탁해서 빨리 좀 찾아줘요. 찾아주시면 제가 크게 한턱 내겠어요. 제가 자주 전화드리겠어요."
명부는 당황했다. 어떻게든 그녀를 만나지 않으면 안되는데 그녀는 갑자기 그를 만나는 것을 피하려는 인상이 짙었다. 이 여자가 눈치를 챘을까.
"그건 그거고 멋진 데 가서 저녁식사나 함께 합시다. 내가 살 테니까 말이오."
"말씀은 고맙지만 오늘밤은 안돼요. 미안해요. 정말 미안해요."
"그럼 차나 한잔 하지."
"안돼요. 지금 약속이 있어서 가봐야 해요. 내일 다시 전화 드리겠어요. 아침에 전화 드려도 되나요?"
"전화해봐요."

"대구 행사에는 안 내려가시나요?"
"아마 내려가지 않을 거요."
"안녕."
전화가 끊어지자 명부는 적이 실망했다. 그는 즉시 본부에 있는 강계장에게 전화를 걸었다.
"방금 야수코한테서 전화가 왔었습니다. 크리스트를 찾았느냐고 묻고는 내일 아침 다시 전화하기로 하고 전화를 끊었습니다. 집 전화는 알아내지 못했습니다. 집에 전화가 없다고 하면서 한사코 전화번호를 가르쳐주지 않았습니다. 뿐만 아니라 저를 만나는 것도 피했습니다. 어떻게든 만나려고 했지만 피하는 바람에 만날 수가 없었습니다."
"눈치를 챈 게 아닐까요?"
"아직 확실하지는 않지만 저를 경계하는 것 같았습니다. 만일 크리스트를 발견하고 나서 그 여자한테 전화가 걸려오면 어떻게 할까요? 그때도 그 여자가 저를 안 만나려고 하면 어떻게 할까요? 크리스트에 관한 것을 알려주지 말까요?"
"그래서는 안되지요. 내 생각에는 야수코는 앞으로 결코 하기자 앞에 나타나지 않을 것 같아요. 그러니까 크리스트를 찾으면 야수코가 만나주지 않더라도 그 여자한테 크리스트의 소재를 알려줍시다. 그리고 크리스트를 감시하고 있으면 그 여자가 나타날 거고 그때 가서 그 여자를 붙잡도록 합시다."
"생각대로 될는지 모르겠군요."
명부는 수화기를 내려놓으면서 내일 새벽녘에 S호텔 사우나탕에 또 가봐야겠다고 생각했다.

외신기자들 대부분은 교황 일행이 광주 무등경기장에서 견진 행사를 집전하는 것을 취재차 광주로 내려가 S호텔은 모처럼 텅 비다시피 한가했다. 구내로 들어선 크리스트는 전화로 호텔방에 있는 칼젠버그를 불렀다. 커피숍으로 내려온 그는 늦잠을 잤는지 매끄러운 얼굴의 눈자위가 약간 부어 있었다.

"지금까지 자고 있었소?"

"조금 전에 일어났어요."

"혹 이상한 분위기 같은 것은 느끼질 못했소?"

"제기랄, 그런 거나 있었으면 심심하지나 않을 텐데요."

"우린 지금부터 조심하지 않으면 안되오. 우리 작전이 놈들에게 노출되지 않으란 법은 없소. 놈들도 정보에는 아주 기민한 루트를 가지고 있으니까 말이오. 그리고 그 동양인에 대해서도 생각해 봐요. 즉 한국계 요원을 어디선가 본 적이 있는지 말이오. 이 일을 맡을 정도의 인물은 우리가 익히 들었거나 본 적이 있는 자일 테니까요. 그는 지금 한국인들 속에 섞여서 단독으로 행동하고 있을 거요. 아마, 우리보다 한발 앞서서 교황에게 접근하고 있는지도 몰라요."

그들은 커피를 날라와 따라주는 웨이터로 인해 잠깐동안 말을 멈추었다.

그 어색한 침묵의 시간이 웬지 모르게 공허한 즐거움을 주었다. 창밖의 녹음이 짙푸른 공원의 이곳저곳엔 기괴한 조각상들이 S호텔의 운치를 돋보이게 해주었다.

웨이터가 돌아가자 크리스트는 다시 말을 시작했다.

"상대방은 우리와 같은 일을 맡고 있지만 나는 그들을 우리의 동지라고 보지는 않소. 그들은 그들의 목표만 상대할 뿐이지 자신들 이외의 그 누구와도 협력하거나 타협하지는 않을 것이기 때문이오. 내가 그렇듯이 어쩌면 그들이 바로 우리를 방해하려고 나설지도 몰라요."

"그러면 우리는 가장 강한 적을 두 팀이나 갖고 있다는 것이군요."

칼젠버그가 커피잔을 내려놓으며 말했다.

그들이 커피숍에 앉아있는 동안 S호텔 로비는 다시 사람들로 북적거리기 시작했고, 커피숍에도 몇 개 테이블에 한국인들이 자리잡고 앉아서 담소를 나누고 있는 것이 눈에 들어왔다.

그들은 독일어로 이야기를 나누고 있었기 때문에 한국인들에게는 별로 주의를 기울이지 않고 하던 얘기를 계속했다. 그러나 목소리는 서로에게만 들릴 정도의 낮은 톤으로 대화하는 것을 잊지 않았다. 가끔씩 웃음을 섞어 이야기를 하는 그들을 볼 땐 꼭 선량한 외국기자일 뿐이었다.

"어쨌든 우리는 이곳 한국인 뿐만 아니라 외신기자 그리고 모든 주위의 사람들에게 주의를 해야 하오. 특히 호감을 갖는 척하고 접근하려는 사람을 조심하시오."

"그건 염려 말아요. 난 아무하고도 말을 하지 않으니까."

"내일까지는 호텔방에서 최종 준비를 마치고 마지막 행동에 착수해야 합니다."

"알겠어요. 당신도 알고보면 소심한 면이 있군요. 난 그렇게까지 조심할 필요는 없다고 생각하는데 말입니다."

커피숍을 나서자 칼젠버그는 곧바로 사우나탕이 있는 지하 계단으로 내려갔다. 그러나 크리스트는 잠시 로비에 서서 생각하다가 마음을 바꾸어 회전문을 밀고 밖으로 나갔다.

지금 그는 한가롭게 사우나를 즐기고 있을 시간이 아니라고 생각했다. 사우나는 내일 하면 된다. 지금까지 준비한 것에 무엇인가 부족한 점이 없을까? 만에 하나라도 어떤 단서를 남기지나 않았을까?

그가 머물고 있는 호텔방은 이미 깨끗하게 정리해 버려 단서가 될 만한 것은 하나도 남기지 않았다. 그러나 필요한 때는 호텔방을 사용해야 했고 TT통신사의 스베들리 기자 앞으로 배부되고 있는 보도자료를 매일 수습해서 처리해야 했기 때문에 1728호실을 계속 드나들었다. 갑자기 투숙객이 없어지면 그것도 남들의 시선을 끌게 되는 것이다.

택시를 타고 다시 M아파트에 돌아온 그는 텅 빈 방안에서 한동안 가만히 앉아 있었다. 한참 후 베란다에 뚫어놓은 구멍을 통해서 시성식 제단을 오랫동안 바라보았다.

그는 칼젠버그 말처럼 이번 일에 있어서는 너무나 소심해져 있는게 아닐까 생각해 보았다. 꼭 해야 할 말과 점검해 봐야 할 일들만을 했을 뿐인데 그건 단지 그만의 생각일 뿐이었다. 빈틈없는 행위와 소심한 행위는 어쩌면 같은 뜻을 지녔는 데도 그 차이는 엄청 큰 것이다.

소심함에는 그 일에 대해 겁내고 있다는 뜻도 포함되어 있는 것이고 보면 크리스트는 자신을 한번 돌아보아야 할 필요성이 있음을 느꼈다.

모든 것을 점검했다고 해도 그 행위를 보일 사람이 준비가 안되 있다면 그 결과가 어떠할 지는 뻔한 것이다.

"참, 모레는 날씨가 어떨지를 계산하지 않았구나. 비나 바람이라도 분다면 모든 것이 허사가 되 버릴 텐데."

창밖으로 보이는 하늘은 무척이나 맑았다. 그가 한국에 온 후로 날씨는 줄곧 쾌청했었다. 그는 오늘 저녁에 일기예보라도 한번 들어두어야겠다고 생각했다.

"모레는 내 일생에 있어서 제일로 위험한 날이자 갈림길이 되겠군."

자조섞인 웃음소리엔 부족함을 느끼게 해주는 뭔가가 있었다.

그는 누구에게랄 것도 없이 혼자 중얼거렸다.

"혹 모레 바람이 불거라고 가정해 보자. 바람이란 녀석은 날씨가 맑을 때에도 줄곧 불거든. 바람이 세게 불면 800미터 거리에서는 약 20센티미터 이상의 오차가 발생할 수 있다. 그것을 바로잡기는 쉽다. 그러나 바로잡은 후 제2탄을 발사한다는 것은 이미 무의미한 짓이 되버리고 마는 것이다. 그런데 8백 미터는 정확한 것일까?"

그는 갑자기 튕기듯 일어섰다. 그 거리는 단지 그의 눈대중에 불과했다. 그의 시력이 별로 틀린 적은 없었지만 만에 하나라도 틀린다면 그것은 돌이킬 수 없는 실수를 저지르게 될 것이다. 그의 라이플은 절대 실수를 하지 않는다. 실수는 항상 인간이 저지르는 아주 조그마한 허점 때문에 일어나는 것이다.

그는 가방 지퍼를 열고 카메라를 어깨에 둘러멨다.

밖으로 나온 그는 M아파트 모퉁이에서 시성식 제단 위에 세워진 거대한 십자가를 향해서 똑바로 걸어갔다. 얼마 걷지 않아 그의 걸음을 기다란 화단이 나타나 가로막았다. 화단 근처에는 특수부대원인 듯한 젊은 청년들이 작업복 차림으로 군데군데 서성거리고 있었다. 그들은 카메라를 메고 걸어오는 외국인을 보고 잠시 걸음을 멈추고 바라보았을 뿐 아무런 말도 하지 않았다. 그는 화단을 뛰어넘어 차도가 비어 있는 틈을 이용해 거리를 가로질러갔다. 그리고는 곧장 제단을 향해 걸었다.

사백 십, 사백 십일…… 그는 걸음을 걸으면서 계속 수를 세어 나갔다. 보폭이 일정하도록 신중을 기하면서 그는 제단의 끝에 이르렀다.

그의 걸음은 1035보를 넘고 있었다. 그곳에서 오메가형 아치 앞의 교황이 앉을 좌석까지는 약 30보, 그 앞쪽에 설치된 단상과 마이크까지는 약 15보. 그렇다면 그의 목표물인 단상까지의 거리는 그의 보폭이 0.8미터로 일정하게 걸었다고 보면 840미터가 된다. 그는 안도의 한숨을 쉬었다. 40미터의 오차가 교황의 생명을 지켜주는 요단강이 될 뻔했다.

다행히 현장에는 마무리 작업을 하는 인부들이 일부는 페인트를 덧칠하고 있었고 일부는 합판 조각 등을 주워 트럭에 싣고 있었다.

크리스트는 카메라를 들고 제단을 여러 각도에서 촬영했다. 제단 뒷쪽 양편에는 성가대의 좌석이 계단식으로 높게 마련되어 있었다.

휘파람을 불며 그곳을 우회해서 돌아온 그는 방의 출입문을 걸어 잠그고 침대 밑에 숨겨둔 라이플을 꺼냈다. 총은 이미 조립이 끝난 상태였고 이제 실탄만 넣으면 방아쇠를 당길 수 있게 되어 있었다.

그는 망원 조준경을 떼어내고 가늠자의 조절기를 조절해서 40미터를 더 올렸다. 그리고 다시 망원 조준경을 부착한 뒤 난간의 구멍에 총을 걸치고 조준경의 접안렌즈에 오른쪽 눈을 밀착시켰다. 까마득히 먼 곳의 제단이 갑자기 그의 눈앞에 다가왔고 페인트칠을 하는 인부들의 모습이 들어왔다.

그는 노리쇠를 뒤로 당겼다가 다시 앞으로 밀고 망원 조준경에 나타난 인부의 머리를 십자 눈금의 중앙에 정열시켰다. 인부의 머리가 페인트를 칠할 때마다 좌우로 열심히 흔들었다.

그는 조준경 속의 머리가 우측으로 이동을 끝낸 순간을 기다려 가만히 방아쇠를 당겼다. 철컥하는 쇠붙이 소리가 둔탁하게 들렸다. 이번에는 그의 심장을 겨냥해 방아쇠를 당겼다. 살인자에게 가장 어려운 일이 있다면 그것은 어떤 방법으로 살인할 것인지를 찾아내는 것이다.

그러나 그것은 곧 살인자의 가장 즐거운 스릴을 전해준다. 살인의 방법을 직접 선택하고 준비한 후에 최종적으로 살인의 대상물과 맞대어 있는 순간에는 짜릿한 떨림이 전해오는 것을 느낀다.

크리스트는 망원 조준경에 나타난 그 페인트공의 머리에 교황의 얼굴을 그려보았다. 교황의 얼굴은 이쪽에서 보았을때 정면으로 보일 것이다.

단상 중앙에는 높직한 등받이가 달린 금빛 찬란한 교황 전용 의자가 로마로부터 공수되어 자리에 놓이게 되며 교황은 끝이 뾰족한 높은 관을 쓰고 길다란 지팡이를 들고 의자에 앉아 있을 것이다. 교황을 저격하기에는 그가 좌석에 앉아 있는 동안이 훨씬 유리할 것이다.

그는 망원렌즈를 통해서 단상을 살피다가 텅 빈 단상에 교황의 마이크를 설치한 연단이 어디에 세워질지를 생각했다. 만약 그것이 중앙 한 가운데 세워진다면 연단의 높이와 교황의 의자는 이쪽에서 볼 때 일직선상에 놓이게 될 것이다. 크리스트가 비록 12층의 고층에서 사격을 한다 하더라도 워낙 거리가 멀기 때문에 높이의 차이가 크게 나지는 않는다. 교황의 연단에는 각 방송국에서 설치한 수십 개의 마이크가 어지럽게 설치될 것이다. 그것이 또한 유효 사격 범위를 좁히는 역할을 할 것이다.

시성식에서는 교황이 몇 번이나 연단 앞에 서서 발언을 할 것인가.

그것이 그가 이번 작전을 성공으로 마무리 짓느냐의 열쇠가 된다. 그는 한참 동안 단상 주변을 더 관찰하다가 총을 거두고 방으로 들어왔다.

오늘 오후 8시에는 교황의 각국 외교사절 초청 접견이 있을 것이다.

이미 그곳으로 간 미스 김은 많은 뉴스거리를 가지고 올 것이다.

그는 그녀가 올 때까지 낮잠을 자두어야겠다고 생각했다.

그는 커튼을 닫고 침대에 벌렁 드러누웠다.

사우나를 마친 칼젠버그는 그의 호텔 방에 들어와 거울 속에 비친 자신의 얼굴을 들여다보며 금발을 뒤로 빗어넘겼다. 적당히 웨이브진 장발이 그의 훤칠한 키에 무척 잘 어울려 보였다.

그의 방에는 통신사 기자답지 않게 모형 항공기 한 대가 스탠드 위에 금방이라도 날아갈 듯이 놓여져 있었다. 방 중앙의 탁자 위에 놓여진 그 항공기의 선체는 푸른색으로 아름답게 칠해져 있었으며, 동체의 옆을 따라 노란색 선이 꼬리 끝부분과 꼬리 날개까지 칠해져 있었다.

양쪽 끝이 약간 경사를 이루며 올라간 큰 날개에도 노란색과 빨간색의 선이 선명하게 그려져 있었다. 큰 날개의 양쪽에 견고하게 보이는 프로펠러가 한 개씩 달려 있었고 바로 뒤쪽에 그 프로펠러를 돌리는 강력한 소형 엔진이 부착되어 있었다. 그 모형 항공기는 그가 동대문 완구상가에서 구입하여 조립한 것이었다.
　그 항공기는 무선 조종에 의해 하늘을 날게 되어 있었다.
　그 모형 비행기는 무선 조종기를 조종하는 사람이 의도하는 대로 약 3킬로미터의 공간에서 자유자재의 곡예를 부릴 수 있었다.
　며칠 전 세운상가 주변을 돌아다니면서 송수신 거리가 가장 길고 출력이 높은 무전기 두 개를 구입했다.
　서울 지리를 전혀 모르는 그는 우선 백화점 완구 판매점을 기웃거렸고 거기서 그러한 물건들을 파는 데가 어디인가를 어렵게 알아냈다.
　한국에서는 그의 영어가 잘 먹혀들지 않았다. 백화점 여자 종업원은 그의 영어를 듣더니 얼굴이 새빨개져 어찌 할 바를 몰라 쩔쩔매기만 했다. 그가 프레스 카드를 내보이고 안심을 시켜도 그녀는 외국인을 무조건 두려워 하는 듯했다.
　조금 후 그녀가 한 남자직원을 불러왔는데 그 역시 영어를 한마디도 할 줄 몰라 그냥 머리만 긁적거리며 난처한 표정을 지을 뿐이었다. 그가 어디엔가 전화를 하자 30대로 보이는 한 사람이 나타나 그는 비로서 그 어려운 고비를 넘길 수 있었다.
　"아, 외국 손님이시군요. 불편을 드려서 죄송합니다."
　"네, 스웨덴에서 온 칼젠버그입니다."
　"아, 네. 그런데 뭘 도와드릴까요?"
　"한국에 처음 왔기 때문에 몇 가지 선물을 사려고 해요. 아들이 모형 항공기를 부탁했거든요."
　"아, 그런 것이라면 여기 이 정도면 어떨까요?"
　"지금 막 살펴보았는데 그 녀석이 갖고 있는 것하고 비슷해요. 아들녀석은 스웨덴에는 없는 것으로 가장 멀리 날아갈 수 있고 또 가장 큰 것을 사다 달라고 했거든요. 일본에 가면 살 수 있다고 하던데 지금 제 형편이 거기에 들를 시간이 없을 것 같아서요."

"그런 특별한 모형 항공기라면 아마 전문점에 가보셔야 할 겁니다."

"서울에도 그런 전문숍이 있습니까?"

"네, 아마 있을 겁니다. 우리나라에서도 매년 모형 항공기 대회가 열리고 또 많은 사람들이 클럽을 조직해서 더 좋은 것을 자꾸 만들어내고 있거든요."

"그럼 그곳을 제게 알려주실 수 있습니까?"

"잠시 기다려 보십시오. 전화로 알아봐 드리겠습니다."

여러 곳에 전화를 걸고 난 그 직원은 밝은 얼굴로 그에게로 돌아왔다.

"동대문 근처에 모형항공기 전문점이 있다고 하는데 여러 가지가 준비되어 있다는군요. 아마 손님께서 원하시는 것이 그곳에 있을 것 같습니다."

"고맙습니다."

직원은 약도를 그려가며 칼젠버그에게 그 전문점의 위치를 가르쳐 주었다.

그들에게 사례를 하고 백화점을 나온 그는 곧장 동대문 근처의 완구상가를 찾아갔다. 그곳에는 과연 〈모형 항공기 연구소〉라는 간판을 단 전문점이 있었다. 그는 그곳에서 가장 크고 속도가 빠르며 오래 날 수 있는 단발 모형 항공기와 무선 조종기를 구입했다. 그리고 그는 똑같은 엔진과 프로펠러를 한 개씩 더 구입했다.

그는 그들에게 무전기 판매소가 어디 있는지를 물어 세운상가에서 교신거리가 3킬로미터 이상 되는 무전기를 한 벌 구입하여 호텔로 돌아왔다.

호텔로 돌아온 그는 밤을 세워가며 작업에 열중했다.

무선 조종기의 커버를 벗기고 세운상가에서 사온 무전기의 부품을 뜯어낸 그는 무선 조정기의 출력을 높여서 그 송수신 거리를 1킬로미터에서 3킬로미터로 확장시켜 놓았다. 그러한 무선 기술은 그가 중학생 시절부터 갖가지 기계를 다루어 왔기 때문에 그리 어려운 일이 아니었다.

그는 모형 항공기의 몸체 전면에 붙어 있는 엔진과 프로펠러를 뜯어내어 따로 사온 엔진과 함께 양쪽 날개에 하나씩 정성들여 부착했다.

드디어 그가 원하던 강력한 쌍발 폭격기가 만들어졌다. 전파 수신장치를 양쪽 엔진에 똑같이 수신이 되도록 연결한 그는 그 항공기의 몸체 속에 역시 또하나의 연료통을 추가로 장착했다. 충분한 연료를 적재하기 위함이었다. 이제 한 대의 완벽한 무인 폭격기가 그의 손에 의해 탄생된 것이다.

그는 그 모형 항공기에 플라스틱 폭탄을 장착할 예정이었다. 그 폭탄은 세운상가에서 사온 무전기의 부속품으로 만든 무선 점화장치에 의해 무서운 폭발을 일으킬 수 있도록 건전지와 수신기를 부착하여 항공기 몸체에 적재할 예정이었다.

그 플라스틱 폭탄이 폭발하면 일백만 천주교 신도들은 혼비백산하여 살길을 찾아 뛰느라 여의도 광장은 순식간에 아수라장으로 변할 것이다. 그 혼란을 이용해 그들은 어쩌면 여의도를 무사히 탈출할 수 있을 것이다.

플라스틱 폭탄이 폭발하면 사람과 자동차 또는 건물 등이 산산조각 난다. 플라스틱 폭탄은 TNT의 10배에 가까운 위력을 가지고 있어 최근들어 테러리스트들이 많이 이용하고 있었다. 또한 그 백색 농축액은 눈으로 보아서는 전혀 폭탄 같지가 않기 때문에 양주병에 넣어서 입국할때 공항의 세관 검사대나 혹은 불심검문에서 경찰에 발견한다 해도 별 문제 없이 통과되기가 일쑤였다.

칼젠버그는 한국에 입국할 때 그 폭약을 양주병에 담아서 슈트케이스 속에 다른 물건과 함께 넣어서 태연하게 들고 들어왔다.

칼젠버그는 그 모형 항공기의 이륙 장소를 M아파트 옥상으로 예정하고 있었다.

그는 그 옥상에서 모형 항공기를 교황의 제단으로 날려보낸다. 그의 조종을 받으며 그 모형 항공기는 플라스틱 폭탄을 싣고 교황의 재단을 향해 가미가제식 폭격을 감행할 것이다.

이것을 과연 교황의 경호원들이 막아낼 수 있을까? 경호원들은 이 예상치 못한 해괴한 비행체의 습격에 그저 어안이 벙벙하여 쳐다만 보다가 그것이 폭발하여 모든 것이 순식간에 날아가고, 그때야 비로소 사태의 심각성을 깨닫게 될 것이다.

1984년 5월 5일.

교황은 오전 10시부터 대구 시민운동장에서 서품식을 거행하기로 되어 있었다. 그 시간에 맞추어 가려면 기자들은 서두르지 않으면 안된다. 따라서 사우나를 하려면 새벽녘에 하지 않으면 안될 것이다.

하명부와 조택수는 새벽 5시가 조금 지나 옷을 벗고 사우나실로 들어섰다. 수사관들도 이미 몇 명 와 있었다. 사우나실은 외신기자들로 와글거리고 있었다. 한국 기자라고는 단 두 사람 뿐이었다.

조택수는 몸에 물을 끼얹은 다음 한증탕실로 들어가 앉았다. 그

안에는 세 명의 외국인이 앉아 있었다. 그 중 두 명은 가까이 붙어 앉아 이야기를 나누고 있었고 다른 한 명은 구석쪽에 비스듬히 기대앉아 눈을 감고 있었다. 한증탕실에서는 유리창을 통해 밖에서 움직이고 있는 사람들의 모습이 잘 보였다.

한편 명부는 따뜻한 탕 속에 들어앉아 있었다. 부글부글 끓는 물 속에 들어앉아 눈을 반쯤 감은 채 뿌우연 수증기 사이로 외국인들의 엉덩이를 부지런히 관찰하고 있었다.

조기자는 구석쪽에 앉아 있던 외국인이 일어서는 것을 보았다. 금발에 키가 큰 자였다. 그가 밖으로 나갈 때 보니 엉덩이에는 아무런 흉터가 없었다. 조금 후 두 외국인도 일어섰다. 한 명은 키가 컸고 다른 한 명은 외국인 치고는 키가 작은 편이었다. 키가 큰 외국인이 먼저 밖으로 나갔고 키 작은 자가 그 뒤를 따랐다. 순간 조기자의 두 분이 번쩍 하고 빛났다.

그는 밖으로 나가 탕 속으로 들어갔다. 명부는 그때까지도 탕 속에 앉아 있었다. 조기자는 물속으로 발을 뻗어 명부의 옆구리를 찔렀다. 명부가 그 옆으로 다가왔다.

"찾았어. 바로 저자야."

조기자는 턱으로 거울 앞에 앉아 있는 키 작은 외국인을 가리켰다. 그는 키 큰 외국인과 나란히 앉아 면도를 하고 있었다.

"혼자가 아니야. 그런데 금발도 아니고 키도 크지 않아."

"누구 말이야?"

그들 쪽에서는 그 외국인의 옆모습만 보였는데 그때까지도 명부는 그를 알아보지 못하고 있었다.

"바로 저자야. 키가 작고 머리가 검은 작자 말이야."

"흉터 봤어?"

"흉터는 틀림없어. 오른쪽 엉덩이에 있었어."

"외모 같은 거야 신경쓸 거 없어. 형사들한테 연락해."

명부는 탕 속에서 나와 거울이 나란히 붙어 있는 쪽으로 걸어갔다.

거기는 양켠에 거울이 마주보고 나란히 붙어 있었고 사람들은 그 사이에 앉아 거울을 들여다 볼 수 있도록 되어 있었다.

명부는 검은 머리의 외국인과 등을 마주하는 자리에 가서 앉았다. 거기서는 거울을 통해 그 외국인의 뒷모습이 잘 보였다.

그 외국인이 팔을 움직일 때마다 어깨의 근육이 꿈틀거리는 것이 보였다. 어깨는 온통 근육질로 덮여 있었다. 이윽고 그 외국인은 면도질을 끝내고 머리를 감기 시작했다. 그는 조그만 플라스틱 의자를 깔고 앉아 있었기 때문에 아직 엉덩이의 흉터가 드러나지 않고 있었다. 명부는 천천히 면도질을 하면서 계속 그 외국인을 관찰하고 있었다.

마침내 검은 머리가 거품으로 뒤엉킨 머리를 깨끗이 씻어내고 몸을 일으켰다. 순간 명부는 그의 오른쪽 엉덩이의 살점이 벌겋게 짓이겨져 있는 것을 보았다. 그것은 불에 덴 것 같은 징그러운 흉터였다. 그가 이쪽으로 몸을 돌렸다. 거울이 작았기 때문에 가슴 위쪽은 보이지 않았다.

명부는 일어섰다. 그는 샤워기가 설치되어 있는 쪽으로 가서 선 채로 샤워기에서 뿜어져 나오는 물을 받기 시작했다. 명부도 그쪽으로 다가갔다. 그 자와 나란히 서서 샤워를 하면서 명부는 비로소 그의 얼굴을 똑똑히 볼 수가 있었다. 얼굴을 보는 순간 강인한 인상이 느껴졌다. 이마는 좁았고 광대뼈가 튀어나와 있었다. 무쇠같이 튼튼해 보이는 턱이 얼굴을 떠받치고 있었고 크고 푸른 두 눈은 부드러운 빛을 띠고 있었다. 바위같이 단단해 보이는 가슴은 온통 시커먼 털로 뒤덮여 있었다.

그는 옆에 서 있는 키 큰 외국인과 계속 이야기를 나누고 있었는데 명부는 그들의 이야기를 알아들을 수가 없었다. 그것은 영어도 불어도 독일어도 아닌 것 같았다. 키 큰 외국인의 엉덩이에는 흉터가 없었다. 그는 몸매가 호리호리했고 붉은 머리에 대단한 미남이었다.

명부는 서둘러 밖으로 나와 강계장에게 전화를 걸었다. 명부가 전화를 거는 동안 조기자는 사우나실 앞에서 서성거리고 있었다.

명부가 통화를 끝냈을 때 두 외국인이 사우나실에서 나왔다. 수사요원들도 서둘러 나오고 있었다. 기자들은 외국인들과 함께 엘리베이터를 탔다.

그들은 한국 기자들을 한번 흘낏 쳐다본 다음 더 이상 거들떠보지 않고 자기들끼리 계속 잡담을 나누었다. 명부와 조기자는 너무 긴장한 나머지 숨이 막히는 것 같았다.

그 외국인들은 1층에 있는 레스토랑으로 들어가 거기에 마련되어 있는 부페식사를 들었다. 그들은 커피에다 빵 한 조각, 그리고 계란 프라이 정도로 아침을 끝냈다. 기자들도 식사를 도중에 그만두고 그들이 움직이기를 기다렸다. 외국인들은 카운터로 걸어가 청구서에 사인한 다음 다시 엘리베이터를 타고 위로 올라갔다. 아마 방으로 가는 것 같았다. 형사 한 명이 그들과 함께 엘리베이터를 타고 위로 올라갔다. 그들은 카운터로 가서 신분을 밝히고 방금 두 사람이 사인을 한 청구서를 좀 보자고 했다.

청구서의 방 호수란에는 1728이라고 적혀 있었다. 사인란에도 1728호실 손님의 사인이 휘갈겨져 있었다. 그것은 검은 머리의 땅딸막한 외국인 기자가 갈겨쓴 것이었다.

조금 후 외국인들과 함께 엘리베이터를 타고 올라갔던 형사가 내려왔다.

"키 작은 사람은 1728호실로 들어가고 키 큰 외국인은 그 옆방인 1727호실로 들어갔습니다."

밖에는 기자들을 공항으로 태우고 갈 버스들이 줄을 지어 대기하고 있었다. 버스의 출발 시간은 7시 30분이었다. 아직 30분 가량 시간이 남아 있었다.

강계장은 7시 5분에 호텔에 나타났다. 잠을 못 잔 듯 그는 몹시 초췌한 모습이었다. 그들은 먼저 프런트데스크에 비치된 숙박자 카드를 검토한 다음 프레스 센터로 가서 사무국에 등록된 외신기자들의 인적사항을 훑어보았다. 그 결과 1727호실과 1728호실에 투숙한 외국인들은 스웨덴 TT통신의 기자들로 밝혀졌다. 1727호실 투숙자의 이름은 칼젠버그, 그리고 1728호실 투숙자의 이름은 리스토 스베들리였다. 강계장은 즉시 스톡홀름에 있는 TT통신사로 국제전화를 거는 한편 형사 두 명이 주한 스웨덴 대사관으로 달려갔다. 스톡홀름은 밤 10시가 훨씬 지난 시각이었다. 다행히 통신사측은 이쪽의 질문에 친절히 답변해 주었다.

"칼젠버그라는 이름은 우리 통신사에 없습니다. 리스토 스베들리라는 이름도 없습니다. 그리고 우리 통신사에서는 교황 취재기자를 특파하지도 않았습니다."

한편 주한 스웨덴 대사관으로 달려간 형사들은 굳게 문이 잠긴 대사관 앞에서 문이 열리기를 기다려야 했다. 문이 열리는 시간은 직원들의 출근시간인 아침 9시였다.

명부는 야수코의 전화를 받기 위해 8시 조금 지나 신문사로 돌아왔다. 시간의 흐름이 그렇게 긴박하게 느껴지기는 난생 처음이었다. 그녀는 9시 조금 지나 전화를 걸어왔다.
"그 사람 찾았어요?"
"네, 찾았습니다."
금발도 아니고 키도 안 크더라고 말하려다가 그만두었다.
"어머, 고마워요. 그 사람 있는 곳을 알아내셨나요?"
"물론 알아냈지요."
"정말 고마워요. 이 은혜를 어떻게 갚죠?"
"한턱 크게 내야 합니다. 세상에 공짜는 없는 거니까 공짜로 알려고 하지는 말아요."
"알아요. 그렇지 않아도 크게 한턱 낼 거예요. 그 사람 지금 어디 있죠? 그리고 이름이 뭐예요?"
"전화로는 말할 수 없고 만나서 이야기합시다."
"아이, 그러지 말고 말해 줘요. 빨리 알고 싶어요."
"만나주기 전에는 말할 수 없어요."
"저 지금 바빠서 만날 수가 없어요. 죄송해요. 우리 내일 저녁에 만나요."
"그럼 내일 만나서 이야기 해 주지."
"아이, 안돼요. 지금 가르쳐줘요. 부탁해요. 제발 가르쳐줘요. 이렇게 부탁하는 데도 거절하실 거예요?"
"직접 만나기 전에는 가르쳐줄 수 없어요. 절대 안돼요."
"그럼 할 수 없죠 뭐. 비겁해요. 앞으로 만나지 않을 거예요."
화난 목소리로 쏘아붙이더니 그녀는 전화를 끊었다. 당황한 쪽은 명부였다. 강계장에게 전화를 걸어 통화 내용을 이야기해 주자 그는 전화가 끊어진 것을 몹시 애석해 했다. 명부는 자신이 실수를 저지른 것 같아 몹시 기분이 언짢고 초조했다. 그런데 조금 후 야수코로부터 다시 전화가 걸려왔다. 그녀는 일방적으로 전화를 끊은 것에 대해 사과하면서 거의 애걸조로 그 외신기자에 대한 것을 가르쳐 달라고 말했다. 거기에 대해 명부는 못 이기는 체하고 입을 열었다.

"좋아요. 정 그렇다면 가르쳐 주지. 이름은 리스토 스베들리. S호텔 1728호실에 지금 투숙해 있어요. 그리고 함께온 동료기자가 있던데 그 친구 이름은 칼젠버그, 1727호실이오. 프레스 센터에는 스웨덴 TT통신 특파원으로 등록이 되어 있어요. 한턱 내는 거 잊지 말아요. 내일 저녁 몇 시에 만날까요?"

"9시가 좋겠어요. 밤안개에서 만나요. 정말 고마워요."

"스베들리한테 빠지지 말아요."

수화기를 내려놓기가 무섭게 강계장으로부터 전화가 걸려왔다.

"주한 스웨덴 대사관에서 본국에 조회해 본 결과 스베들리와 칼젠버그의 여권은 위조로 밝혀졌어요."

이미 예상했던 것이었으므로 명부는 별로 놀라지 않았다.

"조금 전에 그 여자한테서 다시 전화가 걸려왔습니다. 그래서 스베들리에 관한 것을 가르쳐 주었습니다. 내일 저녁 9시에 밤안개에서 만나기로 했습니다."

"잘했습니다. 정말 잘했습니다."

강계장의 목소리는 잔뜩 흥분해 있었다.

그 시간에 크리스트는 그의 호텔방에서 촉각을 곤두세우고 있었다. 요 며칠 사이에 그는 될 수 있는 대로 사람들이 많은 곳을 피하고 있었다.

오늘도 새벽녘에 잠에서 깨어난 그는 곧장 호텔로 돌아와서 칼젠버그에게 지난 밤의 그의 안부부터 물었다. 사우나실에서 목욕을 하며 그들은 아무렇지도 않은 태도로 대화를 나누었다.
"아니, 아무 일도 없었어요"
"혹시, 누가 전화하지 않았소? 잘못 걸린 전화라던가"
"좀 그런 일이라도 있으면 살맛이 날 텐데 도무지 재미가 없단 말이예요."
"이제 하루만 지나면 우리의 임무는 끝납니다. 하루 동안만 참고 자중하시오."
칼젠버그는 크리스트의 심문하는 듯한 말투가 몹시 거슬렸지만 이번 일이 세계사적 중대사인 일이고 보면 그의 신경이 날카로와져 있는 것을 이해하기로 했다.
"오늘은 대구에 내려갔다 오겠습니다."
"그렇게 하시오. 전혀 취재를 하지 않는 것도 이상하게 볼 테니까 말이오."
"스베들리, 당신은 가지 않을 겁니까?"
"난 호텔에서 준비나 하고 있을 테니 다녀오시오. 아마 미스 김이 같이 가줄 거요."
"미스 김이 함께 가 준다면 정말 좋겠는데"
그러나 안나는 크리스트가 안 가면 자신도 남아서 내일 있을 여의도 시성식 준비나 하겠다고 버스를 타지 않았다.
7시 20분에 키가 큰 칼젠버그가 혼자 밑으로 내려와 버스에 올랐다. 열 명의 형사들이 그를 미행하기 위해 버스에 나누어 탔다. 버스가 모두 출발한 뒤에도 스베들리의 모습은 보이지 않았다. 그는 1728호실 안에 틀어박혀 꼼짝도 하지 않고 있었다. 그의 암호명이 크리스트일 것이라는 데 대해 모두가 의견을 같이했다.

버스는 외국기자들과 한국인들로 만원을 이루었다. 그는 창가에 앉아 창밖으로 펼쳐지는 고속도로변의 경치를 넋을 잃고 바라보았다. 고속도로를 따라 심어진 갖가지 꽃들이 빨간 꽃망울을 화려하게 터트리고 있었다. 그는 곧 불어닥칠 회오리를 예감하면서도 꽃바람의 향취에 노곤해지는 마음은 어쩔 수 없었다.

대구에 내려가면 그는 수십만 신도들이 운집한 공설운동장의 경호 상태를 살펴볼 예정이었다. 버스가 달림에 따라 차체가 기분좋을 정도로 흔들렸다. 그는 곧 머리를 뒤로 기댄 채 깊은 잠에 빠져들었다.

안나는 프레스 센터의 일 보다도 그의 개인비서처럼 그를 위해서만 일을 했다. 크리스트는 이미 그녀의 육체는 물론 그녀의 영혼까지도 지배하고 있었다.

그러나 오늘은 내일의 여의도 시성식 준비를 해야 하기 때문에 그녀도 눈코 뜰새 없이 바빴다.

프레스 센터 운영본부는 여의도 광장에 내외신 기자들을 위한 기자석을 교황제단이 내려다 보이도록 제단의 양쪽에 높다랗게 설치했다.

TV 카메라를 전후좌우에 설치하여, 교황의 방한 기간 중 마지막 행사이고 가장 성대한 행사를 전세계에 타전할 수 있도록 이미 인공위성 중계 시스템을 준비해 놓고 있었다.

안나는 기자석을 배치하고 좌석에 각국 기자들의 이름표를 써 붙였다.

교황의 시성식을 취재하여 즉석에서 타전할 수 있는 송신시설도 오늘 중으로 제단의 뒤편에 준비해야 했다.

그녀는 밤이 늦어서야 S호텔 프레스 센터로 돌아왔고 거기서 그녀는 크리스트의 방에 전화를 걸었다.

그러나 크리스트는 방에 없는지 전화벨이 십여 차례 울렸어도 전화를 받지 않았다.

그녀는 크리스트가 아파트로 가서 그녀를 기다리고 있을지도 모른다는 생각에 미치자 이번에는 아파트로 전화를 걸었다. 그러나 아파트에서도 그는 전화를 받지 않았다. 지금 택시를 타고 그리로 가고 있겠지. 그녀는 그렇게 생각하고 지하 주차장에서 그녀의 차를 끌어내어 M아파트로 향했다.

그러나 만일 그녀가 거기에서 크리스트, 즉 스베들리 기자를 만나 그녀의 아파트로 갔다거나 적어도 같이 커피라도 한 잔 마셨더라면 강계장 일행은 손쉽게 그들의 음모를 발견하여 사전에 그것을 분쇄했을 것이다.

크리스트는 대구에서 돌아온 칼젠버그의 방에서 그의 설명을 듣고 있었다.

"당신의 행동과 동시에 나는 이 녀석을 날려보낼 겁니다."

칼젠버그는 애정어린 표정으로 그의 작품을 어루만지며 그 모형 항공기를 높이 쳐들고 날아가는 모습을 취해 보였다.

"이 녀석의 이름을 지어줘야겠다고 생각했는데 이제야 좋은 이름이 생각났어요. 이놈을 〈피닉스〉라고 부르죠. 이제 아무도 이 피닉스를 죽이지는 못할 거요. 이놈이야말로 진짜 불사조이니까."

크리스트는 피닉스가 엔진소리를 높이며 교황의 제단을 향해서 날아가는 것을 상상해 보았다. 광장에 운집한 백만 신도들이 모두 그 날아가는 비행체를 향해서 고개를 들고 놀란 눈으로 쳐다볼 것이다.

그 순간 그의 라이플이 불을 뿜고 교황은 머리에서 붉은 피를 쏟으며 옆으로 기우뚱거린다. 단상 주위에 둘러서 있던 경호원들이 달려가서 교황을 부축하며, 자신들의 몸으로 전방을 가린다.

비행기 폭음소리가 단상을 울리며 가미가제식 쌍발폭격기가 날아든다. 그것은 교황의 의자 뒤쪽 오메가형 제단의 벽에 충돌하면서 동시에 엄청난 폭발을 일으킨다. 폭음과 함께 번쩍이는 섬광이 눈을 부시게 하고 하얀 연기가 제단을 휩싼다. 수십 명의 경호원들 몸이 하늘로 날아오르고 찢어진 팔과 다리가 제단 아래 앉아 있는 신도들의 머리 위로 날아간다. 곧이어 앞다투어 행사장을 빠져나가려는 사람들로 광장은 아비규환의 장을 연출한다. 힘이 약한 노인 몇 사람이 우왁스런 발길에 짓밟힌다. 그들 사이로 그와 칼젠버그가 물을 헤치듯 사람들을 밀치고 달려나간다. 그렇게 됨으로써 그들의 작전은 끝이 날 것이다.

"이 폭탄에 대해서 설명해 주시겠소. 이 조그마한 장난감의 위력이 궁금해지는구료."

"이 폭탄은 TNT하고는 전혀 다른 플라스틱 폭약입니다. 백색의 농축액이지요. 이 폭약의 파괴력은 TNT의 열배로 이 폭약 1킬로그램이면 다이나마이트 2상자의 파괴력과 맞먹어요. 나는 이 모형 비행기에 폭약 5백그램을 실어 보낼 겁니다. 그리고 폭탄이 폭발하도록 무선 폭파장치를 설치할 겁니다. 어때요. 해볼 만한 싸움이죠."

그는 무선 조종기 두 개를 가리켜 보이며 크리스트에게 설명했다.

"이것은 비행기 무선 조종기인데 이 막대로 비행기의 방향을 조종하고 이 단추는 비행기 엔진을 가속시키는 거지요. 그리고 이 무전기를 개조해서 폭발장치를 만들었어요. 한 개의 수신 장치는 건전지와 연결해서 플라스틱 폭탄에 장치를 합니다. 여기 이 단추를 누르면 수신기가 바로 수신하여 건전지의 전류를 폭약의 뇌관에 흐르게 하고 그러면 뇌관이 폭약을 폭발시킵니다."

"혹시 만에 하나라도 실수가 없도록 신중을 기해 주시오."

칼젠버그는 냉소를 지으며 말했다.

"이 분야에서는 내가 전문이니까 염려 말아요. 벌써 몇 번씩이나 실험을 했으니까요."

"내가 당신의 실력을 과소평가해서 그런 말을 한다고 생각하지 마시오. 실수하면 우린 끝장이니까 하는 말이오."

"알겠어요. 나도 여지껏 이 방면에서 만큼은 완벽했으니까요. 내 일은 걱정하지 말아요."

크리스트는 칼젠버그와 내일의 성공을 위해 좀더 의논하다가 자신의 방으로 돌아왔다.

그들은 강계장 일행이 방문 밖 복도에까지 진을 치고 감시를 하고 있는 줄은 까맣게 모르고 있었다.

크리스트는 그날 밤은 호텔에서 보내기로 했다.

만약 그가 아파트에서 안나를 안고 잠을 잘 경우 안나는 그를 그냥 자게 내버려 두지 않을 것이다. 교황의 일정이 끝나는 내일, 크리스트도 출국할 것이라는 것을 알고 있는 그녀는 그와의 마지막 밤을 꼬박 새우고 싶어할 것이다. 아무리 건강에 자신을 갖고 있는 크리스트라 할지라도 지나친 성행위는 그의 시력과 정신을 몽롱하게 만들어버릴 것이다. 결전을 눈앞에 둔 크리스트에게 그것은 씻지 못할 실수가 될 수도 있는 것이다.

라인 X는 공중전화로 라인 제로와 통화하고 있었다. 라인 제로의 엄살은 대단했다.
그녀는 흉터를 찾아내느라고 자신이 얼마나 고생했는가를 장황히 늘어놓았다. 그러나 라인X는 그런 것에는 귀를 기울이려고 하지 않았다.
"수고했어. 지금 크리스트가 있는 곳을 말해봐."
"S호텔 1728호실에 투숙하고 있어요. 스웨덴 TT통신 특파원 리스토 스베들리로 위장하고 있어요."
"혼자인가?"
"아니예요. 같은 회사 특파원으로 칼젠버그라는 사람하고 같이 있어요. 그 사람은 1727호실이고요."
라인 X는 전화를 끊을 듯하다가 물었다.
"어떻게 이렇게 빨리 알아냈지?"
그 물음 속에는 정보에 대한 불신의 빛이 서려 있었다.
"알아낼 수가 있었어요."
"그 수라는 게 뭐야?"
"그것까지 꼭 말해야 되나요?"
"알고 싶어. 그래야 믿을 수가 있어."
"당신이라는 사람은 의심할 줄 밖에 모르는군요. 좋아요. 말해 주죠. 잘 아는 한국 기자를 통해 알아냈어요. 그 기자가 발벗고 나서서 알아낸 거예요."
"그 기자 이름이 뭐지? 어느 신문사의 누구지?"

"P일보의 하명부 기자예요."

"하명부?"

"아는 사람이예요?"

"몰라 처음 듣는 이름이야. 그 기자를 안 지는 얼마나 됐지?"

"넉달쯤 됐어요."

"빌어먹을. 앞으로 그 기자를 만나지 마. 만나서는 안돼. 위험 인물이야."

"어떻게 알아요?"

"기자들은 항상 형사들과 밀접한 관계가 있다는 걸 몰라? 바보같으니. 죽고 싶지 않으면 그 자를 만나지 마."

라인 X는 그녀에게 그 정도의 경고를 주기만 했다. 하명부가 라인 제로로부터 그의 전화번호를 알아냈을 것이라는 것은 충분히 상상할 수 있는 일이었다. 그 증거로 바로 어제 그의 은신처였던 동양 오피스텔 1015호실 복도에서 그와 마주치지 않았던가. 다행히 그때 하명부는 그를 알아보지 못했었다. 그러나 지금쯤은 그의 변한 모습을 알고 있을 것이다. 하명부는 기자 이상의 행동, 즉 추적자로 나서고 있는 것이다.

"동양 오피스텔에서 어제 아침 폭파사건이 있었다는 보도가 났던데 혹시 당신 짓 아니예요?"

라인 X는 거기에는 대답하지 않고 전화를 끊으면서 지금까지 라인 제로를 살려둔 것을 후회했다.

크리스트는 과연 그녀 말대로 S호텔 1728호실에 투숙하고 있을까? 하명부가 파놓은 함정이 아닐까? 크리스트가 그 방에 투숙하고 있다 해도 그는 감시 속에서 움직이고 있다는 사실을 모르고 있을 것이다. 내가 포위망 속으로 들어오기를 경찰은 기다리고 있겠지. 그때까지는 크리스트도 무사하겠지. 감시망 속에서 크리스트는 과연 목적을 이룰 수 있을까? 놈이 만일 감시를 받고 있다는 것을 알게 되면 놈은 비상수단을 강구할 것이다.

공중전화 박스를 나온 라인 X는 새로 마련한 중고차를 몰고 제4의 은신처로 향했다. 제4의 은신처는 시청 부근에 자리잡고 있는 낡은 건물 5층의 사무실이었다.

사무실의 도어 열쇠 구멍에 키를 넣고 돌리면서 라인 X는 슬쩍 몸을 돌려 벽에 붙어섰다.

문은 아무런 저항도 없이 조용히 열렸다.

그러나 그는 습관적으로 몸을 움츠리며 주머니 속에 찔러넣은 오른손으로 나이프의 손잡이를 힘껏 움켜잡았다. 여차하면 나이프로 놈의 숨통을 끊어버릴 작정이었다.

그는 도어 안쪽의 어둠 속으로부터 뭔가가 불쑥 튀어나올 것만 같은 두려움에 흠칫했다.

며칠 전까지만 해도 그에게 두려움이란 것은 존재하지 않았었다.

두려움은 종교를 가진 자들에게나 있을 법한 일이라고 생각했다. 그래서 그들은 모든 운명을 신에게 맡기고 신의 명령에 따라 그날그날의 생을 이어가는 것으로 만족하고 산다.

그는 철저한 무신론자였다. 어려서부터 공산주의에 심취한 그는 마르크스보다는 레닌의 혁명적인 투쟁사에 흠뻑 빠져들었었다. 그는 자신이 레닌을 본받은 붉은 전사라고 자처했었고 그에게 주어진 임무를 거역한다는 것은 한번도 생각해본 적이 없었다.

붉은 군대의 소령으로 진급하기까지 그는 철저한 공산주의자로 길들여졌고 그들의 지시에 맹종해 왔을 따름이었다. 그에게는 불가능을 가능하게 하는 능력이 있었다. 누구도 해내지 못한 공작을 여러 차례 성공적으로 수행해 내면서 그의 담력과 기민한 살인 기술은 스페츠나츠에서도 손꼽히게 되었다.

한국에 잠입하여 성공적으로 거점을 확보하고부터 다소나마 자본주의의 때를 묻히긴 했어도 그는 어디까지나 그것은 일시적인 방편으로 생각했었고 그의 임무가 끝나면 서둘러 조국 소련으로 돌아가서 가족과 재회할 날을 손꼽아 기다려 왔었다.

그런데, 어이없게도 그러한 그의 꿈은 산산히 부서져 버렸다. 일을 시작해 보기도 전에 그는 이미 쫓기는 몸이 되어 버렸고 5년 동안 꾸며놓은 거점은 하루아침에 물거품이 되어 버렸다. 아주 조그마한 실수 하나가 자신에게 그런 엄청난 파국을 몰고 올 것이라고는 꿈에도 생각하지 못한 일이었다.

5년 전 그가 노준기를 살해한 뒤 그의 이름을 빌어서 노준기로 살아온 이래 그는 벌써 여러 명을 살해했었다. 그가 생각하기에 그것은 완전 범죄였다. 그러나 그 사건으로 말미암아 그는 쫓기는 몸이 되었다. 한국 경찰은 그의 뒤를 계속 추적하며 끈질긴 수사를 펼쳐오고 있었다. 그는 한국 경찰 따위는 전혀 의식하지 않았었다. 세계 최강의 나라에서 자라온 그에게 한국 정부와 그 경찰은 보잘 것 없는 조무래기들에 불과했다. 그들이 자신의 뒤를 캐낸다는 것은 얼토당토 않은 수작이라고 생각했었다.

완전 범죄를 추구해 온 그에게 있어서 한국 경찰 따위의 능력은 한낱 송사리들의 놀이에 불과한 것이었다. 그런데, 그들이 벌써 몇 달째 그를 괴롭힐 줄이야……. 라인 X는 비로소 공포를 느끼지 시작했다.

　그는 그들의 추격을 뿌리치기 위해서 지난 4개월 동안 형언할 수 없는 고통을 참아왔었다. 내장을 잘라내고 그 왕성하던 식욕을 이를 악물고 억제해야 했었다.

　그런 상태로 자신이 얼마나 더 살아갈 수 있을지 스스로도 의문스러웠다. 배를 잘라내고 내장의 일부를 떼어내야 하다니……….

　그러나 그의 얼굴에서 살점이 깎여 나가고, 불룩하던 볼때기가 홀쭉하게 되어 완전히 다른 사람으로 다시 태어나는 한이 있더라도 그는 살아야 했다. 살아서 가족의 품으로 돌아가야만 했다.

　어제 아침 동양 오피스텔을 탈출하는 순간 그는 거의 제정신이 아니었었다.

　극도의 공포감에 질려버린 그는 이것이 정말 최후의 순간이로구나 하는 생각까지 했었다. 권총을 들고 눈을 부라리고 있던 수많은 경찰들 사이를 헤집고 나오면서 그는 엘리베이터까지만 무사히 갈 수 있게 해달라고 속으로 수없이 되뇌었다. 그의 입에서는 쉴 새 없이 오, 하나님 하는 부르짖음이 자신도 모르게 새어나왔다. 아무리 맘씨 좋은 하나님일 지라도 자신과 같이 수많은 인명을 살해한 사람을 가만 놔두지는 않으리란 것을 그는 너무나도 잘 알고 있었다. 그걸 알면서도 절대절명의 위기 상황 속에서 그는 하나님을 애타게 불렀다. 그리고 구원을 요청했다. 그것이 받아들여졌는지 그의 바로 앞에서 엘리베이터의 문이 아무렇지도 않게 열렸다.

　황급히 뛰어들어간 그는 밖으로 나오려던 관리인을 안쪽으로

도로 밀어 버렸다. 그가 관리인을 쳐다보며 웃음을 띠어 보이자 관리인에게는 그 얼굴이 마치 죽음의 사신처럼 흉악하고 무섭게 비쳐졌다.

그는 관리인에게 정신없이 펀치를 날렸다. 관리인이 쓰러지자 재빠르게 상황을 직시한 그는 중간에서 엘리베이터를 뛰쳐나와 버렸다. 자신감을 잃어버린 그는 그 관리인에게 결정적인 주먹을 날리지 못했음을 잠시 후 깨달았지만 이미 그 관리인은 1층 로비에서 수많은 사람들에게 둘러싸여 있었다.

그는 자신의 나약함을 절실하게 깨닫기 시작하면서부터 그의 몸 구석구석에 퍼져 있는 감각세포를 칼날처럼 세우고 경계를 게을리 하지 않고 있었다. 길을 걸으면서도 그는 미행을 따돌리는 수칙에 따라 행동했다. 분명히 미행자가 없는데도 고개를 앞으로 돌리면 곧바로 뒤쪽에 경찰의 끄나풀이 뒤쫓는 것 같은 환영에 시달렸다.

버스에 오르자 마자 뒷문으로 내려버리는 그를 승객들이 의아한 눈으로 바라보곤 했다. 때로는 건장한 몸집의 하명부 기자가 그를 바라보고 웃고 있는 것 같았다. 하명부 기자를 처음 본 순간부터 그는 어떤 운명적인 만남 같은 것을 느꼈다. 그가 하명부의 뒤를 따라 음식점에 들어갔을 때, 그는 옆자리에 앉아 음식을 먹으면서 조심스럽게 그의 모습을 관찰한 적이 있다. 훤칠한 키에 빼어난 용모를 가진 그 젊은 기자는 동료 기자들과 이야기를 하면서도 그들을 압도하고 있었다. 남자다운 호방함까지 갖춘 하기자에게 라인 X는 같은 남자로서 은근한 질투와 함께 자신은 그를 능가할 만한 아무것도 갖추고 있지 못하다는 것을 새삼 깨달았다. 돼지 같은 얼굴에 칼로 쨴 듯한 실눈을 한 모습이 거울 속에서 자신을 바라보고 있었다.
 '졌다.'
 그는 하기자를 보는 순간부터 어떤 패배의식 속에 빠져들었다고 할 수 있다. 오피스텔의 복도에서 얼핏 스쳐지나가며 그의 얼굴을 보았을 때 하마터면 도망치던 발걸음을 멈출 뻔했었다. 자신을 계속 추적하고 있다는 것을 알고 있으면서도 그 잘생긴 모습을 보는 순간 그는 오랜 친구를 만난 듯 반가웠다. 하지만 그는 곧 현실로 돌아가서 제발 그가 자신을 알아보지 못하기를 기원했었다.
 하명부를 통해 라인 제로가 크리스트의 정보를 입수하다니…….
 라인 X는 자신과 라인 제로를 연결하는 선상에 우뚝 선 하명부의 존재에 대해서 경악하지 않을 수 없었다.
 어떻게 된 일일까? 하명부가 그녀에게 크리스트의 소재를 알려주었다면 그 녀석은 라인 제로를 돕는 조직원이 아닐까? 그렇지는 않을 것이다.
 하명부는 지금까지 가장 집요하게 자신의 뒤를 캐내어 신문에 특종기사를 게재했다. 그 때문에 그는 얼마나 많은 고생을 했던가? 녀석은 이미 라인 제로의 정체를 알아내고 자신과의 연결고리를 거머쥐고 있는 것인지도 모른다.
 그리고 크리스트의 소재를 라인 제로에게 알려주어 자신을 현장에서 옭아매려는 것이 분명했다.
 '빌어먹을…… 그 암코양이 같은 년이 섹스에 굶주리다 못해 녀석의 덫에 걸린 게 분명해…….'
 그 녀석 정도라면 라인 제로가 사족을 못쓰고 꼬리를 흔들 것이라는 것은 안 봐도 뻔한 일이었다. 결국 자신은 하명부의 손바닥 안에서 놀고 있었던 것이 아닌가? 하명부 기자에게 쏠리는 자신의 관심과 의구심이 더해질수록 라인 X는 당혹감을 느끼기 시작했다. 녀석은 어쩌면 지금 이 사무실 안에서 내가 돌아오기를 기다리고 있을지도 모른다. 그는 재빠르게 손을 놀려 전기 스위치를 올렸다. 순간 어둠이 사라지고 밝은 형광등 불빛이 우중충한 사무실 안을 밝혀주었다.

텅 빈 사무실에는 전화기 한 대만이 덩그라니 놓여져 있는 철제 책상하나와 철제 캐비넷, 그리고 낡은 소파만이 놓여 있었다.

그런 것들은 사무실을 빌리면서 같이 빌린 것들이었다.

아무도 자신을 방해하고 있지 않다는 것을 확인한 그는 안도의 한숨을 내쉬고 출입문을 걸어 잠갔다. 행길 쪽으로 나 있는 창문에 드리워진 검은 커튼을 꼭꼭 여미고 나서 그는 상의를 벗어 옷걸이에 아무렇게나 걸었다. 여자 허리처럼 가늘어진 자신의 허리를 내려다보고 있노라니 그는 공연히 슬퍼졌다. 대식가인 그는 언제나 배가 불룩하게 튀어나와야 기분이 좋았다. 그것은 바로 그가 아직도 이 지구상에 건재하다는 증거이기도 했다.

그것은 또한 북쪽으로 향하는 그의 애절한 그리움마저도 한동안 잊게 해주었다. 자신의 생일이 돌아오면 그는 그 괴로움을 잊으려 폭음을 했고 쉴 새 없이 음식물을 먹어대어 몸의 구석구석에 빈틈이 없도록 채워넣었다. 그렇게 해야만 그의 마음속에 깊숙이 자리잡고 있는 향수가 말끔히 가셔질 것 같았다.

처의 생일과 아이들의 생일 때도 마찬가지였다. 그는 가족들의 기억을 그런 식으로 몰아내었다.

홀쭉해진 뱃가죽을 감고 있는 가느다란 허리띠가 힘없이 늘어져 있는 것을 보고 그는 그것을 손으로 잡아당겨 보았다. 순례자의 솜씨에 그는 다시 한번 감탄을 금치 못했다. 그는 놀라운 솜씨로 자신의 몸을 주물러대더니 결국 자신에게 희망과 함께 불행을 가져다 주었다.

분명히 그는 지금의 새 모습으로 경찰과 하명부를 따돌렸다.

그들은 아직도 돼지같은 모습의 라인 X를 찾고 있을 것이다.

그래서 홀쭉한 늙은이가 어슬렁거리며 나타났어도 그들의 안중에는 없었던 것이다. 그러나 그는 자신이 아직도 살이 빠졌다는 것을 실감하지 못하고 있었다. 아직도 돼지같은 모습의 자신을 생각하고 그들 앞에서 오금을 못 펴며 떨어야 했다니……. 그는 자신의 어리석음에 냉소를 터뜨렸다.

그에게는 이제 단 하룻밤의 시간 밖에는 없었다. 단 하루 동안에 그는 칸트의 지시대로 크리스트를 처치해야만 했다.

그리고 곧장 여의도로 달려가서 시성식 석상에서의 교황을 향해 방아쇠를 당겨야만 했다.

크리스트의 소재가 파악되었기 때문에 이제 그를 처치하는 것은 시간 문제일 뿐이다. 녀석은 리스토 스베들리라는 이름으로 S호텔의 1728호에 투숙하고 있다고 했다.

스웨덴의 TT통신 특파원의 신분은 물론 가짜일 것이다.

KGB의 S국 제8과가 보낸 공작원이라면 결코 만만하게 다룰 수는 없을 것이다. 그가 알고 있는 바로는 S국 역시 전세계 방방곡곡에 놈들의 공작원들을 깊숙이 숨겨놓고 있다. 그들은 소련 대사관원이나 무역상사 주재원으로 혹은 대학교수나 여행객으로 행세하면서 KGB가 보내는 지령에 따라 움직이고 있었다. S

국은 또한 전세계의 테러 조직과도 연결을 맺고 있으면서 막대한 자금력으로 그들 테러 조직을 포섭하고 폭발 직전에 놓여있는 그들의 감정을 교묘히 이용하여 S국이 원하는 목표물을 제거하도록 했다.

테러 조직뿐 아니라 심지어 미국의 마피아를 비롯한 각국의 갱조직과도 줄을 대어놓고 그들의 마약 거래를 도와주는 대가로 중요한 정보를 흡혈귀처럼 마구 긁어모으고 있는 것이다.

라인 X는 크리스트에 관해서 아무것도 모르고 있었다. 다만 엉덩이 오른쪽에 흉터가 있다는 것만 알 뿐 그의 전력이나 솜씨에 대해서는 전무했다. 그는 S국과 연결되는 여러 명의 살인 전문가들을 생각해 보았다. 그러나 그의 기억 속에는 아무것도 들어 있지 않았다. 작전의 특수성으로 미루어 볼 때 외국 특파원으로 행세하는 공작원이라면 교황의 근처에 얼씬거릴 수는 없다. 그렇다면 녀석은 원거리에서 교황을 저격할 수밖에 없을 것이다.

라인 X는 오른손으로 탁자를 힘껏 내리쳤다.

'그래, 바로 그거야!'

비로소 그의 기억 속에 하나의 사건이 떠오르기 시작했다. 파리의 OPEC 회의에 참석한 중동의 석유 부호를 사살해 버린 귀신 같은 솜씨의 저격수!

'바로 그 놈이야!'

그 사건 이후 전세계의 매스컴은 그 사건의 배후에 소련의 KGB가 연관되어 있다고 대서특필했었다.

S국이 그 녀석을 다시 기용했을 것이라는 것은 묻지 않아도 뻔한 일이다.

교황을 사살하려면 그 녀석을 빼고는 달리 적임자가 없다. 그 놈이 바로 크리스트일 것이다. 크리스트라는 놈과 이제부터 한 판의 승부를 벌여야 한다.

라인 X의 두 눈이 벌겋게 충혈되면서 보이지도 않는 크리스트를 향한 적개심에 온몸을 부르르 떨었다.

무서운 적을 눈앞에 두고 갈기를 바싹 일으켜 세우는 투견과 같이 라인 X는 운명과도 같은 크리스트와의 한판 승부에 투지를 불태우기 시작했다.

크리스트는 초특급 킬러이다. 그리고 놈은 명석한 두뇌의 소유자임이 틀림없다. 놈은 적어도 오랜 기간 이 작전을 위해서 충분히 준비를 해왔을 것이다. 경비가 삼엄하기로 이름 난 한국 공항을 통해서도 놈은 무사히 무기를 반입하였을 것이다. 지금쯤은 그 무기로 상대를 쓰러트리기 위해서 가장 안전한 지점을 확보하고 교황이 나타나기를 기다리고 있을 것이다.

그 순간은 바로 여의도 광장에서 열리게 될 시성식 때일 것이다. 시성식이 열리고 1백만 신도가 운집하여 교황의 집전을 바라보며 열광하고 있을 때 놈은 얼굴에 미소를 머금으며 최고급의 저격용 특수총으로 교황을 향해 방아쇠를 당길 것이다.

라인 X의 이마에 송글송글 땀방울이 맺히기 시작했다.

얼마 전에 사다놓은 오렌지주스 캔을 집어내어 딱 소리가 나게 뚜껑을 열었다. 노란 액체를 단숨에 들이키고 나서 그는 소파 위에 길게 몸을 눕혔다. 칸트의 얼굴과 함께 톨스토이의 다 부진 모습이 떠올랐다.

그들은 라인 X에게 혹독한 주문을 했다.

"교황을 죽여라!"

라인 X는 그 명령을 거부했다.

교황을 죽이라니. 그런 엉터리 같은 명령이 도대체 어떻게 내려질 수 있단 말인가. 서기장이 망령이 난 게 분명했다. 서방 세계 모두가 하늘처럼 받들고 있는, 참으로 어마어마한 존재인 교황을 어떻게 죽인단 말인가?

교황이 과연 그렇게 쉽게 테러리스트 앞에 나서준단 말인가.

언젠가 라인 X도 그 뉴스를 읽은 적이 있었다. 어떤 미치광이 청년이 교황을 향해서 권총을 쏘았다. 그 청년은 그 자리에서 신도들과 경호원들에게 붙잡혔고 곧장 철창 신세를 지게 되었다. 물론 교황은 죽지 않았다. 조금 부상만 당했을 뿐이었다.

라인 X는 아직까지 그런 엄청난 일을 해본 적이 없었고 그런 일은 있을 수도 없다고 생각했었다. 고작해야 경호가 시원치 않은 한국의 정치인을 처치하라는 명령 정도로만 생각하고 5년이란 세월을 기다려 왔었다.

그는 톨스토이 대령의 명령을 한마디에 거절했었다.

"그건 명령이 아니야. 미친 놈들 같으니……."

그는 다시 혼자 중얼거렸다.

톨스토이는 그에게 마지막 카드를 꺼내보였다. 라인 X가 그토록이나 보고 싶어하던 가족들의 사진이었다. 라인 X는 숨을 깊이 들이켰다가 훅 하고 길게 내뱉았다. 톨스토이가 들려준 가족들의 상황은 그에게는 치명적인 것이었다.

그 소식을 들은 이후로 그의 가슴 속에는 커다란 얼음덩어리가 박힌 것 같았다.

아들 알렉세예프의 사진을 보는 순간 그는 발작적으로 톨스토이를 죽이고 싶었다. 어떻게 그럴 수가 있단 말인가? 내 아들이, 사랑하는 그 어린 놈이 어떻게 반역자가 될 수 있단 말인가? 군 형무소에서 총살형을 기다리고 있다니, 그것이 10년만에 가져다 준 가족들의 소식이라니…….

라인 X가 톨스토이의 명령을 거부하거나 실패할 경우 놈들은 무자비하게 알렉세예프를 처형할 것이다.

라인 X는 그의 명령을 절대로 따를 수 없다고 생각했다. 그것은 '불가능' 그 자체인 것이다.

그러나 명령 불복종은 당을 배반하는 것이다. 그의 배반으로 그의 아들에게는 당장 사형이 집행될 것이다. 그리고 그의 처와 딸은 시베리아의 설원으로 강제추방을 당할 것이다.

라인 X는 톨스토이를 단칼에 처치하고 싶은 마음에 칼을 움켜쥔 손을 부르르 떨었다. 진퇴양난의 기로에 선 자신이 더없이 바보처럼 생각되었다. 깊은 고뇌로 자신의 머리를 감싸쥐고 있던 그는 비통함을 주체할 수 없게 되자 동물같은 신음을 내뱉으며 통곡하기 시작했다.

"으흐흐흑."

오랜 시간이 흘러간 뒤에야 그는 몸을 추스르고 다시 생각에 잠겼다.

그는 잠시 망명을 생각했다.

톨스토이를 죽이고 한국에 망명을 요청하면 살아날 수 있을까? 그러나 자신은 이미 희대의 살인자로 경찰의 추격을 받고 있지 않은가. 한국에서도 그는 목숨을 부지할 순 없을 것이다.

그렇다면 우선 아들을 살려놓아야 한다. 알렉세예프의 사형을 유보시키고 자신의 일은 다음에 생각하자. 한가닥 남아 있는 핏줄에 대한 진한 애정이 뭉클거리며 목에까지 차 올라왔다. 자신도 스스로 놀라우리만치 자식에 대한 연민의 정이 넘쳐났다. 10년 전 집을 나설 때 손을 흔들어주던 어린 소년의 푸른 눈이 기억에 선했다.

그는 오른손에 들었던 칼을 힘없이 내려놓았다. 주머니에서 손을 빼내어 얼굴에 번진 땀과 눈물을 닦아내었다.

"대령, 당신을 죽이고 싶지만 참겠소. 내 아들을 위해서 말이오."

그는 태도를 돌변하여 톨스토이에게 매달리는 격이 되었었다. 톨스토이는 계속해서 작전지시를 내렸다.

"작전은 명령에 따라 반드시 성공해야 한다. 만약 실패하면 너와 너의 가족은 국가 반역죄로 죽음을 면치 못할 것이다."

톨스토이는 목의 넥타이를 조금 느슨하게 풀었다.

"S국의 공작원을 찾아내어 처치하라. 그렇지 않으면 오히려 놈들이 너를 죽일 것이다. 그놈을 먼저 죽여라. 스페츠나츠는 경쟁에서 꼭 이겨야만 한다. 절대로 2등이란 있을 수 없다."

라인 X는 이를 악물고 굴욕을 참아내면서 가족의 생명을 담보받았다. 그렇지만 그것은 자신이 반역자가 되거나 작전에 실패할 경우에는 한낱 물거품에 불과할 것이다. 실패할 경우 그와 그의 가족은 5월 6일 이후부터 생명을 보장받지 못한다는 것은 자명한 일이다. 물론 그에게 있어 가족이라는 의미는 아주 적은 것이었다. 국가 스파이로서의 임무라는 것은 결코 사사로운 감정의 연결고리가 있어서는 안되는 것이다. 특히나 그에게는 매정한 전문 살인자의 역할이 주어져 있지 않는가.

그러나 그는 그간 가족이라는 그 마음의 작은 고향이 있으므로 해서 자신의 일에 냉정히 몰입할 수 있었다.

킬러라는 입장도 어떤 감정의 파고를 지니지 않고서는 그 일에 대한 흥미를 느끼지 못하는 것이다. 어쩌면 그런 마음이 있기에 지금껏 킬러의 세계에서 묵묵히 일해올 수 있지 않았을까. 가족의 중요성을 알기에 또한 그 가족을 파괴함으로써 느껴지는 야릇한 흥분, 이제 라인 X 자신과 그의 가족이 목표가 되어버린 죽음의 문턱은 그에게 정해져 있는 선택을 강요하고 있었다.

죽는다는 것처럼 무의미한 것은 없다. 죽음 뒤에는 아무것도 존재하지 않는다. 철저한 무신론자인 그에게 내세라는 것은 없었다. 그것은 유신론자들이 신도들을 속이기 위한 허울좋은 거짓일 뿐이다.

아침에 번데기에서 부화되어 하늘을 날다가 암컷과 교미를 하고 오후에 알을 뿌리고는 밤중에 죽어버리는 하루살이처럼, 무한한 우주 속에서 인간의 존재란 한낱 하루살이와 다를 게 무엇인가. 그 인생을 모두 다 살아서 일백 살이 되어 최후를 마친다해도 우주 속에서는 지극히 한순간에 불과할 뿐이다. 그럼에도 인간은 처절하리 만큼 죽기를 거부하는 것이 아닌가.

죽음, 그것으로 모든 것은 끝장이 나는 것이다. 다시 태어나는 것은 바로 그의 자식들인 것이다. 자식들이 대를 이어받아가며 자신의 존재를 서서히 잊어갈 뿐이다.

라인 X는 살고 싶었다. 살아남을 수만 있다면 어떠한 굴욕이나 고통도 감수할 수 있을 것 같았다.

사랑하는 처와 아들, 딸들과 또 그들이 낳은 손자들과 어울리며 편안하고 행복스러운 여생을 보내는 자신의 모습이 한 폭의 수채화처럼 눈에 비쳐졌다.

십여 명의 손자들이 어미젖을 빨기 위해 어미의 몸에 필사적으로 달라붙은 돼지새끼들처럼 자신의 몸으로 돌진해온다. 손자들은 할아버지 양쪽 무릎 위에 올라서서 할아버지의 목을 끌어안기도 하고 등뒤에서 끌어당기거나 엎드려서 다리사이에 머리를 집어넣기도 한다. 그는 너털웃음을 웃으며 녀석들을 안아주고 등을 두드리고 머리를 쓰다듬는다.

행복스러운 순간이 반 수면상태의 그의 얼굴 위에 빙그레 미소를 떠올리게 했다. 그는 벌떡 몸을 일으키며 눈을 떴다. 순간적인 수면상태 속에서 그는 행복을 맛보았다.

그러나 그는 다시 톨스토이와 교황을 생각해야 했다.

그는 크리스트를 먼저 처지해야 한다. 내일 아침 일찍 일어나서 S호텔로 들어가야 한다. S호텔은 워낙 규모가 크고 교황의 방문기간 동안 그 행사를 취재하는 프레스 센터가 설치되어 있기 때문에 몹시 혼잡스럽고 경찰의 경비도 허술할 것이다. 17층까지 올라가서 크리스트의 동태를 살피다가 놈이 방을 나서는 순간 그는 소음권총으로 일격을 가할 생각이었다. 전혀 방어 태세를 갖추지 못한 크리스트는 주먹 한번 써보지 못하고 무릎을 꿇을 것이다. 놈이 아무리 최고의 프로라 할지라도 그는 나를 아직 알지 못한다.

그것이 바로 승부의 열쇠인 것이다. 라인 X는 죽어가는 놈에게 자신의 이름을 가르쳐 줄 것이다.

"나는 스페츠나츠의 라인 X, 너를 죽이라는 명령을 받았다. 나에게 감사하게. 나는 자네를 고통으로부터 해방시켜 줄 테니까."

그리고 나서 두번째의 탄환이 그의 머리를 관통시킬 것이다.

그 자리를 빠져나온 그는 곧장 여의도로 달려가야 한다. 여의도 시성식을 끝으로 교황의 일정은 모두 끝난다. 교황은 다음날 아침에 한국을 떠날 것이다. 교황을 죽일 수 있는 곳은 여의도 밖엔 없다.

그러나 그는 지금까지 그렇게 많은 사람들 앞에서 죽음을 무릅쓴 모험을 해보지는 않았다. 프로는 자기의 목숨을 버리지 않는다는 것을 원칙으로 삼는다. 언제나 자신이 안전하게 몸을 숨길 수 있을 때만 일에 착수한다.

그런데 이건 얼마나 무모한 짓인가. 이 방법은 팔레스타인 출신의 테러리스트들이나 일본의 적군파들이 행하는 가미가제식 돌격작전이 아닌가. 그가 배우고 익혀온 고도의 살인 기술은 테러리스트의 그것이 아니었다. 주도면밀한 계획아래 그림자처럼 조용히 목표에 접근해서 맨손이나 소음권총, 혹은 나이프로 적을 단숨에 깨끗이 해치우는 것이다. 일이 끝나면 그는 바람처럼 사라져 버리고 아무런 흔적도 남기지 않는다. 물론 자신의 생명이 완전하게 보장될 때만 그 일에 착수한다.

스페츠나츠는 그에게 갖가지 살인기술을 가르쳐 주었다. 라인 X는 살인기술 뿐만 아니라 갖가지 묘기와 함께 사격술과 폭탄 사용법도 익혔다. 특히 사격에는 뛰어난 재능을 발휘했다. 그러나 그는 근접한 상대를 대상으로 하는 사격에만 자신이 있었다. 먼거리에서의 저격은 그의 성격에 맞지가 않았기 때문에 그는 그것을 생각해 보지도 않았었다. 또한 크리스트와 같은 인물이 사용하는 특수한 저격용 소총도 갖고 있지 않았다.

라인 X는 처음 며칠 동안 교황의 행차를 살피기 위하여 인파 속에 묻혀 밀려다니며 교황의 경호 상태를 눈여겨 보았다. 하얀 얼굴의 교황은 방탄 유리상자 속에 서서 인형처럼 손을 가늘게

혼들 뿐이었다. 포포스모빌, 영국의 랜드로바를 개조한 세계 최고의 방탄 포포스모빌.

라인 X는 그 차를 보는 순간 숨이 꽉 하고 막혀왔다.

한 치의 틈도 없는 방탄차라 제아무리 난다 하는 프로들도 돌아서지 않을 수가 없을 것이다.

그리고 그 어마어마한 경호원들은 인해전술로 교황을 에워싸고 다닌다. 검정 제복의 근접 경호원들, 검은 신부복 속에 자동소총을 깊숙이 감추고 있는 신부들, 백여 명의 경호원들이 교황을 몸으로 뒤덮다시피하며 보호하고 있었다. 그 외곽을 둘러싼 채 입을 굳게 다물고 기계처럼 움직이는 키가 작은 한국의 특수요원들. 그들 너머로 건물의 꼭대기와 유리창, 그리고 건물의 벽그늘에 기대서서 행렬을 조용히 지켜보고 있는 한국 육군의 특수부대 요원들. 거미줄처럼 얽혀진 경호망에 라인 X는 실망하지 않을 수 없었다. 도저히 빈구멍은 없었다.

"가미가제식 육탄 공격밖에는 방법이 없어."

그리고 자신도 그 자리에서 경호원들이 쏘아대는 기관총탄을 맞고 온몸이 벌집이 되어 비참한 최후를 맞게 될 것이다.

그 시체를 분노한 신도들이 달려들어 가차없이 짓밟아 댈 것이다.

"죽여라, 죽여라!"

분노한 군중들의 함성이 귓가에서 앵앵거리며 들려오는 듯했다. 계속해서 돌아가던 영화가 필름이 끊겨 멎어버리듯 그의 두뇌는 갑자기 암흑으로 뒤덮이며 사고의 끈이 끊어져버릴 것이다. 그렇게 되어야만 그의 아들 알렉세예프가 사형을 면제받고 영웅적인 부친의 업적으로 인해 행복을 보장받게 되는 것이다.

과연 그렇게 될 수 있을까?

'공산주의의 영원한 적 요한 바오로 2세를 단죄한 영웅 라인 X―그가 교황을 쓰러뜨렸다는 것이 공식적으로 소비에트 연방의 역사에 기록되어 후세에까지 전해질 수 있을까?'

아니다. 절대로 소련은 그렇게 하지 않을 것이라는 것을 라인 X는 잘 알고 있었다. 소련은 단호하게 이 사건과는 무관함을 주장할 것이다.

「소비에트 연방 서기장은 우리 인민들과 함께 교황이 서거하심을 매우 유감스럽게 생각하며 어서 빨리 그 범죄조직을 찾아내어 세계 인류의 이름으로 단죄할 것을 진심으로 바라는 바입니다.」라는 성명을 발표할 것이다.

그렇다면 그가 죽음을 각오하고 아들을 위해서 치른 대가는 어떻게 되는 것일까.

라인 X는 수없이 많은 질문을 스스로에게 퍼부어 대고 스스로 대답하면서 점차 고뇌의 심연으로 가라앉아 가는 자신을 깨닫지 못했다. 대답은 분명했다. 자신이 벌레처럼 비참하게 죽어간다고 해도 그의 사랑하는 아들과 처와 딸들은 결코 행복을 되찾을 수가 없다. 그것을 그는 소련에 살면서 수없이 목격했었다. KGB는 국가의 이익 아래 조직원들의 안녕 따위를 생각하는 그런 조직이 아니었다. 그들이 하는 짓이란 국가의 기밀을 유지하기 위해 그 증거를 말살시키는 것이다. 그렇다면 자신도 임무 수행 후 쥐도 새도 모르게 말살될지 모른다.

라인 X는 자리에서 벌떡 일어났다.

한동안 몸을 부르르 떨며 주먹으로 허공을 내질렀다. 격심한 피로가 양쪽 어깨를 짓누르는 듯이 그의 몸은 몹시 무거웠다.

잘려나간 내장이 잃어버린 조각을 그리워 하는지 꿈틀대면서 뱃속이 쓰리기 시작했다.

"살아야 해 ! 죽어서는 안된단 말이야 !"

어떤 중대한 결심이라도 하듯 크게 숨을 내쉰 라인 X는 어딘가로 전화를 걸었다. 교환수가 전화를 받자 그는 교환수에게 극비사항을 의논할 수 있는 고위 간부를 바꿔 달라고 했다.

전화를 바꾼 상대는 그의 말을 한참 동안 듣고 나서 그의 소재지와 전화번호를 물었다. 그는 그것을 알려줄 수 없다고 하고 이쪽에서 다시 전화를 걸겠다고 말했다. 상대방은 책임자를 찾아올 테니 15분 후에 다시 전화를 걸어달라고 했다.

15분 후에 라인 X는 다시 전화를 걸었다.

전화벨이 울리기가 무섭게 찰카하는 소리가 들리고 곧이어 매끄럽고 경쾌한 음성이 들려왔다.

"기다리고 있었습니다, 선생."

"세계의 평화를 위해서 나는 당신과 귀국의 명예를 믿고 한 가지 중대한 사실을 알려드리고자 합니다. 이 사실은 절대로 비밀에 부쳐줄 것을 약속해 주셔야 합니다. 그리고 나와 나의 가족의 생명을 귀국에서 보장해 주셔야 합니다. 우리 가족 모두의 망명을 약속해 주시겠습니까?"

"물론, 두 가지 모두 약속드릴 수 있습니다. 그러나 선생이 말씀하실 정보의 내용과 선생과 선생의 가족의 현재 상황에 따라서 사정은 달라질 수도 있습니다. 이 말은 선생의 제안을 거절하는 것이 절대로 아닙니다. 다만, 일의 성격상 우리가 즉시 할 수 있는 일과 그렇지 못한 상황에서의 불가항력적인 약속 불이행을 오해하지 말아달라는 말씀입니다. 우리는 선생이 알려주시는 정보에 상응하는 대가로, 선생의 제안에 대해서 우리의 힘과 노력이 닿을 수 있는 한 성실히 지킬 것을 약속합니다. 그러나 선생이 만약 한국 정부당국으로부터 수배를 받고 있으므로 해서, 우리의 보호 직전에 한국 정부에 체포될 경우에는 우리는 어느 정도의 기간이 걸린다는 것을 미리 말씀드립니다. 두 정부 간의 교섭과 합당한 절차가 필요한 때문이죠."

"그 정도는 이해할 수 있습니다. 마지막으로 한 가지 다짐받을 것이 있습니다. 만약 우리 가족이 소련에 살고 있다면 그 가족을 소련으로부터 이주시켜줄 것을 약속할 수 있습니까?"

"소련?"

상대방은 매우 놀란 듯 한참 동안 옆사람과 말을 주고받더니 다시 말을 계속했다.

"지금 선생의 가족이 소련에 있다고 말씀하셨습니까?"

"네, 분명히 그렇게 말씀드렸습니다."

"그건 저로서는 지금 당장 말씀드릴 수 없습니다."

"그렇다면 매우 실망입니다. 나는 당신들이라면 이런 중대한 사건을 놓고 나와 나의 가족 정도는 보장해 주실 줄 믿고 말씀드렸는데……."

"잠깐, 우리는 선생이 말씀해 주실 내용을 아직 알고 있지 못합니다. 그러나 그 내용에 따라 우리 정부의 고위층을 설득시킬 수만 있다면 그 일은 가능할 것이라고 약속드릴 수 있습니다."

"이 사건은 지금 시간을 다투는 일입니다. 당신과 귀국에게는 참으로 놀라운 어머어마한 정보가 될 것입니다. 내가 망명함으로서 귀국과 적대 관계에 있는 소련은 매우 큰 치명상을 입게 됩니다. 나는 이 정보와 교환조건으로 우리 가족의 안전한 망명에 대한 귀국의 약속을 절대로 필요로 합니다. 아주 시급합니다."

　상대방은 어떤 정보인지 알아내어 그 가치를 판단해 보려고 계속 말꼬리를 흐리며 시간을 끌고 있었다.

　"먼저 선생께서 말씀하실 골자를 조금만이라도 말씀해 주시지 않겠습니까?"

　라인 X는 화가 머리끝까지 치밀어올랐다. 그러나 가까스로 화를 참으며 가는 데까지 가보자고 생각을 달리했다.

　"교황의 생명이 걸린 문제입니다."

　그 말을 내뱉듯이 한 라인 X는 상대방의 반응을 기다리며 수화기로부터 들려오는 소리에 귀를 기울였다.

　상대편에서 갑자기 소란스러워지는 소리와 함께 다른 목소리가 울려나왔다.

　"나는 한국 주재 CIA지부장 미스터 헨리입니다. 선생의 망명을 환영하며 선생의 요구대로 선생과 선생 가족의 생명을 보장해 드릴 것을 약속합니다."

　라인 X는 묵직하고도 느릿한 어조로 말을 했다. 그 어느 때보다도 침착해 있다는 것을 스스로도 느끼고 있었다.

　"내 처와 아들과 딸들이 소련에 있습니다. 내 처자를 미국으로 모두 망명시킬 수 있습니까?"

　"그것은 조금 전 제 부하가 말씀드린 것과 같이 미국 정부가 소련 정부와 큰 거래를 해야 합니다. 그러나 가족의 생명을 구할 수 있도록 미국 정부가 압력을 가하여 어떠한 처벌도 하지 못하도록 손을 쓴 후에 어떤 교환조건을 내세워 소련 당국을 설득한다면 가능할 겁니다. 그러나 시간이 많이 걸립니다."

"생명만 보장해 준다면 시간이 걸리는 것은 이해할 수 있습니다. 확실하게 생명을 구해준다고 약속해 주시면 됩니다."

"약속합니다, 선생. 지금 교황에게 어떤 일이 일어나고 있는지 자세히 말씀해 주십시오."

라인 X는 자신의 암호명과 본명 그리고 KGB가 한국에서 벌이고 있는 음모의 자세한 내용을 이야기했다.

"KGB는 안드로포프 서기장의 명령으로 지난 해 12월 교황의 한국방문계획이 발표된 직후 교황을 암살하려는 K-3작전을 시작했습니다. 그 계획은 KGB의 S국과 제3국에서 담당하고 있습니다. S국에서는 두 명의 국제 살인청부업자를 고용해서 교황을 저격하려 하고 있습니다. 제 추측으로는 내일 오전 여의도 광장에서 갖게 되는 교황의 시성식에서입니다. 그 테러리트스의 이름은 크리스트라는 암호명으로 이미 그의 솜씨는 테러리스트들 사이에는 신과 같은 존재로 알려져 있는 사격의 명수입니다. 그들은 스웨덴 TT통신기자로 위장하여 스베들리와 칼젠버그라는 이름을 사용하여 S호텔에 묶고 있습니다. 그리고 제3국은 스페츠나츠를 동원해서 교황을 암살할 계획을 세웠습니다. 그러니까 교황은 양쪽 방향에서 협공을 받게 되는 것이지요. 그 스페츠나츠의 요원은 라인 X, 바로 저 한 사람입니다. 저는 오랫동안 한국에 잠입해서 뿌리를 내려왔고 한국 시민으로 살아왔습니다. 그런데 지난 1월 제3국의 톨스토이 대령이 한국에 와서 나와 접선했습니다. 나는 그에게 KGB에서 꾸민 일이 절대 불가능하다고 말해주었지만 그는 무슨 방법으로든 교황을 암살하라는 명령을 내렸습니다."

"톨스토이? 제3국 간부인가요? 그것이 본명입니까?"

"본명은 나도 모릅니다. 톨스토이 대령은 스페츠나츠의 책임자입니다."

"그렇다면 토카첸토 장군 휘하의 카라바에프 대령이군요. 그는 키가 작고 몸이 땅딸막하죠. 맞습니까?"

"자세히 알고 있군요. 맞습니다."

상대방 쪽에서 약간 웅성거리는 소리가 들렸다. 아마 그의 전화내용에 대해 아주 신속하게 검토하고 있나 보았다. 잠시의 시간이 흐른 후 다시 조용한 음성의 목소리가 전화기를 통해 울려왔다.

"당신이 망명하려는 이유는 조금 전의 두 가지 뿐입니까?"

"제가 비록 교황을 암살할 수 있다고 하더라도 한국에서 탈출하기란 거의 불가능합니다. 또한 만약에 실패하거나 잘못 되어 버리는 경우엔 나와 내가족이 생명을 잃게 됩니다. 내 비록 많은 청부살인과 사람답지 못한 일을 많이 했다고는 하나 세계를 놓고 흥정할 수 없다는 것은 잘 압니다. 그것도 가족을 담보로 협박하는 그들을 위해 난 더이상 그 어떤 것도 하고 싶지 않습니다. 이것이 내가 할 수 있는 대답입니다."

"그렇다면 진퇴양난에 처했다 이 말씀이군요. 다른 이유도 있을 법한데요."

"내 아들, 바실리 엘렉세예프가 현재 소련군 형무소에 수감되어 있습니다. 반역죄로 말입니다. 아프카니스탄 전쟁에서 사고를 저질렀답니다. 그 녀석은 나의 하나밖에 없는…… 흐흐……."

라인 X는 터져나오는 오열을 참지 못하고 드디어 흐느끼기 시작했다. 잔인하기로 이름난 냉혈인간에게도 눈물이 남아 있었다.
 그의 의지가 한번 꺾이기 시작하자 그는 마음이 약해져버린 자신을 주체하지 못했다.
 "애들이 보고 싶어요. 5년 동안 생사를 모르고 살아왔습니다. 그런데 톨스토이 그놈이 협박을 했습니다. 내가 교황을 죽이지 못하면 나와 나의 가족 모두는 국가 반역죄로 처벌을 받게 된다고 말입니다. 나는 그동안 많은 죄를 저질렀습니다. 그렇기에 내 자신에 대한 목숨에는 조금의 욕심도 없습니다. 그러나 내 처와 애들은 아무 죄도 없습니다. 내가 죽더라도 이 땅 어딘가에서 그들이 자유를 찾아서 행복하게 살게 하고픈 게 저의 마지막 아비로서의 소원입니다."
 "알겠습니다. 심정은 충분히 이해가 됩니다. 그러나 당신의 말씀만으로는 그 정보를 우리 미국 정부의 고위층에게 전달할 수가 없군요. 그러니까 확고부동한 증거를 가지고 저희를 시급히 만나주셔야만 합니다. 선생께서 말씀해 주신 정보는 매우 엄청난 일입니다. 그만큼 우리 정부도 깜짝 놀라게 될 겁니다. 미국의 레이건 대통령을 움직여서 급히 소련의 안드로포프 서기장에게 교황의 구명운동을 개시하도록 해야 할 것입니다. 그럴려면 선생께서는 저희들에게 확실한 증거를 보여주셔야 합니다."
 "증거는 아무것도 없습니다. 다만 내가 그 증인이 되는 것입니다."
 "증인은 얼마든지 조작이 가능하기 때문에 소련 정부는 선생이 소련인이 아니라 미국이 조작한 것이라고 오히려 미국 정부를 비난할 여지만 만들어 줄 수 있습니다."
 "소련은 공작원에게 문서 따위나 아무런 증명조차도 남기지 못하게 합니다. 나에겐 위조여권 몇 개밖에 없습니다."

"한번 더 생각해 보십시오. 암호문이라든가. 다른 조직원을 체포할 수 있게 하여 당신이 소련의 공작원임을 확인할 수 있는 방법 말입니다."

"젠장. 헨리씨, 당신은 내가 시체가 된 후에나 나를 믿겠군요."

"아니오. 당신은 절대로 살아 있어야 합니다. 당신의 신변보호는 이제부터 우리가 책임지고 보장해 드립니다. 당신은 꼭 살아서 미국으로 망명해야 합니다. 그리고 가족들과 다시 행복한 생활을 할 권리가 있습니다."

"고맙습니다. 그렇게 해준신다면 그 은혜는 죽어도 잊지 않고 미국 정부를 위해 내 평생을 바치겠습니다."

"저희로서도 매우 반가운 말씀입니다. 이젠 시간이 얼마 없습니다. 모든 기독교인과 미국 시민들이 영웅적인 선생의 행동에 크게 찬사를 보내고 감사할 것입니다. 그러나 우리는 아직도 짧은 시간에 그 테러리스트를 체포해야 합니다."

"저에게 방법이 있습니다, 헨리씨. KGB의 S국과 제3국은 서로 공을 차지하려고 싸우고 있습니다. 사실 제3국은 나에게 크리스트와 칼젠버그를 빨리 해치우라고 명령했습니다. 그들이 행동을 시작하기 전에 그들을 처치하고 그 후에 교황을 죽이라고 했습니다. 그래서 나는 그들의 신분을 파악하고 있었습니다. 나는 그 두 놈을 처치할 수 있습니다. 그러면 교황은 안전할 것입니다. 물적 증거가 없는 대신에 그들을 선물로 드리겠소. 그것이면 확실한 증거가 되겠소?"

"그게 가능한 일입니까?"

"내일 오전까지는 이미 그들을 처치하려고 계획을 세워놓았습니다."

"당신은 정말 용의주도하군요. 그렇게만 해주신다면 더 바랄 것이 없습니다. 사실은 우리 쪽에서도 그들의 정보를 입수해 놓고 있었으나 아직까지 찾아내지 못하고 있었습니다. 이젠 모든 것이 확실해졌습니다. 선생께서 그들의 공작을 분쇄하여 주신다면 우리는 선생께 최고의 예우를 해줄 것을 약속드리겠습니다. 언제쯤 만날 수 있을까요?"

라인 X는 한참 동안 침묵했다.

자신이 크리스트와 칼젠버그를 처치하는 것은 별로 힘들 것이 없다. 그러나 그 시간까지 그는 자신을 쫓는 한국 경찰과 하명부 기자의 추적을 피해야 한다.

크리스트 일당을 처치하는 것은 오전중에 끝내야 한다. 그리고 CIA와는…….

"내일 정오에 전화를 다시 드리겠습니다."

"감사합니다. 꼭 성공하시기를 빕니다. 그러면 내일 정오에 전화를 기다리고 있겠습니다. 선생의 결단에 정말로 깊은 감동을 받았습니다. 저와 저의 미국 정부는 당신의 협력에 대해서 잊지 않고 보답할 것을 다시 한번 약속드리는 바입니다."

전화를 끝낸 CIA 지부장은 도청방지회선을 이용하여 암호로 된 전문을 CIA 국장에게 긴급 보고했다.

때아닌 날벼락을 맞은 듯 CIA는 긴장감이 최고조에 달했다.

수퍼 파워의 대결

1984년 5월 5일 오후 7시, 모스크바(한국시간 6일 새벽 02시).

크리스트, 즉 스베들리와 칼젠버그 그리고 라인 X가 잠들어 있는 그 시간에 지구의 반대편에서는 세계를 공포의 도가니로 몰아넣을지도 모르는 숨막히는 긴장이 팽팽하게 감돌고 있었다.

모스크바 크레믈린궁 깊숙한 곳에 있는 소련 공산당 서기장 안드로포프의 집무실에서 갑자기 붉은색 전화기 한 대가 요란하게 울렸다. 그 전화기는 바로 미 합중국 대통령의 거실 책상으로 연결되어 있는 직통 핫라인이었다.

여비서가 즉시 전화기를 들고 응답했다.

"소비에트연방 공산당 제1서기 집무실입니다…… 지금 곧 전화를 바꿔드리겠습니다. 잠시만 기다려 주십시오."

그녀는 즉시 안드로포프 서기장의 거실로 달려가 서기장의 앞에서 부동자세를 취하고 말했다.

"아메리카 합중국의 레이건 대통령께서 직통 전화를 해오셨습니다. 지금 기다리고 계십니다."

"이 방으로 바꿔요."
"이미 바꿔 놓았습니다. 여기 있습니다."
안드로포프의 벗겨진 이마에는 파란 정맥이 훤히 드러나 보였다. 몇 개월째 주치의의 치료를 받아왔지만 그의 안색은 그가 심한 중병에 걸려 있음을 금방 알아볼 수 있을 만큼 창백했다.
그는 느릿느릿 테이블 반대쪽으로 돌아가 회전의자에 털썩 앉으며 어린이처럼 작고 부드러운 손으로 수화기를 집어들었다.
"전화 받았습니다, 대통령 각하."
"그간 안녕하셨습니까, 서기장 각하. 나, 로널드 레이건이오."
"안녕하셨습니까, 대통령 각하. 반갑습니다. 저는 각하의 각별하신 염려 덕택으로 아주 건강하게 잘 지내고 있습니다."
"제가 보고 받기로는 서기장 각하께서는 건강 때문에 매우 고생하고 계신다고 들었는데 좋아지셨다니 정말 다행입니다. 그런데 서기장 각하, 나는 조금 전에 우리 스탭들로부터 너무나 놀랍고도 전혀 이해할 수 없는 괴이한 보고를 받았습니다. 나는 이 보고가 전혀 있지도 않고 또 있을 수도 없는 사실 무근의 허황된 소문이기를 진심으로 바라고 있습니다. 그러나 본인과 미합중국은 아무리 그것이 허황된 정보일지라도 사태의 심각성으로 인해 그 놀라운 사태가 도래하는 것을 절대로 방관하고만 있을 수가 없었습니다. 미 합중국 정부는 이미 한 시간 전에 만일의 경우 그 정보가 매우 신빙성이 있을지도 모르는 사태에 대비하여 레드 폭스 비상사태를 발령했음을 서기장 각하께 알려드리는 바입니다. 지금 미 합중국 북대서양 전략 사령부 소속 B52 폭격기 편대는 북극 상공에서 나의 두번째 명령을 기다리고 있습니다. 그리고 알래스카 기지의 대륙간 탄도탄과 북해에 배치된 순양핵 잠수함도 나의 명령을 기다리고 있습니다. 서기장께서 아시는 바와 같이 나와 미 합중국 정부는 세계의 평화를 위태롭게 할 그런 최악의 사태를 원하지 않고 있습니다. 그러나 만일 한국의 서울에서 세계 평화를 위하여 몸소 그 사랑의 전파를 행하고 계시는 교황 바오로 2세의 신변에 불행한 사태가 일어난다면, 세계의 평화는 그 순간에 사라질 것입니다. 나와 미 합중국 정부는 그러한 불행한 사태는 일어나지 않을 것이라는 것을 믿고 싶습니다."

"그런…… 불행한 일이…… 대통령 각하……."

안드로포프 서기장은 수화기 잡은 손을 와들와들 떨면서 말을 제대로 잇지 못했다.

지금 그가 있는 크레믈린 궁을 향해서 미 합중국이 보유한 5천 기의 대륙간 탄도 미사일이 발사 준비태세에 돌입하고 있다니……?

그는 테이블에 놓여 있는 물컵의 냉수를 돌이키고 나서 오른손을 왼쪽 가슴에 가져갔다. 가슴속의 고동이 세차게 몰아치고 있었다. 그의 심장이 또다시 발작을 일으키려 하고 있었다. 이 위기를 무슨 수를 쓰든 넘겨야 한다.

늙고 노회한 여우는 호랑이를 속이기 위한 방법을 골똘히 생각했다. 잠시 후 그는 태도를 일변하여 너털웃음을 웃었다.

"하하, 대통령 각하. 무슨 정보를 잘못 전달받았는지는 모르겠지만 그것은 나와 우리 소비에트 연방과는 전혀 무관한 것임을 분명히 밝혀드리는 바입니다. 한국에서 교황나리가 불행해지다니요? 교황이 너무 신경과민이 되셔서 그런 착각을 하고 계신 거겠죠."

"서기장 각하, 나도 이 정보가 그런 오해이기를 진심으로 바라고 있습니다. 그러나 만약 이것이 오해나 신경과민이 아닐 경우 우리는 세계 역사상 세번째이자 마지막이 될지도 모르는 불행한 일을 자초하게 된다는 것을 서기장 각하께 분명히 말씀드리는 바입니다. 그럼 이만……."

"아, 잠깐. 대통령 각하, 나도 소비에트 연방 제1서기장으로서 세계의 영원한 평화를 위해 내 모든 힘을 바쳐 노력해 왔소이다. 그러한 불행한 사태를 미연에 방지하는 것은 대통령 각하와 나의 공동 책임이라고 생각합니다. 나는 즉각 이 전쟁상태를 중지하고 세계 평화를 유지하려는 노력에 적극 협조하겠소이다. 한국에서 그런 불행한 사태가 예상된다면 혹시 그것이 낭설이라 할지라도 나는 대통령 각하와 공동으로 그것을 방지하여야 한다는 데 전적으로 찬성하는 바입니다. 나는 즉시 각하의 제안에 따라 내 힘이 닿는 데까지 노력할 것을 약속하는 바입니다. 아마 그것은 아랍 게릴라들이나 카다피를 추종하는 세력들이 꾸미는 장난에 불과할 겁니다."

전화를 내려놓고 안드로포프는 비틀거리며 소파에 쓰러지듯 무너져 버렸다. 여비서가 비명을 지르며 주치의를 불렀다.

주치의가 달려와서 안드로포프의 팔목에 강심제 주사를 놓아 주었다.

"케브리코프 의장과 합참의장을 불러주게."

비서들이 총알같이 전화통에 달라붙어 KGB의장과 합참의장을 호출했다.

저녁식사를 하다 말고 서기장의 긴급 호출을 받고 달려온 두 사람은 서기장의 동태가 심상치 않음을 알고 매우 불안한 듯 대기실에서 서성거렸다.

"미 합중국 대통령께서 핫라인으로 매우 불쾌한 말씀을 하신 것 같습니다. 조금 전 빅토르 박사께서 치료를 마치셨습니다. 잠시만 기다려 주십시오."

비서의 설명을 듣고 난 두 사람은 서기장이 미국 대통령으로부터 매우 중대한 통보를 받았다는 것을 짐작했으나 그것이 무엇이었는지는 짐작할 수가 없었다.

비서가 황급히 걸어나와 두 사람을 서기장의 집무실로 안내했다.

서기장은 집무실 소파에 등을 기대고 앉아 있었다.

"거기 앉아요. 의장 동무 그리고 합참의장 동무도."

KGB의장은 뜻하지 않은 서기장의 요청에 의해 합참 의장을 흘낏 바라보며 그의 앞에서 말하기가 거북스럽다는 표정을 지었다.

"괜찮아요. 그것은 이 시간으로 끝날 거요. 지금 어떻게 진행되고 있는지를 말해 주시오."

"서기장 동무, 교황은 지금 한국 방문의 마지막 밤을 보내고 있습니다. 우리는 서기장 동무의 뜻……."

서기장이 오른손을 내저으며 의장의 말을 중단시켰다.

"시간이 없어요, 의장 동무. 이 일을 즉시 중단시켜야 해요. 지금 동무는 그들에게 곧바로 철수할 것을 명령하시오. 지금 즉시."

"서기장 동무. 지금 그들과는 직접 연락이 닿지 않고 있습니다."

"무슨 말이오, 동무! 그 사람들이 동무의 관할권 밖에 있다

그 말이오?"

"아닙니다. 이 일의 중대성으로 인해서 우리는 두 개의 조직을 이 작전에 투입했습니다. 서기장 동무께서도 아시다시피 그자는 S국 제8과의 야코프대령이 맡고 있고 또 하나는 스페츠나츠의 카라바예프 대령이 책임지고 있습니다. K-3작전의 확실한 성공을 보장하기 위해서였습니다. 그 두 팀은 서로 독립적으로 일을 추진하도록 되어 있습니다. 교황을 양쪽에서 협공하는 것입니다. 그들은 지금 무사히 한국에 침투하여 각기 아무런 장애물이나 방해를 받지 않고 오직 임무를 수행중에 있습니다. 그들은 작전을 준비하는 동안에만 두 대령의 지시를 받았습니다. 지금은 적에게 탐지되는 것을 방지하기 위하여 일체의 통신망을 차단시켰습니다. 그들은 앞으로 몇 시간 후에 벌어지는 여의도 대 군중집회에서 그들이 맡은 임무를 차질없이 수행하는데 노력을 경주하고 있을 뿐입니다."

"그렇다면, 그들과는 아무런 연락도 취할 수 없다 이 말이오?"

"바로, 말씀하신 대로입니다, 서기장 동무."

KGB 의장은 서기장의 반응을 살피며 복선을 깔아 그의 명령이 부당한 것임을 은연중에 나타냈다.

화살은 이미 활의 시위를 떠나 과녁을 향하여 날아가고 있는 중이 아닌가? 그것을 이제 와서 되돌리라니. 그는 서기장의 말에 그저 아연할 뿐이었다.

"합참의장 동무, 지금 들으신 바 대로 우리 소비에트 연방 국가보안위원회는 우리의 숙적인 교황을 없애기로 했소이다. 그런데 그 정보가 누설되어 미국 대통령이 조금 전에 나에게 전화를 걸어왔소. 만약 교황의 신변에 불행한 사태가 발생할 경우 미국 정부는 즉각적인 공격을 하겠다고 위협을 가해왔소. 그의 B52 와 탄도탄이 이곳 모스크바를 향해서 핵폭탄을 발사할 준비가 되어 있다고 알려왔단 말이오. 합참의장 동무는 즉시 육·해·공군 참모총장을 소집하여 내가 우려하는 사태를 방지할 최선의 대응책을 강구하시오."

두 사람은 서기장의 말이 끝나자 얼굴 빛이 새파래졌다.

합참의장은 벌떡 일어나 부동의 자세로 서기장에게 말했다.

"알겠습니다, 서기장 동무. 곧 비상사태를 발령하고 방공망을 가동하여 미국의 움직임을 감시하겠습니다. 만약 놈들이 핵폭탄을 사용할 경우 우리는 즉시 요격 미사일을 발사함으로써 놈들의 핵탄도탄을 도중에서 차단시킬 수 있습니다. 그리고 우리 소비에트 연방이 자랑하는 최신예 탄도탄으로 놈들을 무차별 폭격하겠습니다."

합참의장은 급히 문을 열고 나갔다.

서기장은 케브리코프 KGB의장을 노려보며 숨을 헐떡거리고 있었다.

"의장 동무, 동무는 커다란 실책을 범하고 있소. 동무의 충성스런 부하들 속에 스파이를 키우고 있었다는 증거가 아니고 뭐요? K-3작전은 최고의 기밀로 진행되고 있었소. 동무와 나 이외에는 아무도 이 일을 아는 사람이 없었소. 그런데 그것이 미국에 알려지다니…… KGB는 이제 쓸모없는 것이 되었소! 지금 당장 작전을 중지시키고 그들을 소환하시오. 나는 위대한 소비에트 연방의 심장부에 불벼락이 떨어지는 것을 바라지 않으니까."

KGB의장의 주름투성이의 얼굴에서 땀방울이 흘러내리며 그의 두 무릎이 사시나무 떨 듯이 덜덜 떨리고 있었다.

"서기장 동무, 절대로, 절대로 기밀이 누설될 리는 없습니다. 맹세코 저는 동무의 명령을 받들어 빈틈없이 작전을 진행시키고 있습니다. 이 작전의 비밀이 새어나갈 리는 절대로 없습니다. 어쩌면 미국 놈들이 항시 그렇듯이 교황을 염려한 나머지 한번 해보는 제스처가 아닐는지요."

서기장은 소파에서 벌떡 일어서서 의장을 안경 너머로 한동안 쏘아보았다.

"KGB 의장 동무가 그렇게밖에는 생각을 하지 못하오? 놈들은 핵폭탄을 적재한 B52 폭격기를 이미 북극 상공에 배치 완료했단 말이오."

"서기장 동무, 그것은 놈들이 평소에도 자주 해왔던 일입니다. 그것이 공격행위라고는 생각되지 않습니다."

"어쨌든 K-3작전은 즉시 중단시키시오. 그 사람들을 빨리 소환시키든지 그렇지 못하면 제거하시오."

"알겠습니다, 서기장 동무. 즉시 비상 연락을 취해서 작전을 중단시키겠습니다."

서기장에게 예를 표하고 집무실을 나온 케브리코프 KGB의장은 허둥지둥 현관으로 뛰어나가 의장 전용의 커다란 방탄 리무진에 올랐다.

그의 차이카가 크레믈린궁 정문을 통과하자 그는 비로소 허리를 펴고 운전사인 부관에게 말했다.

"제르진스키로! 빨리! 그리고 최고회의 소집을 명하시오!"

"알겠습니다."

부관은 곧 무전기를 들었다.

합참의장은 서기장 부속실 옆에 잇대어 있는 소비에트 연방 군사위원회 작전실로 뛰어들어갔다.

당직 소령이 기겁을 하며 자리에서 벌떡 일어서서 이상 없음을 보고했다.

"소령, 전 소비에트 연방에 특급 비상사태를 발령하시오. 그리고 연방군 최고회의를 즉각 소집하시오."

그 작전실은 군 통수권을 갖고 있는 안드로포프 제1서기가 비상사태에 처할 때 즉각적으로 소연방 전 영토에 주둔하고 있는 육·해·공 3군을 동원할 수 있는 사령탑이었다.

그곳은 또한 소연방 각 지역에 산재한 6천 기 이상이나 되는 대륙간 탄도 미사일을 통제하는 지령실이기도 하다.

소령이 한쪽 벽 모서리에 설치된 조종간을 손으로 당기자 한쪽 벽면이 좌우로 열리면서 커다란 스크린이 나타났다.

그것은 높이 5미터, 넓이 8미터 정도의 세계지도로서 뒤쪽의 조명을 받아 마치 천연색 사진처럼 세계 각국의 국경선과 산, 강, 도시들이 뚜렷이 나타난 전광판이었다.

소령이 스크린 아래쪽에 길게 펼쳐진 통제판 앞으로 다가가 단추 하나를 누르자 소연방 레이다가 포착한 미국과 나토 그리고 일본, 중국의 지도 위에 수백 개의 붉은 불빛이 켜졌다.

그 불빛 중 북극쪽에 위치한 수많은 불빛이 아주 느리게 좌우로 계속해서 움직이고 있었다.

"명령을 하달했습니다. 지금 보시는 것이 적의 핵무기 배치 현황입니다, 의장 동무."

"소령, 저 위쪽에서 움직이는 불빛은 무엇인가?"

"그것은 미국의 장거리 B52 전술핵 폭격기 편대로 사료됩니다."

"그것이 모두 몇 개나 되는가, 소령 ?"

"미국이 보유하고 있는 북대서양 전략 공군 사령부 소속의 B52는 모두 50기입니다."

"우리 소비에트 연방군의 핵무기 배치도를 보여주게, 소령."

소령이 우측 단추를 누르자 전광판에는 푸른색 불빛이 켜졌다.

그것은 동쪽 사할린으로부터 시베리아 북쪽 그리고 중국과 인도의 국경 근처 그리고 모스크바 주변과 발틱 연안, 동유럽 근처에 빽빽하게 배치되어 있었다.

또한 그것은 사힐린 근처 바다의 극동해와 발틱해, 흑해, 인도양 등 소련의 군함이 정박해 있거나 항해중인 곳에서도 푸른 빛을 발하고 있었다.

"보시는 것이 이 시간 현재 배치중인 소연방의 전술핵입니다. 의장동무."

"모든 전술핵 기지에 암호 전문을 하달하라. 모든 대륙간 탄도 미사일과 장거리 폭격기에 핵탄두를 장착하고 준비 완료되면 보고하라."

몇 분 후 푸른 불빛들이 여기 저기서 점멸하더니 이윽고 전광판 모든 곳에서 점멸등이 명멸했다.

"다음 명령을 대기하도록 하라."

점멸등이 모두 푸른 빛으로 바뀌었다.

"대기중입니다, 의장 동무."

"소령, 요격 미사일 발사 준비!"

"준비 완료되었습니다, 의장 동무."

"전국의 모든 전투 요격기는 요격 태세로!"

"준비 완료되었습니다. 의장 동무."

"좋아, 소령, 대기하라."

소령에게 명령하고 나서 합참의장은 급히 서기장 집무실로 들어갔다.

"서기장 동무, 비상사태를 선포하고 적의 공격에 완벽하게 대비 중입니다."

"수고했소."

"우리 위대한 적군(赤軍 : 소련의 정규군. 공산군. 붉은 군대)은 미 제국주의자들의 미사일이 한 대도 날아들지 못하도록 소연방의 최신예 무기로 놈들을 공격할 것입니다. 이제는 안심하십시오. 서기장 동무."

"전쟁 상태에 들어갔다는 사실을 모든 사람들에게 알려야 할 필요가 있소. 나는 연방 최고회의를 긴급히 소집했소. 합참의장 동무는 위대한 적군의 총사령관으로서 미국의 공격 계획을 미리 탐지해서 최고회의에 보고하도록 하시오."

"서기장 동무, 미국은 북대서양 전략 공군의 B52 전술핵 폭격기 50기를 북극 상공에서 선회시키고 있습니다. 우리의 막강한 적군은 고공 초계기를 배치하여 그 폭격기의 동태를 감시하고 있습니다. 그들이 소련의 영공으로 접근하는 대로 적군의 요격기가 놈들을 요격할 것입니다. 또한 샘미사일이 놈들을 향해서 날아갑니다. 문제는 대륙간 탄도 미사일입니다. 미국이 그것을 발사한다면 우리 적군의 장거리 핵탄두 미사일도 워싱턴으로 날아갑니다. 수적으로 승산은 우리의 것입니다. 또한 시베리아와 북극 기지의 요격 방공망은 미국의 탄도 미사일이 우리 소비에트 연방에 발을 붙이지 못하도록 중간에서 요격합니다. 적군의 요격 미사일은 한치의 오차도 허용하지 않도록 실전을 방불케 하는 훈련을 쌓아왔습니다. 서기장 동무."

"문제는 교황의 목숨에 달려 있소. 나는 이번에야말로 교황을 이 지구 상에서 영원히 추방해 버릴려고 했소. 그런데 저 멍텅구리 케브리코프가 실수를 저질렀소. 그 자는 이제 쓸모가 없어. 너무 늙어빠져서 노망이 든 모양이오."

"설마 그럴 리야 있겠습니까. 그러나 책임은 져야할 것입니다. 서기장 동무."

"책임뿐이 아니오. 그 자는 우리 소비에트연방을 위기에 몰아넣었소. 레이건 대통령의 말은 경고가 아니었소. 그는 바로 나에게 선전포고를 해왔소. 그런 하찮은 실수 때문에 선수를 빼앗기다니, 이것은 우리 위대한 적군의 씻을 수 없는 모욕이오, 합참의장 동무."

"옳으신 말씀입니다. 서기장 동무. 그러나 우리 적군은 오랫동안 미국이 먼저 세계대전을 일으킬 날을 기다려 왔습니다. 미국은 이제 전세계의 지탄을 받게 될 것입니다. 그리고 우리 용감한 적군의 즉각적인 반격으로 아메리카 대륙은 지구상에서 그 흔적도 찾지 못하게 될 것입니다."

"훌륭한 말이오. 합참의장 동무. 저 늙은이가 그 두 사람을 소환하지 못하여 그들의 총에 교황이 사망하게 되면 나는 미국 대통령에게 그 즉시 선전포고를 하겠소. 앉아서 당하는 것보다 먼저 공격하는 것이 바로 핵전쟁에서 이길 수 있는 지름길이니까요. 안 그렇소, 동무?"

"그렇습니다. 서기장 동무. 저는 명령에 따라 즉시 6천 기의 탄도 미사일을 워싱턴으로 쏟아붓겠습니다."

"합참의장만 믿겠소. 철저한 보안을 유지하고 발사 태세를 갖추고 기다리시오."
"명심하겠습니다, 서기장 동무."

제르진스키 광장을 들어선 차이카는 신축한 국가보안위원회 빌딩 앞에 급히 멈추었다.
부관이 뛰어나와 늙은이가 차에서 내리도록 문을 열어주었다.
빨갛게 상기된 얼굴에 깊은 주름이 눈 사이의 이마에 모아져서 KGB의장의 인상을 더욱 험악하게 만들었다.
"모두 대기시켰는가?"
"예, 의장 동무. 모두 모였습니다."
그는 경비병의 경례도 무시하고 소령을 따라 집무실로 들어갔다.
집무실 곁의 회의실에 뛰어들어 갔던 소령이 의장에게 회의 준비가 되었다고 알려왔다.
케브리코프 의장은 회의실 문을 들어서서 회의에 참석한 간부들의 얼굴을 날카로운 눈으로 훑어보았다. 그는 의장의 자리에 선 채로 입을 열었다.
"S국과 제3국은 참석했는가?"
"네, 모두 참석했습니다."
길다란 장방형 테이블의 한쪽 끝 중앙에 서서 케브리코프는 전세계를 주무르며 갖가지 모략과 공작을 수행해온 최고 간부들의 모습을 물끄러미 쳐다보았다.
간부들은 의장이 자리에 착석하지 않고 계속 우뚝 서 있기 때문에 자신들도 자리에 앉지 못하고 함께 서 있었다. 의장은 한

동안 간부들을 훑어보다가 자리에 앉으면서 천천히 입을 열었다. 부하들도 자리에 앉았다.

"동무들, 우리 소비에트 연방이 자랑하는 국가보안위원회는 지금까지 많은 피를 흘리며 소비에트 연방의 승리를 위하여 투쟁해 왔소. 그러한 우리 KGB의 부단한 노력에도 불구하고 일부 책임자들의 방심이 지금 엄청난 재앙을 우리 소비에트 연방 공화국에 안겨주고 있소. 동무들, 나는 지난 12월 서기장 동무의 명을 받아 동무들에게 K-3작전을 수행할 것을 명령했소. 그런데 이 작전이 성공 일보 직전 적국에 정보가 흘러들어갔소. 미국 대통령이 조금 전 우리의 경애하는 서기장 동무에게 선전포고하겠다고 경고를 보내왔소. 만약 K-3작전이 계획대로 진행된다면 말이오. 이런 일이 어떻게 새어나갈 수 있는지 동무들은 가슴깊이 생각해 주시기 바라오. 이 사태의 책임은 당사자가 모두 져야 할 거요. 물론 나도 국가를 위태롭게 한 죄로 책임을 면하기 어렵게 되었소."

좌중이 소란스러워지며 KGB간부들은 미국을 응징하여야 한다고 떠들어댔다.

"아아, 조용히들 하시오. 미국은 지금 핵무기를 적재한 B52 폭격기를 우리 머리 위에 배치시켜놓고 있어요. 놈들은 사실상의 전쟁 태세를 갖추고 만약 교황에게 무슨 변고가 생기기라도 한다면 즉각 전쟁을 개시하겠다고 벼르고 있소. 우리는 이미 선수를 빼앗겨 버린 것이오."

의장은 얼굴의 주름을 모으고 좌중을 훑어보다가 한 사람의 얼굴에서 그의 독수리 같은 눈길을 멈추었다.

그 사람은 흠칫 놀라며 의장의 시선을 피해 자신의 시선을 책상으로 가져갔다. 곰처럼 생긴 그의 대머리에서 땀방울이 흘러 내렸다.
 "S국 국장은 지금 즉시 작전을 중지하고 그 공작원을 소환시 키시오. 시간이 없어요. 이런 위기상황 속에서는 새로운 방법을 찾을 수 없어요. 우선 이 작전을 현재 상태에서 중단시키고 미국의 선제공격을 일단 피하자는 것이 서기장 동무의 명령이니까."
 S국 국장은 찢어진 가느다란 눈을 깜박거리며 울화가 치민 듯이 이를 악물고 있었다. 그러나 그는 거친 숨만 내쉬다가 주춤주춤 일어서서 말했다.
 "의장 동무, 지금은 이 작전을 중단시킬 수 없습니다."
 의장은 화난 얼굴로 소리를 질렀다.
 "무슨 소리요, 국장 동무! 명령을 거역할 셈이오?"
 "의장 동무, 명령을 거역하려는 것이 아닙니다. 그 공작원은 지금 S국과도 일체 연락이 되지 않고 있습니다. S국은 기밀을 유지하기 위해 그 공작원에게 단독적인 활동을 시키고 있습니다."
 "그 공작원이 한국에 입국한 것은 확실하오?"
 "확실합니다. 그는 그곳에서 마지막 작전 보고를 해왔습니다."
 "그럼 제3국에서 말씀해 주시오."
 제3국 국장인 시베리아의 늑대는 턱이 뾰족한 얼굴을 쳐들고 KGB의장을 쏘아보았다.
 "우리 제3국의 스페츠나츠도 한국에서 지금 성공적으로 작전을 진행하고 있습니다. 원하신다면 그 공작원의 작전을 중지시키고 소환할 수도 있습니다. 그러나 우리 제3국은 지금까지 작전을 취소한 적이 없었습니다. 어느 비밀 공작이든지 그에 관한 정보가 조금 새어나간다는 것은 어쩔 수 없다고 생각합니다. 우리는 큰 사업을 하면서 아직까지 그런 사소한 일에 매달려서 중대사를 그르친 적이 없었어요. 나는 미국이 어떻게 나오든 이 작전은 계획대로 추진해야 한다고 생각합니다."

시베리아 늑대의 격한 목소리에 좌중의 간부들이 몸을 바로 세우고 그녀를 쳐다보았다.

여자라고 깔보고 있던 그들은 KGB 의장에게 마치 성난 늑대처럼 대드는 그녀의 표독한 모습에 아연실색했다. 마치 시베리아의 거친 눈보라 속을 달려온 늑대처럼 그녀는 손으로 잿빛 머리칼을 뒤로 쓸어넘기며 광대뼈가 툭 불거진 앙상한 얼굴을 앞으로 내밀 듯이 하며 말을 이었다.

"우리 제3국에서 이 작전을 그르쳤다면 나를 당장 처벌해 주십시오. 내가 책임지고 있는 한 제3국에서는 실수란 용납할 수 없습니다. 그리고 우리는 목표를 놓고 서로 공을 세우려고 다툴 생각도 없습니다. 다만 의장 동무의 지시를 받들어 한치의 오차도 없이 우리 공작원은 지금 이 순간에도 교황의 목을 조여가고 있는 중입니다."

그녀는 잠시 숨을 몰아쉬며 S국 책임자를 흘낏 쳐다보았다.

"우리 제3국의 스페츠나츠는 이 작전이 우리 소비에트 연방의 이익에 결정적인 기여를 하게 된다고 생각하여 왔습니다. 그래서 사실은 이 작전이 진행되는 동안 일어날지도 모르는 비밀의 유지와 공작원의 반역 행위를 감시할 필요가 있다고 결론짓고 우리 요원들로 하여금 S국에서 파견한 공작원의 활동까지 감시시키고 있습니다."

 별안간 곰이 책상을 쾅하고 내려치더니 뚱뚱한 몸을 일으키고 몸을 부들부들 떨면서 그녀를 향해 삿대질하며 부르짖었다.
 "무슨 개 같은 소리를 하고 있어? 당신이 그런 쓸데없는 짓을 하면서 우리의 중대한 작전을 적에게 노출시킨 거군."
 말을 채 맺지도 못하고 시뻘겋게 달아오른 곰의 얼굴이 경련을 일으키며 푸른 빛으로 변해갔다. 옆에 앉아 있던 K국 책임자가 그를 부축하여 자리에 앉혔다. 곰은 탁자의 음료수컵을 들고 단숨에 들이켰다.
 분이 풀리지 않은 듯 시근덕거리며 시베리아 여우에게 계속 욕을 퍼부으려 했으나 입 속에 침이 말라붙어서 혀가 잘 돌아가지 않았다.
 "진정하세요, 동무."
 시베리아 늑대가 말을 계속했다.
 "이 작전은 어디까지나 서기장 동무의 직접적인 명령에 의해서 진행되어 왔고, 우리는 뜻하지 아니한 적의 계략에 말려들어서 이 작전을 중단해야 할 입장에 놓여 있다고 의장 동무께서는 말씀하셨어요. 우리는 좀더 냉정하게 판단해야 됩니다. 사사로운 일로 흥분을 하게 되면 이 작전의 결말은 엉뚱하게 돌아갈 수밖에 없게 됩니다. 그것은 서기장 동무의 명령을 거역하게 되는 것이며 인민의 안위를 위태롭게 하는 것입니다. 의장 동무의 말씀은 미국과 전쟁을 원하지 않으시는 서기장께서 그 공작원을 소환하라는 것이었어요. 그게 안되어 불가피할 경우에 우리는 그 공작원이 교황에게 접근하여 사건을 악화시키지 않도록 손을 쓸 수밖에 없습니다. 우리에겐 지금 선택의 여지가 없어요. 그리고 시간도 이제 10시간 정도밖엔 없어요. S국 국장 동무께서는 노여움을 푸시고 빨리 결정을 내려주셔야 합니다."

그녀는 거만한 태도로 S국 국장에게 사건의 열쇠를 맡겨버렸다.

그것은 또한 이 사태의 책임은 그한테 있다는 말이기도 했다.

곰이 테이블에 두 손을 짚고 일어서서 그녀에게 더듬거리는 말로 일갈했다.

"당신이 무슨 권한으로 우리 공작원을 감시하고 있어? 이 작전이 이렇게 잘못된 것은 당신 책임이야! 그러니까 모든 책임은 당신이 져야 해! 그들을 살리든, 죽이든 당신이 하라고!"

케브리코프 의장이 책상을 두드리며 두 사람의 언쟁을 가로막았다.

"두 분 동무는 서로의 감정을 가라앉혀 주시오. 감정으로 이 일이 해결되는 것이 아니니까요. 무엇보다 급한 것은 서기장 동무께서 강조하신 대로 미국의 공격을 막는 것입니다. 물론 우리의 용감한 적군이 즉시 비상사태에 돌입했지만 문제는 우리가 맡은 이 작전을 빨리 중단시키는 것입니다. S국 국장 동무, 동무는 그 공작원과 일체의 연락이 되지 않는다고 말씀하셨지요?"

"그렇습니다, 의장 동무."

S국 책임자는 고개를 끄덕여 수긍하는 태도를 보이며 말했다.

"제3국에서는 그 공작원의 신병을 파악하고 있다고 하셨지요?"

"네, 그렇습니다. 그 공작원은 크리스트라는 암호명을 가진 매우 유능한 공작원으로 알고 있습니다."

S국 국장의 얼굴이 다시 시뻘겋게 달아올랐으나 케브리코프

의장의 말이 계속되고 있기 때문에 그는 감히 의장의 말을 중단시키지는 못하고 가쁜 숨을 푹푹 내쉬고 있었다.
 "알겠습니다. 그러면 제3국에서 이 일을 깨끗이 처리해 주시오. 교황의 손가락 하나라도 다쳐서는 안됩니다. 교황은 언제라도 우리의 힘으로 없앨 수 있으니까요. 교황이 소비에트 연방의 공작원에 의하여 살해되었다는 것이 알려진다면 우리는 전 세계로부터 지탄을 받게 됩니다. 그리고 미국이 가만있지 않을 것입니다. 시간이 촉박합니다. 이것으로 오늘 회의는 마치겠습니다. 각자 자기의 부서로 돌아가서 비상사태에 돌입해 세계 각지에 파견되어 있는 요원들에게 긴급 훈령을 내리어 되도록 많은 정보를 모아주기 바랍니다."
 시베리아 늑대는 강파른 얼굴에 회심의 미소를 가득 머금고 마치 남자처럼 거드름을 피우며 당당하게 퇴장했다.
 S국의 곰이 그녀를 노려보며 무어라고 말을 할 듯하다가 그대로 돌아섰다. 그녀를 수행하는 카라바예프 대령이 리무진의 문을 열고 그녀가 차에 오르기를 기다렸다가 그녀의 옆자리에 조심스럽게 앉았다.
 "오늘 회의는 아주 멋있었어요. 마치 우리 제3국을 위한 회의였던 것 같아요. 안그렇소, 톨스토이 동무?"
 시베리아 늑대는 대령을 돌아보며 말했다. 대령은 얼굴에 웃음을 띠며 그녀의 비위를 맞췄다.
 "그렇습니다. 아주 통쾌한 장면이었습니다."
 "S국 국장은 언제나 나를 잡아먹고 싶어 안달이었는데 이번에 따끔하게 본때를 보여주게 되어 정말 다행이야."
 "우리 3국하고는 비교가 되지 않습니다. 그 국장 동무는 이번 작전의 진행상황을 자세히 모르고 있는 것 같았습니다. 의장 동무에게 제대로 답변을 하지 못하고 매우 난처해 하던데요."

"내일이면 그자들에게 최후의 일격을 가할 것이오. 라인 X가 크리스트를 처치하여 준다면 말이오."

"그 지시는 이미 오래 전에 그에게 해두었기 때문에 그가 오늘 오전 놈들의 은신처를 찾아낸 겁니다. 라인 X는 전문가입니다. 이미 놈들을 파악한 이상 틀림없이 라인 X는 그들을 처치할 것입니다. 크리스트는 스웨덴 TT통신사의 기자로 위장하고 지금 S호텔에 묵고 있습니다. 또 한 명이 있는데 그는 칼젠버그라고 합니다. 역시 같은 기자로 행세하고 있습니다."

"일이 끝나면 작전을 중단하고 즉시 그를 소환하세요. 그렇게 할 수 있나요?"

"예, 즉시 소환하겠습니다. 교황의 일정이 이제 곧 끝나기 때문에 작전을 마무리 짓기 위하여 도쿄의 칸트를 서울에 대기시켜 놓았습니다. 그것은 칸트와 라인 제로가 즉시 실행에 옮길 수 있습니다."

"톨스토이 동무, 나는 동무만 믿소. 동무의 그런 철저한 계획이 아니었다면 나는 오늘 회의장에서 의장에게 그렇게 장담하지는 못했을 거요."

"아닙니다. 저는 국장 동무의 지시대로 일을 처리했을 뿐입니다."

"아니오, 동무는 정말 믿음직스러워요. 이 작전이 잘 해결되면 나는 의장 동무에게 톨스토이 동무가 장군으로 진급하도록 상신하겠소. 의장 동무께서도 동무의 빛나는 영웅적인 활동을 들으시면 크게 기뻐할 거요."

"감사합니다. 최선을 다해서 크리스트를 처치하도록 하겠습니다. 그런데…….”

"뭐요?”

"라인 X가 좀 달라졌어요.”

"5년 동안 한국에 살면서 부르조아의 물이 들었는지 이번 작전을 달가워하지 않았습니다. 나는 그런 경우를 대비해서 그의 처자의 사진을 찍어 두었습니다. 그의 아들 바실리 알렉세예프가 반역죄로 군 형무소에 수감되어 있다고 했습니다. 그리고 이번 일이 끝나면 그 대가로 처형을 면하게 해준다고 약속했지요.”

"그의 아들이 무슨 사고를 저질렀나요?”

"아무것도 잘못한 게 없습니다. 다만 라인 X가 순순히 일을 하도록 제가 좀 거짓말을 했을 뿐입니다.”

"잘했군요. 그 사람이 그러니까 동무에게 복종하던가요?”

"표면적으로는 그랬습니다. 그러나…….”

"그러나라니요?”

"라인 X는 더 이상 이용가치가 없을 것 같습니다. 이번 일을 끝으로 은퇴시켜야 할 것 같습니다.”

"톨스토이 동무의 판단에 맡겨요. 나보다 현장 사정에 밝으니까요. 그 사람이 배신할 염려는 없나요?”

"확신할 수는 없습니다. 너무 오랫동안 만나지 못했기 때문에…… 다만 그가 너무 많이 달라졌다는 것만 느꼈습니다.”

"혹시…… 그 자가 이 작전을 누설한 게 아닐까요?”

"저도 그 점을 생각해 봤습니다. 그렇게 되면 그 책임은 저와 국장 동무에게 돌아옵니다. 그렇지만 배신하지는 못할 겁니다.

염려 마십시오."

"아니야! 그를 믿을 수 없어. 톨스토이 동무, 라인 X를 처치하시오. 당장! 칸트에게 긴급 지시를 내려요. 그가 크리스트를 죽인 다음 즉시 그 자를 처치하라고!"

이름없는 자의 최후

1984년 5월 6일, 서울.

마침내 교황 요한 바오로 2세의 방한 공식 일정의 마지막 날이 다가왔다.

이날 여의도에서 있을 전국 기념대회와 시성식은 교황방한의 하이라이트라고 할 수 있었다. 이날의 행사가 끝나면 교황은 내일 아침 한국을 떠나기로 되어 있었다.

지난 3일 동안 교황의 신상에는 아무 일도 일어나지 않았다. 교황은 그야말로 한국인들의 성심어린 환영을 받으며 무사히 일정을 끝내가고 있었고 마침내 그 마지막 날을 맞은 것이다. 교황은 한국인들의 뜨겁고 성심어린 환영에 크게 감동하고 있었다. 그가 가는 곳이면 한국인들이 구름처럼 몰려들었고 일찍이 그 어느 나라에서도 그는 그같은 엄청난 인파를 본 적이 없었던 것이다.

그러나 교황이 전국을 누비며 한국인들과의 감동적인 만남을 계속하고 있는 동안 눈에 보이지 않는 곳에서는 그를 암살하려는 테러리스트들과 그들을 저지하려는 수사요원들과의 숨막히는 암투가 진행되고 있었다. 테러리스트들의 존재를 확인하고 그들을 가장 가까이서 추적하고 있는 강무기 계장은 오늘이야말로 테러리스트들이 행동을 개시할 것으로 보고 있었다.

그렇게 보고 있는 이유는 그들이 지금까지 아무런 행동도 취해오지 않았기 때문이었다. 그들이 한국에서 행동을 취할 것이라면 오늘밖에 시간이 없다.

오늘 어느 시간에 어디서 그들이 행동을 취할 것인가 하는 것은 아직 정확히 알 수 없었다. 라인 X는 아직 모습을 드러내지 않고 있었고 크리스트는 어제부터 계속 방안에 칩거하고 있었다. 칼젠버그만은 교황이 가는 곳마다 따라다니며 정상적인 취재활동을 벌이고 있었다. 수사진은 S호텔 1727호실과 1728호실로 걸려오는 전화를 모두 도청하고 있었지만 아직 수사에 결정적인 도움이 될 만한 통화 내용은 잡히지 않고 있었다.

크리스트 일당에 대해서는 그렇다하고 수사진이 가장 신경을 곤두세우고 찾아다니고 있는 인물은 역시 라인 X였다. 라인 X가 가장 공격적인 위험 인물이라는 것은 의심할 나위가 없었다. 그런데 그의 변화된 모습을 그린 몽타주를 가지고 전 수사력이 총동원되어 미친 듯 그를 찾아다니고 있었지만 지금까지 그의 모습은 그 어디에도 발견되지 않고 있었다.

강계장은 라인 X의 변화된 모습을 유일하게 목격한 하명부에게 마지막으로 기대를 걸지 않을 수 없었다. 그러나 하명부라고 그를 어디 가서 찾는단 말인가!

단지 그는 라인 X가 눈에 띄는 곳에 있을 경우 다른 사람보다도 먼저 그를 알아 볼 수 있는 눈을 갖고 있을 뿐이었다.

명부는 조기자와 함께 아침 일찍 명동 성당으로 갔다. 물론 강계장도 수사진을 이끌고 이미 그곳에 진을 치고 있었다. 교황은 아침 8시에 명동 대성당에서 참배하기로 되어 있었다.

명동 대성당은 아침 6시가 되기 전에 이미 신자들로 발디딜 틈도 없이 가득 들어 차 있었다. 미처 안으로 들어가지 못한 신자들은 성당 밖에 잔뜩 몰려 서 있었다. 안으로 들어가지 못한 신자들을 위해 그들이 교황의 목소리를 잘 들을 수 있도록 옥외에는 마이크까지 설치되어 있었다.

그날 아침따라 크리스트 일당은 호텔방에서 나오지 않고 있었다. 교황을 열심히 따라다니며 지금까지 취재에 열을 올리던 칼젠버그도 그날 아침에만은 웬일인지 명동 성당에 나오지 않고 있었다.

7시 15분에 강계장은 S호텔에서 크리스트 일당을 감시하고 있는 수사관으로부터 무전 연락을 받았다.

"스베들리와 칼젠버그는 레스토랑에서 식사를 끝내고 스베들리는 자기 방으로 그리고 칼젠버그는 사우나탕으로 들어갔습니다."

"계속 감시해."

"사우나탕에 들어가 볼까요?"

"그럴 필요까지는 없고 밖에서 잘 감시하고 있으면 될 거야."

"알겠습니다. 수고하십시오."

강계장은 오늘 교황이 잠자리에 들 때까지 그의 곁을 떠나지 않을 생각이었다.

암살자를 찾아 돌아다니는 것보다는 교황을 가까이서 철통같이 경호함으로써 암살자의 접근을 저지하고, 그래서 오늘 하루만 무사히 넘길 수만 있다면 그의 임무는 끝나는 것이다. 그는 그렇게 하는 것이 오히려 유리할 것 같은 생각이 들었던 것이다. 무엇보다도 우선 암살자를 쫓아다니기에는 이제 너무 시간이 없었다.

교황을 가장 가까이서 경호하고 있는 사람들은 바티칸 경호원들이었다.

그들은 경호원 같지 않게 신부 복장을 하고 그 속에 무기를 숨긴 채 교황을 그림자처럼 따르고 있었다. 그러나 아무리 경호원이 많다 할지라도 목숨을 던지기로 작정한 암살자가 마음만 먹으면 얼마든지 뚫고 들어올 수 있는 여지가 있었다.

한국 경찰 요원들은 그러한 약점을 없애기 위해 그날 따라 교황을 여섯 겹으로 에워쌌다. 수백 명이 인의 장벽을 만들어 놓고 교황과 직접적으로 관계가 있는 사람들 외에 일체 접근을 시키지 않았다. 교황을 중심으로 반경 1백m 이내에는 온통 경호원들 뿐이었다.

암살자가 뛰어들 경우 그들은 무기보다도 먼저 몸으로 상대방을 덮칠 준비가 되어 있었다.

여섯 겹의 경호 장벽은 교황을 가까이서 경호하는 근접 경호 그룹이 만들어 놓은 것이고, 멀리서 교황을 보려고 아우성치는 사람들 속에도 경호원들은 섞여 있었다. 교황을 보기 위해 가까이 몰려든 사람들 가운데 적어도 다섯 명 중 한 명은 경호원이라고 보는 것이 옳았다.

7시 30분. 하명부와 조택수는 강계장이 타고 있는 앰블런스로 올라왔다. 강계장은 귀에 걸고 있던 무전 수신기를 걷어냈다. 차 속에는 강계장 외에 형사 세 명이 무전 수신기를 귀에 걸고 앉아 있었다. 앰블런스는 성당으로 올라가 입구쪽에 엔진을 건 채 서 있었다.

　같은 시간.

　S호텔 사우나탕은 한산했다. 외신기자들은 모두 서둘러 사우나를 하고 아침식사를 마친 다음 교황 취재를 위해 몰려 나가버렸기 때문에 외신기자가 아닌 일반 숙박객 서너 명만이 그 시간에 사우나탕에 들어 있었다.

　그런데 그들 모두가 일반 숙박객은 아니었다. 그 중에는 스웨덴 TT통신 특파원으로 위장한 칼젠버그도 들어 있었다. 그는 오늘따라 취재를 포기한 채 사우나탕을 찾았던 것이다.

　그는 유난히 사우나를 즐겼다. 하루에 한 번 정도 사우나를 하지 않으면 몸이 근질근질해서 견디지를 못했다. 식사를 하고 나서 땅딸보 스베들리에게 사우나를 하자고 했지만 그는 싫다고 하면서 먼저 방으로 돌아가 버렸다. 그는 스베들리의 병적일 정도로 돌변한 태도가 심히 못마땅 했다. 표정은 사랑하는 애인을 잃은 사내처럼 침울한 빛을 띠고 있었다. 그에 비해 칼젠버그는 달랐다. 시시각각 예정된 시간이 다가올수록 그는 여유있게 사우나도 즐기고 누구와 잡담도 나누고 싶었다. 그런 것이야말로 초조하고 불안한 감정을 이길 수 있는 방법이기 때문이었다.

　"이건 한국에서의 마지막 사우나가 되겠지. 그런데 한국 아가씨를 안아 보지도 못해 유감인 걸. 한국 아가씨가 그렇게 예쁜 줄은 정말 몰랐거든."

　그는 한증실에 비스듬히 드러누워 복부에서 꿈틀거리는 성욕을 즐기면서 갑자기 고개를 쳐드는 성기를 타월로 가렸다. 한증실에는 그 혼자 뿐이었다. 그때 문이 열리면서 한 사람이 안으로 가만히 들어왔다.

잿빛 머리의 동양인이었다. 아마 한국인일 거라고 생각하면서 칼젠버그는 그대로 비스듬히 누워 있었다.

잿빛 머리의 사나이는 왼쪽 어깨 위에 타월을 걸치고 있었다. 머리가 잿빛인 것으로 보아 꽤 늙은 것 같은데 몸은 그렇게 보이지가 않았다. 그들은 2m정도의 간격을 두고 마주보고 있었다. 칼젠버그는 상대방의 조그맣게 오그라든 성기를 훔쳐 보면서 속으로 웃었다. 자신의 것은 거기에 비하면 세 배는 될 것 같았다. 저런 것으로 과연 여자를 즐겁게 해줄 수 있을까.

잿빛 머리가 어깨에 걸쳤던 타월을 내리더니 사타구니를 가렸다. 겨드랑이 밑에 감춰져 있던 것이 타월에 감싸져 사타구니 위로 옮겨진 것을 금발의 외국인은 모르고 있었다. 짜식 부끄러운가 보지 하고 그는 생각했다. 그때 잿빛 머리의 목소리가 들려왔다. 영어였다.

"칼젠버그! 일어서지 말고 똑바로 앉아! 이건 소음권총이다!"

잿빛 머리는 사타구니 위에 올려 놓았던 타월을 집어들고 있었다. 타월 사이로 총구가 삐죽이 나와 있는 게 보였다. 총구가 점점 커지는 것 같았다.

금발의 외국인은 천천히 상체를 바로했다. 상대방의 모습에서 조금도 빈틈을 찾을 수 없자 그는 공포에 휩싸였다.

"시간이 없다. 크리스트는 조금 전에 죽었다. 저격 지점을 말해 봐. 만일 크리스트의 말과 다르면 너도 죽는다. 빨리 말해. 시간이 없다."

말을 하는 잿빛 머리의 사나이는 무표정했다. 말소리는 낮으면서도 한번 이상 결코 되풀이할 것 같지 않은 단호함이 깃들어 있었다.

"왜 이러는 거죠 ? 뭔가 오해하신 것 같은데……."

칼젠버그는 어떻게든 시간을 끌어보려고 했다. 그는 잿빛 머리의 시선을 피해 애타는 눈으로 유리 저쪽에 있는 사람들을 쳐다보았다.

그때 소음총으로부터 슈 하는 소리가 났다. 금발은 비명도 지르지 못한 채 무릎을 움켜 쥐면서 바닥에 굴러 떨어졌다.

그의 오른쪽 무릎에서 피가 흐르기 시작했다. 금발은 공포에 질려 몸을 부들부들 떨면서 다친 무릎을 두 손으로 싸안았다.

"이번에는 왼쪽 무릎이다."

동양인은 조금도 시간을 낭비하지 않겠다는 투로 말했다. 금발은 한 손을 들어 올렸다. 그리고 용기를 내어 말했다.

"당신은 스페츠나츠 소속이군. 우리는 같은 동지 아니야. 같은 동지끼리 이럴 수 있어 ?"

"개소리 말아 ! 저격 지점을 말해봐 ! 내가 그 자리에 대신 가겠다."

"내가 안내해 주겠다."

금발은 일어서려다가 도로 주저앉았다.

그는 피에 젖은 자신의 무릎을 보고 절망적인 표정을 지었다. 잿빛 머리가 다시 방아쇠를 당겼다. 두번째 총알은 금발의 왼쪽 무릎을 정확히 관통했다. 금발은 펄쩍 뛰었다가 다시 쓰러지더니 부들부들 떨기 시작했다.

"이번에는 네 머리통이야."

잿빛 머리의 목소리는 더욱 날카롭고 단호해졌다.

"제발 살려줘 ! 말할 테니까 살려줘 !"

금발은 두 손으로 앞을 막았다.

"말해봐. 어디야?"
"여의도 M아파트 205동 1219호······."
"무기는"
"망원렌즈가 달린 특수총이야. 특별히 제작한 라이플로······."
"아파트 열쇠는 어디 있지?"
"하나는 내 옷 속에··· 또 하나는 크리스트가 가지고 있어."
"다시 한번 장소를 말해봐."

아까 말한 것이 거짓말이 아니라면 똑같이 말할 수 있을 것이라고 라인 X는 생각했다.

"여의도 M아파트 205동 1219호······."
"크리스트는 지금 어디 있지?"
"당신이 죽였다고 하지 않았나?"
"아니야. 크리스트는 다음 차례야. 그는 어디 있지?"
"1728호실에···"

금발이 채 말을 끝내기도 전에 라인 X는 방아쇠를 당겼다. 총알은 정확히 상대방의 이마를 꿰뚫었다. 금발은 두 손으로 허공을 움켜쥐면서 뒤로 나가 떨어졌.

라인 X는 재빨리 칼젠버그의 발목에 걸려 있는 열쇠를 나꿔챘다. 그때까지 걸린 시간은 5분도 채 되지 않았다.

한증실을 나온 라인 X는 몸에 찬물을 끼얹은 다음 곧장 밖으로 나가 옷장이 늘어서 있는 사이로 몸을 숨겼다.

그가 칼젠버그의 옷장을 열고 그의 옷속에서 여의도 M아파트 열쇠를 꺼냈을 때 사우나실 문이 벌컥 열리면서 한 사람이 뛰쳐나왔다.

"사람이 죽었다! 사람이 죽었어!"

라인 X는 다음 칸으로 가서 자신의 옷을 꺼내 입었다.

사우나실에서는 일대 소동이 벌어지고 있었다.

라인 X는 카운터로 가서 한마디 하는 것을 잊지 않았다.

"사우나탕에서까지 살인사건이 일어나다니, 정말 무서운 세상이야. 경찰을 빨리 불러요."

"연락했어요."

여직원이 겁에 질린 얼굴로 말했다.

사우나실 입구에 잠복하고 있던 형사는 그때 하필 화장실 안에 있었다. 라인 X가 사라지는 것과 동시에 화장실에서 형사가 나왔다. 그는 카운터 여직원으로부터 사람이 죽었다는 말은 듣고는 사우나실 출입구를 봉쇄했다.

강계장은 기자들과 이야기를 하고 있다가 무전연락을 받았다.

"칼젠버그가 사우나탕 안에서 살해됐습니다."

그것은 구형사의 목소리였다.

"뭐라구?"

"한증실 안에서 총에 맞은 시체로 발견됐습니다."

"범인은?"

"도주했습니다."

"출입구를 봉쇄하고 기다려! 곧 갈테니! 크리스트는 어떻게 됐어?"

"방안에 그대로 있습니다."

강계장은 무전기를 내려놓고 잠시 기자들을 멍하니 바라보았다.

"무슨 일입니까?"

하명부가 물었다. 강계장은 거기에는 대답하지 않고 그에게 담배를 한 대 청했다. 담배를 받아들고 하기자가 내미는 라이터 불에 불을 붙이는 그의 손끝이 사뭇 떨리고 있었다.
"무슨 일입니까?"
이번에는 조기자가 물었다.
"칼젠버그가 사우나탕에서 살해됐어요. 라인 X가 드디어 행동을 개시했어요. 놈은 여기에 있지 않아요."
"라인 X는 왜 칼젠버그를 살해했을까요?"
S호텔을 향해 질주하는 차 속에서 명부가 아무래도 의문이 풀리지 않는다는 듯 물었다.
"모르겠어요."
강계장은 신경질적으로 고개를 흔들었다.
"라인 X가 칼젠버그를 살해했다면 다음 차례는 크리스트겠군요."
"그는 아직 무사해요."
"도대체 그들은 어떤 관계일까요?"
라디오에서는 여의도에 운집한 군중에 대한 보도가 흘러나오고 있었다. 날이 새기 전부터 몰려들기 시작한 사람들은 6시 이전에 이미 백만이 넘는 인파로 불어나 그 넓은 광장을 가득 메운 채 교황이 나타나기만을 기다리고 있다고 했다.

리스토 스베들리, 즉 크리스트는 잔뜩 일그러진 얼굴로 방안을 서성거리고 있었다. 손목시계는 8시 32분을 가리키고 있었다. 그런데 사우나탕에 들어간 칼젠버그는 아직 돌아오지 않고 있었다.
옆방에 계속 전화를 걸어보았지만 받지를 않아 복도로 나가 문을 두드려보기까지 했다. 도대체 엄청난 일을 눈앞에 두고 사우나를 하러간 그의 행위를 이해할 수 없었다.

기다리다 못한 그는 사우나실로 내려가 보았다. 그러나 그는 거기에도 없었다. 수사요원들이 사우나실과 그 주위를 재빨리 정리하고 아무 일도 없었던 것처럼 해놓았기 때문에 그는 거기에서 살인사건이 일어난 것을 전혀 눈치채지 못한 채 발길을 돌려야 했다.

칼젠버그한테 무슨 일이 생겼을까? 호텔 로비에서 잠시 서성거리던 그는 그대로 물러설 수는 없다는 결론에 이르렀다. 혼자서라도 해치워야 한다.

칼젠버그는 뒤따라 오겠지. 그는 서둘러 호텔 밖으로 나갔다. 그는 직접 총을 쏘는 역할을 맡고 있었고 칼젠버그는 그의 보조역으로서 일을 끝낸 후 재빨리 현장을 빠져나갈 수 있게 도주로를 확보해 두기로 되어 있었다. 그것을 위해 칼젠버그는 다른 쪽에서 또 다른 폭발사고를 일으켜서 수사진의 주의를 그쪽으로 유도하기로 계획을 짜놓고 있었다.

크리스트는 택시에 올랐다. 그것은 비싼 값을 주고 하루 동안 전세낸 차였다.

녹색의 택시가 움직이는 것과 동시에 대기하고 있던 수사요원들의 차량들도 움직이기 시작했다.

"여의도 쪽으로 간다! 전 차량은 놓치지 말고 미행하라! 여의도에서는 혼란이 예상되니까 주의해서 미행하라! 다시 한번 반복한다! 절대 놓쳐서는 안된다! 명령이 있기 전에는 체포해서는 안된다!"

무전기로 수사요원들에게 지시를 내리는 강계장의 얼굴은 땀으로 젖어 있었다.

명부는 강계장이 타고 있는 앰블런스에 조택수와 함께 타고 있었다 그들 역시 손에 땀을 쥔 채 녹색 택시를 주시하고 있었다.

예상했던 대로 여의도 광장으로 들어가는 서울대교 입구는 몰려든 차량과 인파로 큰 혼잡이 일고 있었다. 차에 탔던 사람들은 〈이 땅에 빛을〉이라고 쓴 대형 아치 밑에서 모두 내려야 했다.

강계장도 기자들도 서둘러 차에서 내렸다. 다리 위는 인파로 메워져 있었다.

녹색 택시에서 내린 사나이가 인파 속으로 사라지는 것을 보고 강계장은 발을 굴렀다.

"놓치면 안된다!"

무전기를 꺼내들고 외치는 그를 사람들이 놀란 눈으로 쳐다보았다. 인파 때문에 무전기도 소용없게 되었다. 함부로 무전기를 꺼내들고 크리스트를 뒤쫓다가는 그에게 발견될 우려도 있었다. 20여 명이나 되는 수사요원들은 인파 속에 이리저리 밀리면서 서로 뿔뿔이 흩어져 크리스트를 쫓아갔다.

다리를 건넌 곳에서 광장 안으로 들어가는 곳에는 바리케이트가 쳐져 있었고 경찰이 삼엄한 경계를 펴고 있었다. 특별한 사람 외에 일반인들은 더 이상 그 안으로 들어가는 것이 금지되어 있었다. 광장쪽이 아닌 왼쪽, 그러니까 아파트 쪽으로는 사람들의 통행이 가능했다. 크리스트는 그쪽으로 움직이고 있었다. 그가 인파를 뚫고 매우 빨리 움직이고 있었기 때문에 그를 쫓는 수사관들의 마음은 꽤나 다급해졌다. 미행을 의식했는지 아니면 서두를 필요가 있었는지는 몰라도 아무튼 크리스트는 도망치듯 인파를 헤치며 나아가고 있었다.

그가 길을 건넜다. 그리고 아파트 쪽으로 구부러지는 길 모퉁이를 돌아가는 것까지 보였다. 그쪽도 물론 인파로 출렁이고 있었다.

뒤쫓던 수사요원들은 모퉁이를 돌아서면서 당황했다. 그의 모습이 갑자기 보이지 않았던 것이다. 바람처럼 사라져 버린 것일까.

"어떻게 된 거야?"

가까스로 뒤쫓아 온 강계장은 땀에 젖은 얼굴을 일그러뜨리며 부하들에게 물었다.

"갑자기 사라져 버렸습니다."

"바보 같으니! 빨리 찾아봐! 이 근방을 샅샅이 뒤져!"

강계장은 소리를 버럭 질렀다.

수사요원들은 크리스트의 사진을 크게 확대한 것을 사람들에게 보이면서

"혹시 이렇게 생긴 외국인 보지 못했습니까?"

하고 묻고 다녔다. 그러나 어디서도 그를 보았다는 사람은 나타나지 않았다. 모두가 약속이나 한 듯이 고개를 설레설레 흔들었다.

모퉁이에 면해 있는 것은 M아파트 단지였다. 그 아파트 단지는 9백여 세대쯤 되는 단지로 그 한쪽은 여의도 5·16 광장에 면해 있었다. 그리고 아파트의 각 동은 남쪽을 향해 세워져 있었다.

강계장은 15층 높이의 아파트 건물들을 난처한 듯 올려다 보았다.

"이 근방에서 사라졌다면 아파트 안으로 들어가지 않았을까요?"

명부의 말에 그는 동감이라는 듯 고개를 끄덕였다. 그들은 모퉁이에서 제일 가까운 아파트 건물 경비실로 다가갔다. 이미 형

사 두 명이 그곳 경비원을 붙들고 질문을 퍼붓고 있었다. 강계장은 그들을 제지하고 중년의 경비원에게 말을 걸었다.
"여기는 전부 몇 세대나 살고 있나요?"
"전부해서 9백 60세대입니다."
"동 수는 몇 개입니까?"
"8개 입니다."
강계장은 입을 딱 벌렸다. 8개동 960세대를 일일이 뒤지려면 해가 질 것이다. 그는 얼굴에 흐르는 땀을 손등으로 닦아내면서 마른 침을 꿀꺽 삼켰다. 그의 두 눈은 열병환자처럼 충혈되어 있었다.
그는 넥타이를 풀어서 주머니 속에 구겨 넣었다. 그가 넥타이를 푼 것은 그때가 처음이었다.
"교황 만세!"
"비바 파파!"
광장 쪽으로부터 군중들의 환호 소리가 마치 폭풍처럼 몰려왔다. 명부는 손목시계를 들여다보았다. 9시 22분.
저 멀리 높이 40미터의 대형 십자가를 배경으로 알파와 오메가형 구조의 9미터 높이 제단을 향해 교황이 서서히 다가가고 있는 것이 아득히 보였다. 거기에는 교황이 앉을 자리가 마련되어 있었다.
알파와 오메가의 형태란 〈시작도 끝도 없는 하느님〉을 상징하는 것이다.
교황좌의 뒷벽에는 빛을 상징하는 서광의 햇살이 그려져 있었다. 교황이 앉는 단상은 5층 계단으로 꾸며져 있었고 그 뒤에는 교황모를 상징하는 원형 돔이 교황좌 1천 여명의 사제들이 앉아 있었고 제단을 향해 우측 스탠드에는 1천 5백 명의 성가대가 좌측에는 역시 같은 수의 수도자가 앉아 있었다.

교황을 향해 환호하는 백만 인파의 물결은 사람들의 모습이라기보다는 밝은 태양 아래서 하얗게 밀려가고 밀려오는 파도 같았다. 그야말로 시작도 끝도 없이 외치고 있었다.

"비바 파파!"

"교황 만세!"

그러던 일순간 그 열광적인 환호와 외침이 뚝 그쳤다. 따가운 햇살 속을 흐르는 백만 명의 침묵과 정적에 명부가 전율을 느꼈다. 그것은 마치 위대한 죽음을 기다리는 숨막히는 순간처럼 여겨졌던 것이다. 그러나 뒤이어 들려오는 노래 소리에 그는 비로소 안도의 한숨을 내쉬었다. 신도들은 입을 모아 성가 〈지극히 화려하고〉를 부르고 있었다. 교황은 김대건〈金大建〉신부의 유해에 참배했다.

M아파트 205동은 모퉁이를 돌아 두번째에 있었다. 그리고 그 동의 1219호는 12층에서 광장쪽에 면해 있는 아파트였다. 지금 그 아파트의 앞베란다에서는 한 외국인이 조용히 그리고 재빠르게 움직이고 있었다.

그 집 베란다에는 바람을 막기 위해 난간 안쪽으로 새시로 만든 창문이 길게 설치되어 있었는데 창문은 모두 닫혀 있었고 그 안쪽에는 녹색 커튼이 드리워져 있었다. 따뜻한 날씨에 창문을 밀폐시켜 놓고 커튼까지 내려놓은 것을 보면 안에 아무도 없는 것 같기도 했다. 커튼이 처져 있었기 때문에 베란다에서 무슨 짓을 하든 밖에서는 보이지 않게 되어 있었다.

베란다는 영등포쪽을 향하고 있었다. 그러니까 광장을 보려면 고개를 오른쪽으로 돌려야 했다. 베란다는 돌출되어 있지 않고 양쪽이 벽으로 막혀 있었기 때문에 안에 커튼을 친 상태에서는 광장이 전혀 보이지 않았다. 굳이 광장을 보려면 커튼을 젖히고 창문을 연 다음 고개를 빼서 오른쪽으로 돌려야만 했다.

그런데 베란다를 막고 있는 양쪽 벽중 광장쪽 벽과 새시 창틀 사이에 직경 10센티미터 정도의 난간 철책은 수직형이 아니고 밑으로 내려가면서 바깥쪽으로 활처럼 휘어져 있었다. 그러니까 광장쪽 벽 모서리와 활처럼 휘어져 나간 철책 사이에는 주먹 하나가 들락거릴 수 있는 충분한 공간이 나 있었다. 그 공간을 차단시켜 놓은 것이 새시 창틀이었다. 창문을 열어도 그 창틀은 벽에 그대로 고정되어 있었다.

그런데 밑에서 50센티미터 정도의 높이에서, 그러니까 철책이 가장 많이 바깥쪽으로 휘여진 높이에서 벽에 부착되어 있는 새시 창틀이 절단되어 있었다.

절단된 부분의 길이는 한 뼘쯤 될 것 같았다. 바로 그 사이로 광장이 보였고 교황이 앉아있는 알파와 오메가형 제단이 한 눈에 들어왔다. 그 공간을 보다 크고 자유롭게 이용하기 위해 크리스트는 베란다 창문을 조금 열어놓은 다음 커튼으로 공간을 모두 가렸다. 경찰은 처음부터 M아파트 단지의 베란다에 대해 특별한 관심을 기울이지 않았다. 그것은 베란다의 방향이 광장쪽이 아닌 남향인데다 각 베란다에서 교황좌까지의 거리가 사정 거리를 훨씬 뛰어넘는 아주 먼 거리이기 때문이었다. 따라서 M아파트의 모든 베란다는 경계의 사각지대로 남아 있었고 크리스트는 바로 그 점을 포착하여 저격 지점으로 삼기로 했던 것이다.

그는 사격의 명수였다. 지금까지 그는 KGB의 지시를 따라 다섯 명이나 저격해 왔는데 단 한번의 실수도 없었을 뿐만 아니라 그것도 모두 단 한발로 깨끗이 처리했었다. 그는 이번에도 단 한발에 처리될 것을 믿어 의심치 않았다. 그의 총은 이번 작전을 위해서 특별히 제작된 티타늄 합금 특수총이다. 그가 지금까지 사용해온 라이플도 저격용으로는 최고의 소총이었지만 이번에 가져온 무기는 새로 개발된 특수총으로 사정거리가 일반총보다 배나 될 뿐 아니라 파괴력이 또한 대단했었다. 그는 언제나 머리통을 노렸는데 그의 총에 맞은 피살자들의 머리는 하나같이 알아볼 수 없을 정도로 부서져 버리곤 했었다.

그는 저고리를 벗어 거실 소파에 던져놓은 다음 넥타이를 풀고 와이셔츠 소매를 걷어붙였다.

제일 먼저 해야 할 작업은 총신을 받칠 수 있는 받침대를 가져다 놓는 일이었다. 거기에 알맞은 것으로 14인치 텔레비젼 수상기를 눈여겨 봐두었기 때문에 그는 주저하지 않고 장식장 선반에 놓여 있는 그것을 들어다가 광장쪽에 면한 베란다쪽에다 붙여 놓았다. 다음에는 소파에 놓여 있는 방석 세 개를 가져다가 하나는 수상기 위에 올려놓고 나머지 두 개는 그가 엎드릴 자리에다 깔아 놓았다. 마지막으로 그는 화장실로 들어가 손을 깨끗이 씻었다. 이제 총을 가져다 놓을 차례였다. 그는 거실 탁자 위에 놓여 있는 총을 들고 베란다로 나갔다. 탄환은 이미 장전되어 있었다.

바닥에 깔아놓은 방석 위에 무릎을 구부리고 엎드리면서 총신을 수상기 위에 가만히 올려놓았다. 그러고 나서 커튼을 살그머니 젖혔다. 10센티미터 정도의 공간이 드러나면서 저 아래로 광장에 운집한 사람들의 모습이 보였다.

그는 잠시 광장을 내려다보다가 총신 위에 부착된 망원렌즈에 오른쪽 눈을 갖다댔다. 제단쪽에 초점을 맞추고 조절기를 조심스럽게 왼쪽으로 돌리자 교황의 모습이 서서히 앞으로 다가왔다. 총구를 조금 위쪽으로 움직이면서 교황의 머리가 시야를 완전히 가리고 보다 뚜렷이 나타날 때까지 조절기를 이리저리 돌렸다.

 마침내 요한 바오로 2세의 얼굴 모습이 원 속에 들어오면서 그의 표정이 손에 잡힐 듯 뚜렷이 보였다. 그의 얼굴 위에 망원경의 ╋자가 포개졌다.

 요한 바오로 2세는 유난히 머리를 많이 움직이고 있었다. ╋자의 교차점이 얼굴 중앙에 맞추어지는 순간 곧 머리를 움직이곤 했기 때문에 초점이 자주 빗나가곤 했다. 크리스트는 손바닥에 밴 땀을 엉덩이에 문지른 다음 다시 방아쇠에 손가락을 걸었다.

 M아파트 단지를 관리하는 관리본부는 상가 건물 지하에 있었다.

 강계장 일행은 관리본부 안에서 연락이 오기만을 초조하게 기다리고 있었다.

 그의 부하들은 8개 동에 분산 배치되어 수사를 벌이고 있었다.

 초를 다투는 마당에 9백 60세대 모두를 일일이 뒤진다는 것은 불가능한 일이기 때문에 수사관들은 각 동을 지키고 있는 경비원들을 상대로 집중적인 수사를 벌이고 있었다.

 짧은 시간 안에 가장 효과적인 수사 결과를 얻으려 어차피 수사 대상을 대폭 줄일 수밖에 없었다. 수사관들은 경비원들에게 우선 외국인 거주자들에 대해 알아보았다.

 아파트 경비원들이란 으레 아파트에 출입하는 사람들을 밤낮으로 대하고 있기 때문에 그들의 신분에 대해 필요 이상으로 속속들이 알고 있기 마련이었다.
 각 동에 거주하고 있는 외국인 세대주를 알아낸 수사관들은 관리본부에 대기하고 있는 강계장에게 인터폰으로 그 숫자를 보고했다. M아파트 단지 8개 동에 거주하고 있는 외국인 세대수는 모두해서 18세대였다. 그 중 아주 최근에 입주한 세대는 두 집이었다.
 강계장은 그 두 집을 뺀 16세대에 부하들을 투입시키기로 결정하고 그들에게 즉시 지시를 내렸다. 그리고 자신은 직접 그 두 집을 조사해 보기로 했다.
 한 집은 202동 301호였고 또 한 집은 205동 1219호였다. 강계장은 인터폰으로 202동 경비원을 불렀다.
 "301호 주인은 어느 나라 사람이고 무슨 일을 하고 있습니까?"
 "일본 사람인데 젊은 한국 여자하고 살고 있습니다. 한 달쯤 전에 입주했는데 S전자회사 기술고문으로 나가고 있답니다."
 "지금 집에 누가 있나요?"
 "아마 여자가 있을 겁니다."
 강계장은 남아있는 형사 두 명을 그 집으로 보냈다. 이제 그의 곁에는 하명부와 조택수만 남아 있었다. 강계장은 202동 도면을 바라보았다. 301호는 광장쪽에서 가장 멀리 떨어진 도로쪽에 면한 3층 아파트였다.
 반면 205동 경비원은 강계장에게 이렇게 이야기했다.
 "1219호는 사실은 외국인이 아니고 어떤 한국 아가씨가 월세로 얻은 겁니다. 그런데 웬 외국인 두 명이 번갈아 드나들고 있기에 함께 살고 있는 줄 알았죠."
 "한국여자 이름이 무엇이지요?"
 "여기 입주자기록에는 김안나로 되어 있습니다."

강계장은 김안나의 신원을 무선으로 파악하라고 형사에게 지시했다.

"외국인 두 명은 어떻게 생겼나요?"

"한 명은 키가 크고 금발이고…… 한 명은 머리가 검고 조금 작은 편입니다."

"지금 안에 누가 있나요?"

"아무도 없는 것 같습니다. 여자는 요 며칠 보이지 않습니다. 19호를 한번 불러볼까요?"

"안돼!"

강계장은 버럭 고함을 지르고 나서 밖으로 뛰쳐나갔다. 그 뒤를 하명부와 조기자가 허둥지둥 따라갔다.

205동 앞으로 달려간 강계장은 1219호 베란다를 올려다보았다. 베란다에 설치되어 있는 창문은 모두 닫혀 있었고 창문 안쪽으로는 녹색커튼이 쳐져 있었다. 강계장은 마침 앞을 지나치는 중년 남자를 불러세웠다. 그 사람의 목에는 망원경이, 어깨에는 카메라가 걸려 있었다. 강계장이 신분을 밝히고 잠깐 망원경을 좀 빌리자고 하자 그는 좀 놀라는 표정으로 목에서 그것을 빼내 그에게 건네주었다.

강계장은 망원경을 눈에 대로 1219호의 베란다를 살폈다. 초점을 맞춘 다음 베란다의 왼쪽 끝에 시선을 고정시키고 수초 동안 그곳을 노려보았다.

이윽고 커튼의 아래 부분이 거의 눈에 띄지 않을 정도로 조금 흔들리는 것이 시야에 들어왔다. 그는 숨을 훅 하고 들이켰다. 혹시 잘못 본 것이 아닌가 해서 눈을 부릅뜨고 다시 쳐다보았다. 커튼은 아까보다 더 크게 흔들렸다.

"바로 저기야!"

낮게 부르짖고 난 강계장은 망원경을 주인한테 돌려주면서 205동 출입구를 향해 미친 듯 뛰어갔다. 명부도 그 뒤를 따르면서 뭐라고 외쳤지만 그는 들은 척도 하지 않았다. 기자들을 따라 경비원도 허둥지둥 아파트 건물 안으로 따라 들어왔다.

강계장은 엘리베이터 앞에 이르자 권총을 뽑아들었다. 엘리베이터가 내려오고 있었다. 그는 거칠게 숨을 몰아쉬면서 기자들을 돌아보았다.

"위험한데 당신들은 올라오지 말아요. 형사들을 좀 불러줘요."

명부는 조기자의 어깨를 떠다밀었다. 조기자는 머뭇거리다가 형사들을 부르러 도로 뛰어나갔다. 엘리베이터 문이 열리고 지팡이를 짚은 노인 한 사람이 내렸다. 강계장은 엘리베이터 안으로 들어가려다가 도로 물러서면서 경비원에게 무서운 표정으로 말했다.

"이 엘리베이터를 붙잡아둬요. 내가 내려올 때까지 절대 엘리베이터를 올려보내서는 안돼요, 알았어요?"

"네, 알았습니다."

강계장은 계단을 뛰어올라갔다. 명부도 그 뒤를 바싹 따라붙었다. 강계장이 올라오면 안된다고 소리쳤지만 그는 상관하지 않고 따라 올라갔다.

1219호 아파트의 옷장문이 소리없이 스르르 열리더니 라인 X의 모습이 나타났다. 그의 손에는 소음권총이 들려 있었다. 방으로 내려선 그는 잠시 귀를 기울이다가 방문을 열고 거실로 나갔다.

베란다로 통하는 창문은 활짝 열려 있었다. 그는 소파에 놓여 있던 저고리를 힐끔 쳐다보고 나서 거실을 가로질러 갔다.

크리스트는 망원렌즈에서 잠시 눈을 떼었다가 다시 거기다 눈을 갖다댔다.

사회자가 곧 1백 3위 순교 복자들에 대한 교황의 시성 선언이 있겠다고 말했다. 교황이 단 앞으로 다가서서 원고를 보기 위해 고개를 숙였다.

크리스트는 바오로 2세의 얼굴에 초점을 맞추었다.

이윽고 1백 32개 고성능 확성기를 통해 요한 바오로 2세의 목소리가 들려왔다.

"예수 그리스도와 복되신 사도 베드로와 바오로 및 우리의 권위와 나의 권한으로 김대건 안드레아와 정하상 바오로 및 동료 1백1위의 순교 복자들을 성인으로 판결하고 선언하며 성인 명단에 올려 다른 성인들과 함께 정성되이 공경하기를 성부와 성신의 이름으로 명합니다."

교황이 원고에서 눈을 떼고 고개를 쳐들었고 통역자가 교황의 말을 통역하기 시작했다.

교황의 얼굴이 ✝자 위에 완전히 포개졌다. 기회를 포착한 크리스트는 방아쇠에 걸고 있는 손가락을 가만히 당겼다. 찰칵하는 금속성 소리만이 공허하게 주위를 울렸다. 교황은 그대로 서 있었다. 크리스트는 상체를 일으키면서 뒤를 돌아보았다. 한 사나이가 그에게 권총을 겨눈 채 무표정하게 서 있었다.

"그건 쓸모없는 총이야. 내가 실탄에서 화약을 모두 빼냈거든."

말이 끝나는 것과 동시에 슉 하는 소리가 났다. 크리스트의 턱이 위로 올라갔다.

그의 오른쪽 눈에서 피가 솟구쳤다. 크리스트는 상체를 활처럼 휘면서 뒤로 벌렁 나가떨어졌다. 특수총이 바닥으로 굴러떨어졌다. 라인 X는 크리스트의 죽음을 확인하고 커튼을 조금 젖혔다. 그때 라인 X는 박수와 환호 속에서 1백여 마리의 비둘기가 하늘 높이 날아오르는 것을 보았다.

　계단을 12층까지 쉬지 않고 뛰어 올라간다는 것은 여간 힘든 일이 아니었다.
　그러나 워낙 급박한 상황인데다 두 사람 다 제정신이 아니었기 때문에 그럴 수가 있었던 것이다.
　그들이 10층 계단을 지나 11층 계단을 막 오르기 시작했을 때 맞은 편에서 내려오는 사나이와 딱 마주쳤다. 낯선 그 사나이의 손에는 권총이 들려 있었다. 그들 사이의 간격은 3m도 채 되지 못했다.
　"라인 X!"
　명부가 외치는 것과 동시에 강계장의 38구경 권총이 불을 뿜었다.
　라인 X는 계단 난간을 움켜잡은 채 비틀했다. 명부는 그의 손에서 권총이 떨어지는 것을 보았다. 가슴이 검붉은 피로 젖어드는 것도 보았다. 라인 X는 난간을 움켜잡은 손에 온몸을 의지한 채 비틀비틀 한 계단 두 계단 내려왔다.
　강계장은 그와 부딪치지 않으려고 한쪽으로 비켜섰다. 라인 X의 얼굴이 잔뜩 일그러지면서 그의 한쪽 발이 계단을 헛디뎠다. 이어서 그의 몸뚱이가 흡사 나무토막처럼 계단 아래로 떼굴떼굴 굴렀다.
　명부의 발치 앞까지 굴러온 라인 X의 몸뚱이는 더 이상 움직이지 않았다.
　그는 드러누운 채 멀거니 명부를 올려다보았다.

"하명부······."

중얼거리는 소리가 그의 입에서 흘러나오다가 멎었다. 눈은 허공을 바라보고 있었고 입은 바보처럼 열려 있었다.

"도살자······."

하고 명부는 중얼거렸지만 그 소리는 밖으로 새어나오지 않고 입 속에서 맴돌다가 말았다.

강계장이 계단에 털썩 주저앉는 것을 보고 명부도 그 곁으로 다가가 힘없이 걸터 앉았다.

계단을 올라오는 발자국 소리가 꽤나 요란스럽게 들려오고 있었다.

같은 날 밤 9시.

명부는 찻집 밤안개의 문을 밀고 안으로 들어섰다. 오미련과 그 시간에 만나기로 약속했기 때문에 나오긴 했지만 그는 그녀가 나올 것이라고는 거의 믿고 있지 않았다.

찻집 여주인이 반가운 기색으로 일어서서 그를 맞았다.

실내는 한 쌍의 남녀 손님만 있을 뿐 한산했다. 영화 주제음악의 애조띤 가락이 실내에 잔잔히 흐르고 있었다.

5분쯤 지나자 강계장이 구형사와 함께 들어와 다른 자리에 앉았다. 그들 역시 오미련을 만나기 위해 온 것이었다. 그들은 그녀를 교황 암살 미수사건의 용의자로, 그리고 위조여권을 이용한 불법 입국자로 체포하기 위해 나타난 것이었다. 물론 그것은 명부와 사전에 이야기된 바였다.

밤안개에 오기 전 명부는 카페 가로등에서 강계장과 함께 라인 X의 이해할 수 없는 행위에 대해 이야기를 나누었다.

라인 X를 사살한 후 1219호에 들어가 베란다에 죽어 있는 크리스트를 발견한 그들은 소스라치게 놀라고 말았다. 그의 죽음은 라인 X에 의해 그의 행동이 제지되었음을 말해주고 있었던 것이다. 거기에 벌어져 있는 상황으로 보아 크리스트는 교황을 암살하기 바로 직전에 라인 X에 의해 사살당한 것이 틀림없었다. 그것이 그 현장을 목격한 순간 그들이 판단한 내용이었다. 그러나 그같은 판단은 얼마 후 조금 수정되어야 했다. 총 안에 채 발사되지 않은 채 장전되어 있는 총탄을 검사하던 감식반원은 총탄 밑부분에서 뇌관을 때린 흔적을 발견했는데, 그것은 공이가 뇌관을 때린 흔적임이 역력했다. 그것은 다시 말해 크리스트가 교황을 향해 방아쇠를 당겼다는 것을 의미하는 것이었다. 그런데 총탄은 발사되지 않은 채 약실 안에 그대로 남아 있었다. 이상하게 생각한 감식반원은 총탄을 분석했고 그 결과 탄피 속의 화약이 제거되어 있는 사실을 발견했다. 그것은 정말 놀라운 사실이었다.
　결국 경찰은 다음과 같은 결론을 내렸다. 크리스트는 화약이 제거된 줄도 모르고 예정대로 교황을 향해 방아쇠를 당겼다. 그러자 라인 X가 나타나 그를 사살했다. 그렇다면 누가 그 화약을 제거했을까? 당연히 라인 X가 그것을 제거했을 것이라는 데로 여러 사람들의 의견이 모아졌다. 그것은 상상하지도 못했던 충격적인 사실이었다. 그러나 의문은 계속 남는다.
　라인 X는 교황의 목숨을 노리는 가장 확실한 테러범으로 경찰이 지금까지 추적해 온 인물이었다. 그런 그가 마지막 순간에 정반대되는 행동을 함으로써 결과적으로 교황의 목숨을 구해준 것이다. 교황은 이미 목숨을 잃었을 것이고, 전 인류는 비탄의 소용돌이 속으로 빠져들었을 것이다.

　악명 높은 12월의 도살자는 왜 크리스트를 사살했으며, 교황을 향해 왜 방아쇠를 당기지 않았을까? 명부와 강계장은 이 의문을 놓고 한참 동안 이야기를 나누었지만 결국 아무런 결론도 얻을 수가 없었고 시간이 흐를수록 그것은 더욱 강한 의문으로 남았다.

　12월의 도살자는 마지막 순간에 심경의 변화를 일으켰던 것일까? 그럴리가 없다. 고도로 훈련된 암살 전문가가 마지막 순간에 마음이 달라져 그때까지 노려오던 상대를 해치기는 커녕 오히려 위험에서 구해줬다는 것은 아무리 이해하려 해도 납득이 되지 않는다. 도대체 그런 일이 있을 수 있을까.

　명부가 그런 의문에 싸여 있는데 문이 열리면서 조택수가 들어왔다.

　약속 시간에서 이미 한 시간이 지나 시계는 10시 5분을 가리키고 있었다.

　"아직 안 왔어?"

　조기자가 명부의 맞은편 자리에 앉으며 작은 소리로 물었다. 명부는 고개를 끄덕였다. 조기자는 벽에 걸린 시계를 힐끔 쳐다보고 나서

　"오긴 글렀군."

하고 중얼거렸다. 그러더니 그는 상체를 명부쪽으로 기울이며 강계장쪽에 시선을 한번 던지고 나서 낮은 소리로 말을 이었다.

　"그런데 말이야, 계단에서 라인 X와 강계장이 마주쳤을 때 라인 X의 손에 권총이 들려 있었다고 했지?"

　"그래. 그러니까 강계장이 총을 쏜 거지."

명부는 무슨 말이냐는 듯 조기자를 똑바로 바라보았다.
"그렇다면 이상한 게 라인 X는 왜 총을 쏘지 않았을까? 그에게도 권총을 발사할 기회는 있었을 텐데 말이야. 더구나 그는 암살 전문가이기 때문에 강계장보다는 권총 솜씨가 훨씬 나을 텐데 말이야."

그 말에 명부는 말문이 막혔다. 그것은 전혀 새로운 발견이었던 것이다.

"난 보지 않아서 확실히 뭐라고 말할 수 없지만 넌 그때 현장에 있었기 때문에 상황을 잘 알 수 있을 거야. 라인 X한테는 권총을 발사할 기회가 전혀 없었나?"

명부는 심각한 표정으로 고개를 흔들었다.

지금 생각하니 그때 라인 X한테는 권총을 발사할 기회가 충분히 있었다. 그와 강계장이 계단에서 마주쳤을 때 먼저 놀란 쪽은 강계장이 었다.

그는 상대방이 누구인 줄을 몰랐고, 명부가 「라인 X」라고 소리쳤을 때에야 정신을 차리고 엉겹결에 방아쇠를 당겼던 것이다. 반면에 라인 X는 이쪽이 누구인지를 이미 알고 있는 듯했고, 그래서인지 별로 놀라는 기색이 아니었다. 확실히 방아쇠를 당길 수 있는 기회는 그에게 먼저 주어져 있었다. 그런데도 불구하고 그는 권총을 들고 있는 오른손을 늘어뜨린 채 무표정하게 그들을 바라보기만 했던 것이다. 그런 그를 향해 강계장은 방아쇠를 당겼고…….

"라인 X는 일부러 죽음을 선택한 게 아닐까? 체포되어 재판이라는 과정을 거쳐 증오의 함성을 들으며 사형을 받느니 차라리 먼저 죽는 게 낫겠다 싶어 강계장이 먼저 총을 쏘기를 기다렸던 게 아닐까? 12월의 도살자답게 말이야."
 조기자의 그와 같은 결론적인 말에 명부는 한참 침묵을 지키다가 낮은 소리로 속삭였다.
 "강계장한테는 그런 말 하지 마."

 1984년 5월 7일 서울,
 "……정부와 교회, 그리고 한국민 모두가 베풀어주신 극진한 환대에 감사합니다…… 자비하시고 인자하신 주께서 여러분과 모두에게 정의와 우애의 사회 안에서 행복과 평화를 내리시기를 빕니다.…… 경축의 기쁨을 함께 나누지 못한 채 북한에서 하나의 행복한 가족으로 뭉치기를 아픔 속에서 고대하고 있는 여러분의 부모, 자녀, 형제 자매, 일가 친지를 깊은 유감과 동정과 슬픔으로 아울러 생각합니다……여러분과 함께 2백 주년과 시성식을 경축할 수 있었다는 크나큰 기쁨을 안고 여러분을 떠납니다…… 감사합니다. 여러분. 다시 한번 하나님의 축복을 빕니다. 안녕히 계십시오."
 교황은 환호하는 인파를 향해 손을 들었다가 이내 고개를 돌려 손수건으로 눈물을 훔쳤다.
 9시 정각, 교황은 천천히 교황 문장이 그려있고 녹색띠를 두른 아리따리아 항공사 소속 DC10기의 트랩을 올라갔다. 이윽고 출입문 앞에 이른 그는 뒤돌아 서서 환송객들을 향해 두 손을 들어보였다. 환호의 물결이 잠시 화면을 가득 채웠다.
 9시 8분, 교황을 태운 특별기는 마침내 김포 국제공항 활주로를 떠나 다음 순례지인 파푸아뉴기니로 향했다. 교황 전용기가 하늘 높이 날아올라 푸른 창공 속으로 작은 점이 되어 소멸되어 가는 것을 지켜보다가 명부는 텔레비젼 스위치를 껐다.

출근 시간이 이미 지나 있었다. 그동안 쌓였던 피로가 한꺼번에 몰려 늦잠을 잤던 것이다.

같은 시각, 강계장도 수사본부에서 교황의 이한하는 모습을 텔레비젼을 통해 지켜보다가 막 일어서는 참이었다. 그때 전화벨이 울리더니 부하 직원이 수화기를 그에게 건네주었다.

"강무기입니다."

"당신이 라인 X를 사살한 사람입니까?"

강계장은 바짝 긴장했다. 한국말 발음에 약간 어색한 투가 있는 것으로 보아 외국인 같았다.

"도대체 누구세요?"

"그건 알 필요 없어요. 라인 X는 우리 쪽에도 다리를 걸치고 있는 이중스파이였습니다. 그는 미국으로 망명할 생각이었습니다. 그런데 당신이 죽인 겁니다. 아무튼 일은 깨끗이 처리된 것 같습니다."

한순간 강계장은 얼이 빠진 표정이 되었다. 전화가 끊길까봐 그는 정신을 차리고 물었다.

"우리 쪽이라면 어느 쪽을 말하는 겁니까? 한국 말입니까?"

"천만에."

"그럼 미국 CIA를 말하는 겁니까?"

그 대답 대신 들려온 것은 전화가 찰칵하고 끊어지는 소리였다. 한참을 얼이 빠져 기다렸지만 그 전화는 두번 다시 걸려오지 않았다.

한참 후 그는 P일보로 전화를 걸었다. 하명부는 아직 출근하고 있지 않았다. 집으로 전화를 거니 그는 그때까지 거기에 있었다.

"이따가 공항에 나오실 겁니까?"

"나가야죠."

명부는 당연하다는 듯 대답했다. 예정대로라면 아끼야마 야수코 (오미련)는 오후 1시 10분에 출발하는 도쿄행 JAL기를 타기 위해 김포 공항에 나오도록 되어 있었다.

"그럼 좀 일찍 나오시죠. 할 이야기가 있으니까. 11시에 국제선 출국 대합실 커피숍에서 만납시다."

11시 5분 전에 명부는 선글라스를 낀 모습으로 김포 공항 출국 대합실 커피숍으로 들어섰다. 강계장은 먼저 나와 기다리고 있었다. 그는 이미 형사들을 요소요소에 배치시키고 난 뒤였다.

"아까 어떤 정체불명의 외국인한테서 나한테 전화가 걸려왔는데…… 라인 X가 이중 스파이라고 하더군요."

명부는 눈을 크게 뜨고 강계장을 쳐다보았다.

"CIA쪽에도 다리를 걸치고 있었는지는 그 사람이 정확히 말을 하지 않고 전화를 끊어 알 수가 없어요. 그 사람 말이 라인 X는 미국으로 망명할 계획이었는데 내가 그를 사살한 바람에 그게 수포로 돌아갔다는 거예요. 그 전화를 받고 나서 나는 도대체 뭐가 뭔지 통 모르겠어요."

머리를 흔드는 강계장을 멀거니 쳐다보면서 명부는 비로소 라인 X가 크리스트를 왜 사살했는지 그 수수께끼가 어렴풋이나마 풀리는 것을 느꼈다.

12시 30분이 되었을 때 명부는 에스컬레이터를 타고 출국 대합실로 올라오는 멋진 옷차림의 한 젊은 여성을 보았다. 그녀는 짙은 선글라스로 얼굴을 가리고 있었고 코발트색 코트를 입고 있었다.

"오미련이 나타났습니다."

명부는 맞은 편에 앉아있는 강계장에게 오미련을 가리켜보였다.

그들은 커피숍 난간쪽에 앉아 대합실을 내려다보고 있었다.
 강계장은 대합실에 대기하고 있는 부하들에게 신호를 보낸 다음 천천히 계단을 내려갔다.
 오미련은 주위를 한번 휘둘러보다가 출국장 입구로 다가섰다. 그때 네 명의 사나이들이 그녀를 둘러쌌다.
 명부는 그대로 자리에 앉아 있었다. 그는 오미련의 손목에 수갑이 채워지는 것을 지켜보았다. 지난 날 그녀와 함께 즐겼던 밀회의 순간 순간들이 주마등처럼 머리를 스치고 지나갔다.
 오미련은 형사들에 둘러싸여 내려가다 말고 문득 고개를 들어 그가 앉아 있는 쪽을 올려다보았다. 명부는 자기도 모르게 천천히 몸을 일으켰다. 그리고 그녀의 모습이 아래층으로 사라질 때까지 그 자리에 멍하니 서 있었다.

   나 야훼(하느님)가 너를 부른다.
   정의를 세우려고 너를 부른다.
   내가 너의 손을 잡아 지켜주고
   너를 세워 인류와 계약을 맺으니
   너는 만국의 빛이 되어라.
   소경들의 눈을 열어주고
   감옥에 묶여 있는 이들을 풀어주고
   캄캄한 영창 속에 있는 이들을 놓아주리라.

끝.

김성종 추리문학 전집 · 22
라인 X(하)

초판발행 1996. 10. 26
2판발행 1996. 11. 20

지은이 김 성 종
펴낸이 김 인 종

발행처 도서출판 **남도**
서울 강동구 천호동 451 (134-023)
전화 488-2923/팩스 473-0481
등록번호/제1-73호(1978. 6. 26)

값 6,500원
ISBN 89-7265-031-5